淺草鬼妻日記 一

妖怪夫婦再續前生緣

友麻碧

輕文學
Light Literature

目錄

第一章　淺草有鬼出沒……006
第二章　月鵺啼叫的夜晚……058
第三章　奇特的賣藥郎中水蛇……105
第四章　户外教學的神隱（上）……126
第五章　户外教學的神隱（下）……168
第六章　在豆狸的蕎麥麵店打工……179
第七章　淺草地下街妖怪工會……206
第八章　百鬼夜行（上）……252
第九章　百鬼夜行（下）……291
第十章　曾經身為大妖怪的各位……310
後記……334

略帶暖意的春雨，一絲絲打在那株古老的枝垂櫻上——

一年較一年鮮紅的髮色，讓眾人戲稱我是「醜八怪鬼女」，紛紛疏遠走避，就連親生父親都不願正眼瞧我。

我極為傷心，淚水溼了衣袖，一路哭到天亮之時。

空氣中突然飄來一陣甘甜、令人感到懷念的香氣。

我爬起身，披垂著長髮，那身象徵貴族女子身分的繽紛外衣拖著地，從簾內走到外頭走廊上。

遭受詛咒的京城，灰濛天空中，隨風四處飄散的枝垂櫻嫩紅花瓣，讓我不禁看得出了神。

簡直就像我頭髮的顏色一般……

突然，似乎有道視線盯著。

如瀑布垂洩而下的枝椏縫隙間，有一名年輕男子正凝視著我。

——是鬼。

長久以來日夜期盼的漆黑頭髮與雙眸。

但他卻並非人類。頭上那對散發不祥之氣的鬼角，就是最明顯的象徵。他是威脅平安京祥和的鬼。

而且，還是個能夠輕易擾亂少女芳心的俊美青年。

「我會帶妳離開這裡。」

他說完就伸出手，喚了我的名字。

我的名字。

我的名字是——

第一章 淺草有鬼出沒

「……真……真紀……」

有人在叫我。那是某個重要的人的聲音。

「喂，真紀！妳肯定還在睡懶覺吧！妳是瞞不過我的，還不快點給我起來！」

咚咚咚咚。激烈敲門聲讓我立刻清醒。

或許因為夢見懷念的夢境，我覺得好累。

枝垂櫻嫩紅色的輪廓仍舊映在腦海裡，遲遲無法消散……

「真紀！快點起來，上學要遲到了啦。喂，真紀！」

「……真紀。」

啊，是我的名字。在半夢半醒間，就連自己的名字都不曉得忘到哪兒去了。

西元二〇一六年四月。我，茨木真紀，是個剛剛升上二年級的高中女生。

枕邊擺著一個精緻可愛的牡丹櫻燈籠，淡淡透著朱紅色的燈光，表面上浮現著不可思議的文字……

「真紀——！妳給我差不多一點！快起來！真的要來不及了啦。我們升上二年級都還不到一個月，就已經遲到五次了！」

「馨這人……真的是一點都沒變，從以前就是個急性子……呼啊……」

我打了個呵欠，頂著一頭亂髮，身上還是鬆垮垮的睡衣模樣就走到玄關，打開那扇從剛剛就不曉得遭到幾百次敲擊的大門。

「早啊——」

「早——妳個頭啦。妳這個墮落的女人。」

「可是……人家昨天都在幫小雪做燈籠嘛，畢竟這可是百鬼夜行要用的燈籠。為了把咒術和鬼火封進裡面，消耗了好多靈力……呵哇啊……」

我嘴裡含糊嘟噥，但態度認真地回答。門後站著的是頭髮烏黑、雙眸烏黑、身穿黑色學生服、身材高挑的高中男生。

他叫作天酒馨，不僅是我的青梅竹馬，還是我的同班同學。

然而那位雙眸沉穩有神、五官端正的美男子，現在正一臉不耐煩。

「妳還有臉講這些夢話當藉口，妳知道我敲了幾次門嗎？五十八次！妳看，我的手全都紅了，都是為了叫妳起床才會這樣！」

「居然還一次一次數用拳頭捶了幾下，你這人真的有夠無聊耶。」

馨將連續狂敲門的那隻手硬伸到我眼前，我只瞄了一眼就轉身回屋內。

他跟著走進來，嘴裡還同時嘮嘮叨叨個沒完。

「這扇門最近關不緊，絕對都是你害的啦，臭馨。」

「還不都是因為妳聽到門鈴響也不起來。話說回來，上學日卻沒有自己早點起床，根本就是妳不對。」

「啊啊，你好煩，會吵到鄰居啦。」

「妳這棟破爛公寓又沒有住其他『人』，不會有問題的。」

馨急躁地開始折棉被收床墊。

我則利用這段時間換制服。標準的深藍色水手服，配上深具傳統的紅色領巾。

或許有些人會覺得……在正值青春期血氣方剛的高中男生面前換衣服成何體統，但馨對於我更衣這件事似乎根本毫不在意，現在正一個勁地在整理我的書包。

「啊……鏡子裡怎麼有一個大眼靈動的貓眼美少女呢！」

「拜託妳別自己說自己是美少女，老實說啦，妳剛起床的模樣根本就是住在深山裡的鬼婆婆，整個頭髮都大爆炸了。」

「這我也沒辦法呀，畢竟是貓毛呢。」

沒有幽默感的男人。不過確實如他所說，我略帶紅色的長髮都糾成一團了。

是說，只要用梳子稍微整理一番，看起來就像微帶波浪的飄逸髮型了啦。

我朝著擺在鏡旁五斗櫃上，裡頭有爸媽身影的家人合照望去，微笑低聲說：「爸、媽，早安。」

「好了啦，走囉！」

馨把他自己的包包和我的包包一起甩上肩膀，推著我的後背催促我離開房間。

「我們得快點。要是沒趕上十五分的電車，就要遲到了。妳會害我一起挨罵。」

「欸，馨，你都沒發現我還沒吃早餐嗎？還是你是假裝沒發現？」

「忍耐。」

馨完全沒打算回答我的問題，簡短兩個字堵了回來。

「我忍不了啦。你也曉得我食量有多大吧？更何況今天肚子比平常還餓，照這個感覺，應該到第二節課就會發出轟隆巨響了。」

「明明就算肚子咕嚕咕嚕叫，妳也半點都沒有少女該有的矜持羞愧。新學期第一天校長致詞時也是，即使肚子在回音超好的體育館裡發出驚天動地的聲響，妳還不是一臉若無其事的表情。」

我們走下鏽跡斑斑的階梯，離開這棟每月房租五萬日圓的破爛公寓「野原莊」。

國中時我爸媽意外身亡，後來我硬是說服親戚讓我獨自住在這裡生活。

沿著狹窄道路往前走，就會看到一座外觀像是紅色鳥居的和風拱廊入口處，上頭掛著「淺草瓢商店街」這幾個字，從商店街南端出去，再橫越「花屋敷街」……

「啊……小雪。」

寫著「化貓堂」的招牌，高掛在歷史悠久的燈籠店上方，店門口外的椅子上，穩穩端坐著一個人影。正是戴著化貓面具、身穿樸素浴衣的女主人。

她正以豪放不羈的姿勢拎著菸管吞雲吐霧，順手撒些米粒在地上，讓眼前排成長長一條隊伍的紅色小鳥們走過來啄食。在寂靜無聲的商店街中，呈現出一幅有些奇異的光景。

現在能看見她的人想必寥寥無幾吧？

畢竟她「並非人類」。淺草住了很多這類妖怪。

她留意到我們，「哎呀？」就用她那迷人菸嗓打招呼。

「早安，真紀。昨天妳來我們店裡支援，真是幫了大忙，這樣總算是應該趕得上下一次百鬼夜行了。」

「這樣呀，太好了呢，能幫上小雪妳的忙。」

我露齒微笑。小雪在面具下的銳利雙眼盯著我瞧了一會兒，語帶歉意地開口說：「妳看起來很累耶。」

「這點程度不要緊啦，雖然要上學實在是很麻煩。那我先走囉，之後有需要再跟我說！」

我朝戴著化貓面具的小雪揮手道別，趕上已經走到前頭的馨。

「喂，真紀……妳不要跟妖怪牽扯太深。」

剛剛在旁邊望著我們對話的馨表情僵硬。他也是看得見妖怪的人類。

馨拉住我的手臂，湊近我耳邊低聲強調：

「我們現在是人類了。」

我們穿過從淺草寺境內一路向外延伸的仲見世商店街。

這附近從一大早就能看到三三兩兩的觀光客，淺草不愧是日本的知名觀光景點。只要抬起頭，還能看見稍遠處那座聳立雲端、早已成為這一帶象徵性地標的晴空塔。

「啊，我撐不住了。肚子好餓。我想吃江戶前壽司啦……穴子魚壽司。」

「早上就吃壽司？太誇張了……」

「我只是把我的願望講出來而已啦，這樣可以轉移一點注意力。」

馨露出一臉不可置信的嫌棄表情，我就反射性地找藉口搪塞。我只是講我想吃的東西，到底有什麼意見呀你！

馨側眼瞧著肚子不停連環咕嚕咕嚕響的我，終於忍不住嘆了一口氣。

「我去便利商店買麵包給妳，這樣可以了吧？」

「咦？真的嗎？」

我高興地下意識拍打馨的後背。

「馨，你同時兼好幾份打工賺了不少錢對吧，真大方。」

「……」

「選老公就要選努力工作的。即使時代變了，這句話還是一點都沒錯呢。」

「誰是老公？誰是，誰的老公？拜託妳不要大白天就說夢話好嗎？」

雖然馨立刻反駁我，但還是進去路上的便利商店，幫我買了巨大的環形丹麥麵包和鋁箔包裝的咖啡豆奶。

在東京地下鐵月台等電車的僅僅三分鐘之內，我就把麵包和豆奶掃得一點不剩。

「好吃，但是不太夠……」

「少開玩笑了。妳自己看，這個丹麥麵包的熱量，1225卡路里唷！這些熱量已經夠妳活動半天了……是說，這東西的熱量也太高了吧。」

「丹麥系列麵包的熱量都高得像鬼一樣呀，這是女生間的常識……啊，車來了。」

早晨上班上學尖峰時段的東京電車，就是現實世界中的地獄。

唔，好難受……電車裡擠得像沙丁魚罐頭，開往上野站的路上我簡直都要窒息了。

都立明城學園，我們的學校，從上野站走路幾分鐘就會抵達。

「真紀，這樣下去我們會來不及。」

「那就翻過學校後方牆壁進去好了，那是最快的路。」

我們直直朝圍繞著學校的高牆跑去，在最接近鞋櫃的位置，往超過兩公尺高的牆壁一口氣加速，在即將撞上牆面前的瞬間雙腳使勁一蹬，輕鬆靈巧地飛過牆頭。

在校園內的草地上平安著陸後，一刻也不停歇地又朝鞋櫃飛奔而去。

早上打掃校園的老伯伯嚇到嘴巴張得開開地跌坐在地，但我們完全無暇顧及他了。因為好不容易順利趕上，終於能夠喘口氣時，已經是在鐘響同時滑進班上座位的那瞬間了。

宣告第四節課結束的鐘聲響起。
「真紀，中午了，來吃便當吧。」
熱量高得異常的那個丹麥麵包實在有夠空虛，我再度遭到飢餓的襲擊，整個人無力地趴在桌上，聽到有人喚我時，一臉虛脫地回過頭。
前方站著一個氣質端正高雅，絲毫不像學生的男生。
「由理……你那張爽朗的笑臉對現在的我來說太耀眼了啦。」
「咦？妳在說什麼呀？」
柔軟髮絲和雪白肌膚互相輝映，讓那張精緻臉龐看起來更像個女孩。
他的名字是繼見由理彥。
是淺草歷史悠久的老牌旅館繼承人，跟我還有馨是兒時玩伴。
「我今天沒帶便當來喔。」
「真的嗎？妳居然會沒帶便當，好難得。」
「我睡過頭了。因為昨天幫妖怪的忙，消耗了太多靈力，現在全身都沒有力氣。今天肯定不管怎麼吃都補不回來啦。」
「啊啊……難怪馨會生氣。」
聽到這句話，坐在前面座位的馨立刻一臉不悅地回過頭來。

「當然。早上光是要叫真紀起床就有夠辛苦。我去接她，喊了老半天這位大小姐好不容易才醒過來。」

「我不是講過了，昨天在化貓堂做燈籠做到很晚呀，用融化的蠟像這樣……在燈籠表面寫咒語，還要將封入鬼火的鬼燈球一個一個放進去。百鬼夜行前是趕工旺季，我也做了超過一百個喔。」

「欸，笨蛋，化貓這些話……不要大聲講啦。」

馨神色緊張地壓低聲音念我。真是的，中午吃飯時間大家都在聊天，教室裡鬧哄哄的，我們講話的聲音根本一下就被蓋過去了。

「真紀，妳也差不多該收手了，不要再跟他們牽扯太多。幫他們做事也賺不了幾個錢，還會離現實世界越來越遠喔。」

「我這麼聰明怎麼可能會免費幫忙呢？昨天我可是帶了一個有美麗牡丹櫻圖案的燈籠回家。」

「燈籠是可以幹嘛啦，至少做個能跟人類接觸的打工吧。」

「只要有化貓堂的燈籠，就可以參加百鬼夜行耶。自己花錢買很貴，而且那可是日本全國妖怪都想要的東西喔。」

「啊——我拜託妳，不要再講妖怪、百鬼夜行這些字眼了！別人又會覺得妳很奇怪喔。話說回來，妳身為人類，根本完全沒有必要去參加百鬼夜行。」

「啊啊，你好囉嗦。馨你真的好囉嗦！」

「好、好了啦，你們兩個人……不要在教室裡進行這種低層次的拌嘴……」

我們剛剛爭執的聲音越來越大，開始有部分同學注意到這邊了。

在這種時刻出聲制止我們，就是由理的工作。

「欸，我們去社團辦公室好了，民俗學研究社。真紀，我的便當可以分妳吃，我媽今天做得太起勁，讓我帶了好幾層的重箱（註1）來，叫我跟大家一起吃。」

「咦，真的嗎？耶～可以吃到豪華料理了！」

「馨，你也來吧。在社辦，就算聊那方面的話題也不用有所顧忌。」

「……說得也是。在這裡我沒辦法好好臭罵真紀一頓。」

「我可沒做什麼該罵的事喔。」

「好啦好啦。」

離開教室踏上走廊，立刻感覺到四面八方投來比剛剛在教室裡時更多的視線。

我們每天都過得十分低調，卻出乎意料地相當引人注目。

特別是那些女生望著馨的視線十分炙熱。

馨這傢伙從以前，真的是從很久以前，就受歡迎得要命……

註1：重箱是指在年節喜慶時用來盛裝料理的盒子。基本上是四方形，但也有圓形、六角形、八角形等。

就連我這個青梅竹馬來看，也覺得他真的長得很帥，而且成績又好、運動神經超群，不過馨對異性的吸引力已經達到異常的程度，也算是另一種辛苦。

「女生望著馨的視線還是這麼熱烈耶，這點跟以前實在是完全沒變。」

「……我沒什麼興趣。」

即使由理稍加揶揄他，馨仍是一臉酷樣，我忍不住多講幾句。

「你沒興趣但那些女生有呀。你看，十公尺前方的對面那邊轉角，有個想跟你告白埋伏在那的女生，和旁邊好幾個湊熱鬧的。那邊則是三班的本鄉那群人，隸屬啦啦隊、地位排在高二頂級階層，現實生活中的人生勝利組女孩喔。」

「避開她們。」

馨只拋出這幾個字，緊接著伸手攬住我的肩膀。

「馨，你又想拿我當擋箭牌，讓她們不能告白吧。」

「那種女生超麻煩的……一副『你敢拒絕我的告白試試看呀』的模樣。就是因為平常自信滿滿，自尊心或許更容易受傷，我搞不好會遭致怨恨。」

「什麼呀，你這是過往的心靈創傷嗎？真是可憐的傢伙……」

他從過去經驗學到這類女子的怨念有多恐怖。

「我能了解你的心情，幫你演一下戲其實也沒關係啦。那你要怎麼感謝我咧？我可沒那麼傻，白白幫你這個忙喔。」

我裝出溫柔諂媚的語氣要求回報，馨冷汗直冒，好不容易擠出幾個字。

「……放學後我請妳吃淺草美食，這樣行了吧？」

「哇哇哇！我最喜歡馨了！」

「妳的『最喜歡』有夠廉價耶。不過我不能陪妳太久喔，放學後還要打工。」

「我明白我明白，我最喜歡你認真工作了。結婚之後也要努力賺很多錢回家喔。」

「少開玩笑了，我可不想當妳的提款機。」

「你的東西是我的，我的東西還是我的東西。」

「妳居然講胖虎名言講得這麼理直氣壯，是哪來的強盜呀！」

「我才不是強盜，是你的老婆喔。」

「離婚，我現在立刻、馬上就要離婚。」

「……好、好了你們兩個冷靜點……是說，你們兩個現在還沒結婚吧……」

由理終於介入我們兩人的唇槍舌戰。

明明一開始是為了幫馨避開女生的告白，結果兩人完全不符合高中生年紀的低層次鬥嘴越加白熱化，我們連早已經過本鄉那群人這件事都沒留意到。

她們想必很氣吧？我感覺背後射來許多女生的怨念呀……

最後我們走到舊館的美術室……隔壁的老舊美術教材室。

門上貼著一塊厚紙板，上面寫著「民俗學研究社」。

這裡就是我、馨和由理的基地。

以美術教材室為活動據點、總共只有三名成員的民俗學研究社的社辦。

拉開有些卡卡的門，我們一一走入室內。牆邊排著好幾個書架，上頭堆滿陳舊的美術雜誌、可疑的圖鑑，還有搞不清楚年代的漫畫周刊。

窗邊還陳列著石膏像和畫素描用的牛骨、畫架等根本早就無人使用的物品，上面都積滿了灰塵。

門邊則擺著一塊白板，上頭列著幾句像是會議結論般的話語。

標題是這樣寫的。

『為什麼我們妖怪必須遭到人類趕盡殺絕呢？』

嗯——看起來有一點，不，是相當可疑吧。其他還寫著……

『關於遭到安倍晴明及源賴光殺害的所有妖怪們。』

『京妖怪和大江戶妖怪的對立相當不妙。』

『痛宰陰陽局那些混帳。』

『想要當作上輩子那些黑歷史不曾存在，想要燒毀文獻。』

『免費前往隱世的密技。』

……之類的內容。社辦中央的桌上還隨意丟著數本寫滿會議紀錄的資料夾，裡頭內容要是讓同學看見了，肯定會招致許多異樣眼光。

表面上我們三人是民俗學研究社，但其實我們從事的淨是些和妖怪有關的活動。

原因是，我們三個人都能看得見妖怪，而由於「某種因素」，又沒辦法袖手旁觀，就會不小心牽連進去。

這是因為我們「沒有能徹底變成人類」嗎……？

「啊！是燉竹筍和油豆腐耶，看起來好好吃～」

重箱裡頭擺滿了燉煮的春季蔬菜及蜂斗菜、厚煎蛋、炸雞、黑豆、竹筍飯和小型紫蘇梅飯糰。我立刻從櫃子裡拿出紙盤等餐具。

「由理的便當還是這麼誇張，簡直就像賞花便當一樣。」

「我媽每次只要從家裡旅館的主廚那邊學到新菜色，就想要立刻試做，搞得我的便當總是像重箱一樣。」

「這樣不是很幸福嗎？媽媽每天都親手做便當給自己吃耶。我媽根本就不管我，這幾天都跑到她男人那邊去了。」

馨打開冰箱拿出瓶裝茶，嘴上稀鬆平常地提及家裡驚人的狀況。我和由理互相對看了一眼。

「開動。」

總算可以吃飯了。我把菜盛到自己的紙盤上，大口咬下燉竹筍。

竹筍吸飽了高湯，口感十分柔嫩，調味也不會太過，高雅的甜味和竹筍的風味在口中擴散開來，配上紫蘇梅飯糰一起吃，更是顯得美味。

「傳統料理果然好好吃呀～由理，你媽媽做的菜口味很溫和，我真是愛極了……」

而且，採用當季食材親手烹調的料理，以及蘊含了歷史文化的菜色，都能夠幫助回復靈力，料理中的能量撫慰了我的五臟六腑。

「啊，對了。真紀、馨，你們放學後反正要去淺草寺那裡閒晃對吧？我可以一起去嗎？我上課前得先去買地瓜羊羹。」

由理居然特意事先詢問，吃著便當的我和馨不禁互相對望了一眼。

「好呀，就跟平常那樣一起回去不就好了嗎？」

「因為總覺得，好像會變成打擾你們夫婦倆約會的大電燈泡呀。」

「什麼？我們才不是夫婦，那也不是約會啦。是我辛辛苦苦賺來的打工薪水受到無情壓榨的恐怖時間……」

馨似乎要開始說起不中聽的話了，我啪地用力拍了一下手。

「啊！那就三個人一起去淺草寺參拜抽籤嘛。我敢說馨一定會抽到凶。」

「真紀，妳居然轉移話題……」

「那麼今天就來進行校外活動，妖怪們最喜歡的仲見世街淺草美食研究……還有……」

我立刻轉向一旁，從堆得像小山一樣的妖怪相關研究資料中，抽出記錄平日活動的社團活動日誌。

「啊！」

唰唰唰唰。壓在上頭的資料夾發生山崩了，差點把我的馬克杯撞倒，還好馨眼明手快地在最後一刻將杯子拿起來。

從資料夾交疊的縫隙中露出的單字有酒吞童子、茨木童子……妖怪、前世、安倍晴明、鬼怪降伏、源賴光……淨是些奇特的字眼。

「妳看啦，就是因為妳平常不好好整理，都隨便堆成一堆才會這樣。要是我，這些打死我都不想給別人看到的東西，一定會嚴密地鎖進石膏像後面的金庫裡藏起來。」

「每次都要從裡面拿出來不是很麻煩嗎？」

「不是這個問題吧。妳聽好，這種……妖怪呀酒吞童子呀茨木童子呀……安倍晴明呀！現在這個時代裡，會關注這些東西的高中生不是中二病小鬼、重度遊戲玩家，就是熱愛妖怪的阿宅啦。」

「這也沒有說錯吧？」

「天啊！妳可不可以有一點羞恥心呀！」

馨重重將我的馬克杯放回桌上，裡面的液體都潑灑出來了。

順著這股氣勢，他斬釘截鐵地說：

「就算！我們前世是平安時代的妖怪或什麼鬼的。這種事情呀，一般人是不會相信的啦！」

「……啊，馨自己說出來了。」

我和由理不自覺拍起手來。

因為馨真的很少從自己口中承認這件事。他現在不曉得為什麼整張臉都漲紅了，還轉過身背對我們……沉浸在深深的無力感之中。

「可是，一切真的是很不可思議耶，那都已經是平安時代的事了喔。我們居然會在千年之後的這個時代裡，轉世變成人類……」

春天正午明朗的光線，照進布滿塵埃的美術教材室。

從這間房的窗戶可以望見，中庭裡種的那株枝垂櫻正輕柔地搖擺著……

我們來聊一些奇異到彷彿是捏造的，卻又無比真實的話題吧。

民俗學研究社的茨木真紀、天酒馨、繼見由理彥——

我們每一個都是身懷前世的複雜記憶，以人類後代的身分出生在這個世界裡的存在。

○

很久很久以前，在某座京城中，有兩隻威脅城內祥和的惡鬼存在。

他們的名字是，酒吞童子和茨木童子。

他們率領著眾多妖怪，從大江山來到京城，幹下數不盡的壞事。

他們異常殘暴，愛喝酒，食量也奇大無比。聽說襲擊人類時，他們總會搶奪或破壞物品。不堪其擾的朝廷命令陰陽師安倍晴明占卜，找出這些惡行惡狀的真兇。

安倍晴明向上稟報這些都是酒吞童子和茨木童子幹的好事，君主便下令派源賴光及其屬下前去討伐兩隻惡鬼……

這是流傳到現代、非常知名的降伏惡鬼的傳說。

不過呢，或許很少有人知道，這個傳說中的壞人角色酒吞童子和茨木童子，其實是一對「夫妻」。

這對惡名昭彰的夫婦，酒吞童子和茨木童子，正是馨和我的前世。

當時酒吞童子與茨木童子擁有強大的靈力，甚至被稱為鬼神。他們率領一群妖怪，在大江山設下特殊的結界，在其中安居樂業。

這是為了從當時不分青紅皂白討伐眾妖怪的陰陽師手中，保護妖怪們的安全，讓他們能夠過上安穩的生活。

可是我們的小天地，不僅遭到當時力量最強大的陰陽師安倍晴明的破壞，還受到源賴光一夥人打著降伏惡鬼的口號猛力襲擊。

我們徒留深切憾恨。安倍晴明和源賴光，是我們不共戴天的仇敵……

不只我和馨，由理也帶著在《平家物語》中為人熟知的大妖怪「鵺」的記憶投胎轉世。鵺是我們這對鬼夫婦的朋友，然而人類卻因為他的叫聲淒涼不祥這種原因，就出手討伐他，實在是個命運乖舛的妖怪……

不知是由於何種因果，在那個時代死去之後，我們帶著身為妖怪的記憶，還有與前世無異的強大靈力，轉世到這個時代來。

明明直至今日都尚未忘懷當初身為妖怪的感覺，以及遭到人類討伐的怨恨，但現在卻又身為人類，各自出生在不同家庭，理所當然般地過著學生生活。

我們心裡總是迴盪著一股不對勁的感覺，認為這是一件非常異常的事情。

○

雖然淺草有好幾條商店街，但從雷門一直延續到淺草寺前方的「仲見世街」總是擠滿了人，熱鬧非凡。

「欸，馨，就先吃那個啦，那個，吾妻的吉備糰子！我還要冰抹茶。」

「我們才剛到妳就立刻下單……看來今天不讓妳吃夠本是回不去了。」

我們一到淺草寺前的仲見世街，就立刻殺去我喜歡的吉備糰子店「吾妻」排隊，馨買了三百日圓五串的糰子和冰抹茶給我。

沾滿黃豆粉的小型吉備糰子才剛剛做好，還帶著熱度，店員將糰子包在紙袋中交到我們手上。一起買的冰抹茶也是我的最愛，帶著微微甘甜，入口滑順清香。

店旁設有桌子，在桌旁站著將吉備糰子和抹茶吃喝完畢再移動是基本常識，邊走邊吃是沒禮貌的行為喔。

「真紀妳吃東西還是這麼豪爽，居然一口就吃一串。」

「她根本沒半點女人味，從以前就是這副德行。」

由理和馨兩人合吃一袋，同時像在觀察珍禽異獸吃東西一般，頻頻朝我瞄過來，還交頭接耳竊竊私語，真是失禮的傢伙。不過好吃的東西就是好吃……

「哇，真是太好吃了。五串根本一下子就吃光了啦。」

「滿足了嗎？」

「還早咧。總之下一道也來個甜的好了，之後再吃淺草炸肉餅做結！」

「……是說，這樣妳就會放過我了吧？」

「畢竟是你打工賺的錢，也不能沒上限地亂花呀。」

學生打工能賺的錢相當微薄，馨可是拿他辛苦獲取的薪水來請我吃美味的淺草美食。而且往後的人生還很長，不能在學生時代就養成揮霍的習慣……

在有所領會的心境下，我咕嚕咕嚕地大口喝乾冰抹茶。

「啊，對了。我也得買地瓜羊羹當伴手禮。」

由理似乎剛剛忘了這檔事，現在才又突然想起來，啪地雙手交擊了一聲。

販售地瓜羊羹的是淺草老字號和菓子專賣店「舟和」。

除了地瓜羊羹以外，用寒天包裹住豆沙內餡的彩色豆沙丸子也相當有名。

「啊，地瓜羊羹。」

在由理買盒裝地瓜羊羹的同時，飄出逼人香氣的「香煎地瓜羊羹」吸引了我的注意力。店內的鐵板上擺了一整排四角柱形狀的地瓜羊羹，正在煎烤其側面。

將地瓜的樸實甜味提升到高雅層次，讓人宛如在吃真的地瓜一般的淺草甜品——舟和地瓜羊羹，直接吃當然也十分美味，可是……

「欸，馨，那個香煎地瓜羊羹，我還沒有吃過耶。」

「……妳是叫我買給妳的意思嗎？」

「煎得恰到好處，略帶金黃焦色，再抹上奶油一起吃。一定很好吃！」

我伸手拉著馨的制服左右搖晃，把他拖進隊伍裡一起排隊。

馨周到地買了三人份，我用舌頭舔了舔嘴唇，朝著羊羹吹氣，接著大口咬下。

「好燙好燙……啊啊啊，奶油融化在嘴哩，鹹鹹甜甜的，好幸福的滋味。」

「妳在胡說些什麼呀。」

細長型的香煎地瓜羊羹用手拿著吃很方便，就像在吃真的地瓜一樣。

馨望著我嘴裡塞滿羊羹、雙頰鼓脹的模樣，嘲笑了幾句。

「久等了。」

由理也買好伴手禮回來了。

「我要帶這間店的地瓜羊羹和彩色豆沙丸子去給茶道老師，老師最喜歡這兩樣點心了，啊，馨，你連我的份都買了嗎？謝啦～」

「你要付錢。」

馨毫不留情地叫由理付錢。也是啦，由理家很有錢呀……

好了，享用完香煎地瓜羊羹之後，接著我們朝向和仲見世街垂直相交宛如畫出一個十字、橫向延伸的「傳法院街」前進。

「淺草炸肉餅，接下來是淺草炸肉餅。」

「這是最後一個囉。」

「淺草炸肉餅」正如其名，是在淺草相當受歡迎的炸肉餅，特別是剛起鍋的尤其美味。酥脆麵衣搭上滋味濃醇的豬牛混合絞肉，只要咬一口，肉汁就會在口中擴散開來，讓人因它豐腴香甜的好滋味而驚訝不已。

「啊啊～就是這個，就是這個味道，沒吃過這個炸肉餅的人，都不能算是淺草的居民啦。有好多好吃的東西，淺草萬歲！我這輩子都要住在淺草。」

「妳對淺草的愛還是這麼強烈耶。高中女生通常會喜歡一些更時髦的地區，像是澀谷或原宿不是嗎？」

「是說，因為我們也不能算是一般的高中生呀……」

說了一大堆有的沒的，總之我們就是熱愛淺草的三人組。三人現在都正一臉滿足地享用淺草炸肉餅……實在是太好吃了。

好了，淺草美食巡禮就在這裡畫下句點。

接著我們按照計畫去淺草寺抽籤。

淺草寺的籤不是那種摺疊成小小一片的籤，而需要抽籤者先搖晃巨大籤筒，確認從洞口掉出來的木棒上頭寫的號碼。

再去設置在一旁的櫃子中，拉開標著同樣號碼的抽屜，取出一張裡面的紙片。

「不！」

然後正如我所料，馨抽到了凶……咦、不、不對！

「是大凶！馨這傢伙居然抽到了大凶！」

「哇……馨你真的是手氣很背耶。」

「我知道了，因為你前世為非作歹。」

「少、少囉嗦！淺草寺很容易抽到凶啦。要是光因為上輩子做了很多壞事這種理由，那你們也應該都是大凶吧，拿過來我看！」

「我抽到大吉。」

「我是……半吉。抱歉。」

「……啊——果然只有我而已——」

天酒馨這個男人，其實運氣非常差。

凶。

我們來淺草寺抽籤，算起來大概也有五次了，他每一次都是凶，而這次居然更進一步抽到大凶。

馨好像有點沮喪，微微低著頭反覆閱讀那張籤紙上寫的內容。

「……完了啦，我好像馬上就要受重傷了，而且家裡還會失火。」

「啊哈哈，這什麼呀……咦？馨會受傷嗎？還會失火嗎？太糟糕，我不想要馨受傷……真讓人擔心。」

我一開始只覺得好笑，但內心漸漸泛起不安……不管怎麼說，總覺得馨的確很有可能遇見這類災害。他真的就是一個會招來不幸的男人，這可不是開玩笑的！

「由理，怎麼辦啦？馨說他會失火。」

「不是我，是我家啦。是說家裡失火也很不妙就是了。」

「呵呵，兩個人都不用這麼擔心，淺草寺的籤老是喜歡寫這種壞心眼的內容。況且就算抽到下下籤，也可以想做是不會再發生更糟糕的情況啦，因為也能解釋為只要自己多留意，就能夠迴避危險。」

「對、對啦，這裡的籤內容真的都很辛辣耶……我的籤也是……」

你的願望看似能夠實現，卻會因為巨大災禍而相形漸遠。

將會出現顛覆你整個世界的新邂逅。

什麼呀，總覺得有種討厭的預感，這算什麼大吉呀。

「不會啦，重要的是誠心。我們換個心情去參拜吧，好好向淺草觀音拜託，請祂幫我們趨吉避凶。」

我們三人一起踏進淺草寺輝煌的大殿，在賽錢箱前方併排站好。

我丟了五圓，馨是十圓，由理則拋了個五十圓硬幣進賽錢箱。嘖，這是經濟階層差距嗎……不不，重要的是誠心。我雙手合十，嘴裡低聲喃喃唸道「南無觀世音菩薩」。

「那個，我剛升上高二了，希望能和大家愉快相處，這個最重要。然後希望淺草妖怪們的生意都能蒸蒸日上，我可以每天吃美食吃得飽飽的，我、由理和馨能夠長命百歲……還有，希望馨的打工能賺很多錢。」

「我賺的錢不是妳的東西啦。」

雖然現在是在參拜，馨還是不忘吐嘈我。

「我只盼望做為一個極度平凡的人類好好生活……這次絕對別再牽連進妖怪間的麻煩事，過著安穩的日子……還有請從真紀手中保護我辛苦打工賺的薪水。」

「馨的願望也太實際了吧。」

「那由理你要許什麼願？」

「我……嗯，也是呢，我的話，應該是希望我的家人都能健康平安，還有你們兩個能夠幸福地結婚吧。」

「什麼呀，你是在找碴嗎？」

三人口中不忘拌嘴，接著紛紛閉上雙眼靜靜祈求。

我雖然沒有說出口，但我有一個就算賭上整個人生也希望實現的願望。

希望這輩子一定要獲得幸福……

「茨木大姊，茨木大姊呀～～」

我們參拜完畢，正從大殿走下來時，有一群小小的東西叫住我。

「哎呀，這不是隅田川的手鞠河童嗎？」

他們藏身在大殿的柱子後方。頭頂圓盤、全身碧綠的生物，就是人稱的河童。

而手鞠河童這個種類，在河童中又算是特別嬌小柔弱。

他們的尺寸正如其名，只有「手鞠（註2）」大小，身形同多數吉祥物一般圓圓胖胖的，十分

註2：手鞠是日本一種球形玩具，大小通常介於壘球和手球之間。在過去是以棉線做出高彈性球芯，外側纏繞彩色絲線做出幾何圖案，明治時代橡膠開始普及，被彈力好的橡膠球取而代之。

討人喜愛，故以寵物妖怪的身分在特定族群中大受歡迎。

「茨木大姊，請妳救救我們。再這樣下去，我們就要過勞死惹。」

手鞠河童們圓滾滾的眼睛水汪汪地泛著淚。

仔細一瞧，他們頭頂圓盤上的水都乾涸了，還出現好幾道裂縫。

「發生了什麼事？」

我蹲下來，朝著兩隻手鞠河童發問。

「喂，真紀，妳現在看起來可是對著什麼東西都沒有的地方自言自語喔。」

馨立刻提醒我。確實，在看不見妖怪的一般人眼中，想必會認為我的舉止十分異常吧。

我讓那兩隻手鞠河童站到我手中，起身走到不起眼的角落。

馨和由里嘴上雖然發著牢騷，還是跟了過來。

「事情其實是這樣這樣，那樣那樣滴。」

手鞠河童說，他們被強迫在合羽橋地底下新開的食品模型工廠，每天從早到晚進行嚴酷的勞動工作。工廠由叫作牛鬼的一夥妖怪在掌控，弱小的手鞠河童們無力反抗，每天辛勞工作的報酬只有一千日圓和小黃瓜一根。

手鞠河童們已經瀕臨過勞死邊緣了。

這兩隻是趁著負責監視的牛鬼不注意時，偷偷跑出來找我求救的。

「日薪一千日圓和小黃瓜一根也太誇張了吧，這應該是時薪吧？」

「這種工作條件就連國內那些黑心企業也要甘拜下風……」

就連馨和由理也不禁因為河童們極具衝擊性的工作條件投以同情目光。

「至少該有日薪兩千五百日圓和小黃瓜三根。」

「這樣還是很少耶。」

人間界的妖怪們為了存活，必須尋找能賺錢的工作。

這個人間界中，能讓妖怪安心生活的地方很少，而且能夠補充他們生存所需的靈力的食物也不多。

正因如此，有時會聽聞有妖怪襲擊人類將其吃下肚，或是失控暴走引起怪奇現象的情況。而一旦發生了這種情況，人類自然會更加抗拒妖怪的存在。

可說是水火不容的關係。

如果妖怪希望能和人類和平共處，「金錢」這個首要條件就會有其必要性，他們也就需要一份能賺到錢的「工作」。

現代有很多融入人類社會，老實做生意的妖怪，但也存在著藉由奴役那些找不到工作的妖怪或低階妖怪，獨自謀取暴利的惡劣傢伙，這已經是近幾年來的大問題。

「我們在這裡拜託淺草妖怪界中滴水戶黃門，總是嚴懲壞人為民除害、最強滴茨木大姊。請妳想辦法讓那個工廠長改過向善！」

「嗯……好，我明白了，那個牛鬼就讓我來制裁他。不過你們得要給我謝禮，我一向是該拿的東西就要拿，可不會平白出借勞力。」

「哇哇太棒惹！那把我們河童偷偷埋在隅田川堤防裡的私房錢給妳。」

「不用是錢也沒關係呀。」

「哇哇太棒惹。了解。那致贈妳一根小黃瓜喔。」

「一根小黃瓜……算了。」

從私房錢變成一根小黃瓜，謝禮的等級一口氣掉了一大截，不過也沒辦法。

為了維護妖怪們的秩序，現在正是人稱淺草水戶黃門的我出場的時機，來找我們幫忙的妖怪，出乎意料地多呀……

「啊，我該去打工了。」

「抱歉真紀……我也差不多得去上茶道課了……」

但兩個男生顯得意興闌珊，似乎就連「我來幫妳吧」或「放心交給我吧」這種念頭也沒有，態度十分淡漠。

這種事我當然早就明白，這兩個傢伙並不想牽扯進有關妖怪的問題中。

「哦，好呀。我會一個人想辦法解決。」

「喂喂，真紀，我平常就講過很多遍了，不要再管那些妖怪的事，這對我們一點好處也沒有。難道妳忘記上輩子的教訓了嗎？」

「……那你應該能明白吧？我就是沒辦法放著妖怪們不管呀。」

「妳是傻瓜嗎？妳真的是太傻了啦……真紀。」

馨的態度和平常不同，表情複雜，微微垂下視線。

我將手鞠河童放到肩上，臨走前輕輕拋下一句話。

「馨你就好好努力工作賺錢，由理也是，都特地買好伴手禮了，不能不去茶道課。」

「……」

「……真紀。」

「接下來是我個人的慈善活動喔，至少這輩子得多積點福報。」

我明白馨和由理都在擔心我。

原因並非擔心我發揮正義感去制裁牛鬼這個凶暴妖怪時會有危險，他們很清楚這種程度的妖怪根本無法對我造成威脅。

他們擔憂的是其他事。

怕我和妖怪牽扯太深……總是忍不住要出手相助……會在往後造成和人類的對立。

「不愧是最強的茨木童子大人，是要來幫助我們的大妖怪～」

只有肩膀上的手鞠河童歡天喜地地大喊著。

他們到現在都還是叫我「茨木童子」，對我會出手幫助他們這一點深信不疑。

合羽橋道具街是位於台東區西淺草的知名道具街。販售料理用具、餐具、食品模型、餐飲店用具或多種餐飲店制服等各式料理相關用品的店家連成一長排，多得不勝枚舉。

此外，因為「合羽」這個名稱的日文讀音和「河童」相同，加上這個區域自古就流傳著河童傳說，於是便將河童做為吉祥物。

河童圖案、河童像等，這條商店街的每個地方都充滿河童，對於喜歡或是瘋狂熱愛河童的人來說，是個超級推薦的景點。至於這種人是否真的存在，我是不曉得啦……

回到主題，合羽橋河童傳說的內容是這樣的。

在江戶時代，這一帶的排水系統相當糟糕，居民總是因為洪水氾濫而苦惱，當時有位商人合羽屋喜八獨自出資在附近挖掘水道。原本只是在旁觀望的隅田川河童們，因喜八犧牲奉獻的心意而深受感動，每天晚上都前來幫忙工程……

因為有這段過去，現在大家都認為合羽橋算是河童很容易找到工作的地區。

可是，會來到合羽橋的妖怪，不可能單單只有河童。

淺草原本就有許多妖怪棲息，是日本排名前幾名的妖怪密集地區。

其中也有從其他地方輾轉搬來展開新事業，奴役河童這種聽話好員工，從事惡劣勾當的妖怪。

以這次的情況來說，就是牛鬼那些傢伙。

妖怪要在淺草做生意，就必須先參加位於淺草地下街的工會，取得許可才行。不過牛鬼的這間工廠看來應該是違法營業……

「塗上橘子的顏色……」

「做抹茶冰淇淋的模型……」

「大量生產白玉糰子……塗上亮晶晶的亮光漆……」

位於合羽橋地底下的食品模型工廠正如手鞠河童所描述的，勞動環境十分惡劣。河童們一隻隻都目光渙散無神。

「喂，你慢吞吞地偷什麼懶！」

「啊——！——！」

手鞠河童們被強迫永無止盡地製作食品模型，如果他們想要稍作休息，在旁監督的牛鬼就會將項圈通電以示警告，讓他們苦不堪言。

我和來向我求救的兩隻手鞠河童，一起偷偷窺探上述的工廠情況。

「太過分了……你們居然能夠在這種情況下逃出來。」

我想這兩隻來搬救兵的手鞠河童，肯定是懷著必死決心逃出來的，不過肩上的他們只是惹人憐愛地歪著頭說：

「我們運氣好，項圈自己鬆開惹。」

「我們身體又軟，其實一切還滿順利的。」

「這樣呀，怎麼聽起來有點隨便……」

現代妖怪就是這樣，警覺性不足，做事不周詳。

身為前反派妖怪，我對這一點雖然頗有意見，但這些小小的手鞠河童遭到牛鬼奴役虐待、深陷苦海的畫面，仍是令我無法袖手旁觀。

牛鬼是一種頭上長角，屁股有牛尾巴的牛面鬼。他們身穿人類的工作服，半是化作人類的模樣。

工廠長是個臉上有疤痕的傢伙，塊頭很大，頂著一頭茶色短髮。

那副外表無論怎麼看，都像是個幹盡壞事的歐吉桑。

「喂！那邊那個瘦皮猴河童！剉冰糖漿的顏色要像東京晴空塔的夏威夷藍，我不是講過了嗎！搞什麼鬼，怎麼會弄成那種低俗的綠色，而且上面居然還有小黃瓜切片！」

「……小黃瓜口味、搭上小黃瓜配料的剉冰……在河童界肯定能引領夏季潮流，是絕對會大受歡迎的剉冰。」

「誰需要只有河童會吃的食品模型呀！你至少也做個哈密瓜口味！」

「啊～～！不要打我～～」

就在牛鬼正要出手鞭打那隻特別瘦小的手鞠河童時。

「住手！」

我再也看不下去了，忍不住大聲喝止，同時從藏身處走出來。

手上抱著和馨及由里分開後，回家拿來的好夥伴……不，是一個長型而繃緊的大袋子……

為了即將到來的夏季，原本正忙著製作冰涼日式甜點和剉冰食品模型的手鞠河童，紛紛抬起憔悴無神的臉龐，那隻正要動手鞭打河童的牛鬼也停下手上動作。

「妳是誰呀……人類？」

牛鬼對著突然出現在他眼前，身形嬌小的我，不悅地皺起眉頭。

「茨木大姊來救我們惹～～！」

「肯定會贏的！」

而手鞠河童們歡天喜地地跳來跳去，牛鬼更感大惑不解，「搞、搞什麼！現在究竟怎麼回事？」邊說邊環顧工廠內的情況。

「我叫作茨木真紀，手鞠河童跑來跟我哭訴，你們肆意奴役手鞠河童，只給他們每天一千日圓和一根小黃瓜當作薪水。我是來給你們一點教訓的。」

「啊？」

「我是不曉得你的來歷，但看起來是從外地來的妖怪吧，好像完全不了解我們淺草的規矩。」

「這位小姑娘，妳才是搞不清楚我究竟是何方神聖吧。」

「當然呀，誰會聽過你呀。你不也不曉得我是誰嗎？」

我語帶狂妄，神態囂張地掠了掠頭髮，牛鬼工廠長額上瞬間爆出青筋，用大拇指指向自己，報上名號。

「我可是鎌倉赫赫有名的牛鬼，名叫元太，正是那位據說曾和平安時代知名武將源賴光對戰的大妖怪『牛御前』……的後代！」

哦。說到牛御前，不就是隅田川旁邊的「牛嶋神社」的神明嗎？

「在傳統戲曲淨琉璃中名聲響叮噹的那個牛御前，可是還在隅田川滅了源賴光的軍隊，我的等級自然不同凡響！」

「實際跟源賴光打仗的又不是你，何況牛御前也算是我朋友，他要是曉得自己的後代子孫做這種見不得光的事，肯定會羞愧得無地自容吧……」

「……嗯？」

「算啦，反正只要我代替他來懲罰你就好了。」

我在嘴角泛開不懷好意的笑容，解開手中的長型袋子，取出一根表面凹凸不平的球棒，一根滿布釘子的木棒……

「這是什麼呀～」

「球棒呀，看就曉得了吧？」

「上面也太多釘子了吧～」

「還有血跡耶～」

「這只是用靈木削成的球棒，再釘上塗滿我靈力的釘子而已啦。要是拿普通球棒來對付牛鬼這種魁梧妖怪，三兩下就會折斷了，所以我就像這樣在表面加工，增強堅固程度……這是我小學時製作的、經歷無數戰役的釘棒，你們是有什麼意見嗎？」

「沒……一點意見都沒有。」

肩上的兩隻手鞠河童拚命搖頭否認，暗自低聲竊竊私語：「茨木大姊想宰了他……」我可是聽得一清二楚，我才沒有要殺他啦。

牛鬼工廠長看到我手上這隻「鬼金棒」，面露些許怯色，但又隨即展露強烈的怒意，朝著牛鬼手下大喊：「幹掉她！」那些手下紛紛撐破工作服，回復原本巨大駭人的身軀，朝著我飛撲過來。這是什麼老套的劇情呀。

「一、二、三。」

我也就愉快地朝著那群牛鬼盡情揮棒。

釘棒這種東西雖然無法傷害妖怪的身體，但釘子有將自古以來的咒術全數灌注其內，讓原本飄流不定的靈力固著下來的效果。

因此，完整留存了我的靈力的那一棒，颳起一陣勁道猛烈的強風，將那群牛鬼都彈飛到空中，身體狠狠撞上牆壁或天花板，眼珠子骨碌骨碌地打轉，又紛紛掉落到地上。

這引發了連鎖效應，四處都有東西接連崩落，乒乒乓乓地摔得變形損毀。手鞠河童們也渾身冒汗，手足無措地紛紛四竄。

「啊……食品模型也都壓爛了。」

哎呀，我已經手下留情了，可是從前世延續至今的這份巨大靈力、身體能力、還有我引以為傲的腕力和釘棒實在是太強大了……

牛鬼工廠長驚愕地愣在原地，但不一會兒就滿臉通紅地憤怒發狂。

「妳這囂張的小姑娘！該不會是管理這一區的『陰陽局』退魔師吧？」

「不……我跟那沒什麼關係……」

「混帳！在鎌倉也是遭他們欺負。要不是他們來干涉鎌倉妖怪的生意……還把我們趕走，我才不會做這種……」

「……？」

「不過，我可不會輸給你們這些人類！」

他怒髮衝冠，氣勢驚人地展露出自己原本的模樣，工廠長變成一隻約五公尺高的龐大牛鬼。

「喔，好大。」

他和剛才那群牛鬼不同，四肢長如蜘蛛一般。

這是上級牛鬼的證明。如同獸面鬼瓦般的巨大臉龐、尖銳的牛角、鋒利的牙齒、淌著口水的嘴角、四肢著地的這副姿態十分嚇人，令人不禁渾身顫抖……我想應該吧。

如果是普通人類見著這副光景，肯定會有這種反應。

「我要狠狠把妳這傢伙的頭咬下來！」

牛鬼工廠長張開血盆大口，露出無數尖牙，打算將我吃掉。

但我毫無懼意，只是悠哉地擺好揮棒姿勢。
「真是個傻瓜，我可比你厲害多了喔。」
豪爽的揮棒不偏不倚地正中牛鬼的身軀。
手中傳來一陣快感，我不禁露出滿臉笑容，使勁將球棒揮到底。
「哈哈哈，場外再見全──壘打！」
我猛烈的靈力直接擊中牛鬼側腹，他直直飛向堆疊在地下工廠角落、塞滿待出貨食品模型的那堆紙箱。
紙箱砰砰咚咚地崩塌，陷進裡面的牛鬼立刻就想要爬出來，卻無法靈活移動。
「哎呀。」
在那傢伙還爬不起來時，我已經威風凜凜地站在他眼前，將沉重的球棒往地上一擊。
轟隆一聲，地面凹陷了一個大洞。牛鬼見狀，身體不由自主地發抖。
「你動不了了吧？只要中了我的靈力，身體就會暫時麻痺。」
我低頭看著牛鬼，臉上再度浮現勝利的微笑。
牛鬼似乎是認知到我和他的實力差距，因而放棄抵抗了。
「這個、這個垃圾、垃圾工廠長。」
手鞠河童們把握機會，乘機洩憤，群聚在旁邊拚命用帶蹼小手搥打工廠長。雖然看起來是不痛不癢啦。

「！」

就在這個時候，一道像是要撕裂空氣般的銳利聲音從我正後方劃過，我的髮絲隨那陣風飛揚起來。

斜後方有一隻牛鬼，伴隨著哇啊啊的喊叫聲倒地不起。似乎是遭到力道強勁的快速球（食品模型）擊中。

是說，我知道是誰丟的球。剛剛從入口偷偷潛入的那個黑髮男學生。

「馨……你終於肯現身啦，明明你一直都在。」

「妳才是不要隨便放鬆戒心啦，那傢伙一直在後面打算攻擊妳。」

「這種事我早就發現啦。」

馨雖然教訓了我一頓，但百分百會跟過來。

「……你們……到底是誰？真的是人類嗎？」

工廠長用極為虛弱沙啞的聲音，朝我們發問。

「不對，你們雖然是人類，可是等級跟那些人類退魔師差太多了，但又不是妖怪……到底是怎麼回事……？」

「這個嘛……我才想問咧。」

我擺出裝傻的表情。

我們的立場究竟為何？這是我長久以來不斷思考，卻始終找不到答案的問題。

我們擁有身為大妖怪的記憶和力量，要是不特別去意識，就會自然以妖怪的感覺行動，但卻實實在在是身為人類出生的人類後代。

鼻子哼笑一聲，我將重心倚向插在地面的球棒上，望著牛鬼工廠長。

赤紅色的柔順長髮順著肩膀傾洩而下，和我的赤紅靈力一起……

「淺草對於妖怪很包容喔，畢竟這裡可是全日本『最適合妖怪工作的土地』，但還是必須遵守規定。我不曉得你在鎌倉發生了什麼事，但就算我不來制裁你，也遲早會有其他人來教訓你的。」

「……那我究竟該怎麼辦才好呢？為了要彌補在鎌倉的損失，我別無選擇，只能做這種下流勾當，而且我還有欠債……像我們這樣一無是處的流浪妖怪，根本沒有店家願意僱用。」

工廠長完全喪失鬥志，明明身軀那麼魁梧，現在卻開始低聲啜泣。

「你要是真想重新開始，可以去淺草地下街。」

馨走到我身旁，開口建議工廠長。他慢慢抬起那張流著淚的臉龐。

「在淺草地下街，有個努力讓妖怪們能夠在淺草安心工作的工會，是人類和妖怪齊心協力共同創建的。你的欠債，他們應該也會幫忙想辦法，還會協助你們在淺草找工作和容身處以應付生活吧。」

工廠長聽了馨的話後，長長呼了一口氣，接著就失去意識了。四處都有手鞠河童們一邊歡呼「我們自由惹～」、「工廠長活該～」，一邊興高采烈地跳來跳去。

「喂，手鞠河童，就算有工作機會從天上掉下來，來這種奇怪的工廠上班也太大意了吧，事先調查時薪和工作環境非常重要。我可是有許多打工經驗的大前輩，這句話你們要好好聽進去。」

「好——酒吞童子大人～」

這些傢伙到底是有沒有聽懂呀？單純的手鞠河童可愛地高舉雙手。

馨在一一確認散落各地的食品模型和東倒西歪的那群牛鬼之後，就取出手機打電話給認識的工會成員。

在這段期間，我則使勁將牛鬼工廠長抱起來，放在入口旁的平坦處，接著伸手捏起那些還黏在他身上劈劈啪啪敲打著的手鞠河童背甲，將他們拿開，然後蹲低身子輕輕說：

「……下次要正正當當地努力喔……這裡的大家都很溫柔的。」

還有機會重頭開始。如果是在淺草，就連妖怪都……

「喂，真紀，組長很生氣喔。他先發了頓火，又大口嘆氣，差點就要哭了，問說：『又是茨木嗎？』」

「但我沒殺他呀！你看，還在呼吸。」

我伸手到橫躺在地的牛鬼嘴巴附近探了探鼻息。嗯、嗯，雖然有點微弱，但還在呼吸！

「哼，真是的，看來我得把妳的頭壓到地面，陪妳一起下跪道歉了。」

馨的表情看來心情十分惡劣，但我覺得有點高興。

「妳笑什麼？」

「笑……就算你嘴上抱怨一堆，還是站我這邊呀。」

「我只是討厭麻煩。妳這個熱愛行俠仗義的傢伙的破壞行動要是太超過時，想要妥當和平地解決事端……我出面要快得多。」

「嗯嗯，的確是呢。」

「……少得意忘形，真紀，話說回來，妳這人──」

馨就要開始說教了，所以我從前方抬頭仰望他的臉，展露大大的笑容對他說：「感謝你總是照顧我，馨！」聽了這句話，馨硬生生吞下已經來到嘴邊的抱怨，又嘆了一口氣，就開始認真地收拾四周殘局。

他毫不費力地抬起沉重的牛鬼身軀，將他們隨意放在入口附近的工廠長旁邊。

我突然回想起過去深愛的酒吞童子那強大無情、一絲不苟的身影……不，不是過去啦，我現在也很喜歡馨。

「呵呵，馨，我也來幫忙！」

「不對吧，什麼叫幫忙呀……這些全部都是妳捅出來的婁子……」

這時聚集在我們腳下的手鞠河童們，完全不懂得察言觀色，開始大聲叫著：

「不愧是傳說中的酒吞童子和茨木童子，最強的妖怪夫婦降臨淺草惹！」

〈裡章〉　馨買江戶前壽司

「啊……江戶前壽司半價。」

在百貨公司樓下漬菜店的打工下班後，我就跑去正前方的江戶前壽司賣場瞧瞧。

本大爺天酒馨的目標是，貼著半價貼紙的剩餘商品，不過……

「穴子魚壽司，對了，真紀之前有說過想吃……」

我不經意想起這件事，等回過神時，我已經買下穴子魚壽司，而且連包著鮪魚的鐵火卷和包小黃瓜的河童卷都一起買了。

離開百貨公司樓下，橫越即使入夜都有人在的明亮淺草寺境內，經過花屋敷街，我來到位在淺草瓢街旁的真紀公寓。

「啊。」

我又幫真紀買了吃的，而且走到她家來了……

這一連串的行動幾乎都在無意識的情況下完成，因為已然是每天的例行公事了。

不管是早上去接她上學，或晚上打工完後來找她，都是我無可違逆的習慣了，簡直就像是平安時代的訪妻婚（註3）……

「沒有沒有，我們現在又不是夫妻了。」

我自己吐自己的嘈。

我停止胡思亂想，按下電鈴，和早上不同，真紀立刻就出來開門。

她也一副餓著肚子等我的模樣。換句話說，她對於我打完工就會過來找她這件事深信不疑。

「馨，你回來了……啊，那個袋子，該不會是……壽司吧？」

「妳可以不要一開門就立刻盯著檢查人家買什麼嗎？」

「哇啊啊啊，是穴子魚壽司和海苔捲～」

真紀開心得要命，立刻拉起我的手進門。

「今天那些河童拿小黃瓜來謝謝我們上次幫忙，所以我做了馬鈴薯沙拉和淺漬小黃瓜，還有毫不相干的醬淋炸豆腐。」

「壽司、馬鈴薯沙拉、淺漬小黃瓜，還有醬淋炸豆腐……這真是神祕的組合。」

「之前你打工的店不是送我們淺漬的調味醬汁嗎？我之前用那個試做後發現超好吃的，加上

註3：訪妻婚是日本古代的一種婚姻形式，盛行於大和時代，一直延續至平安時代。這種婚姻是夫婦各自與自己母親和同母兄弟姊妹同住，男方在晚上進入女方家中，短則翌日清晨離開，長則在女方家逗留數年。

「今天剛好豆腐在特價～」

三坪大小的房間正中央，有一個老舊的四腳桌子，牆角則擺著一台電視。

家具就只有這些，完全不像女生房間，十分樸素的空間。

不像一般高中女生在房內貼偶像或歌手海報，話說回來真紀根本就沒有喜歡的偶像。貼在牆上的只有這條商店街發的那份超級土氣的日曆。

在小櫃子上方，也只擺著一張過世雙親的照片。

「……」

和真紀有些相像的，她爸爸媽媽……

我放鬆疲憊的雙腿，在房間中央的桌前盤腿而坐。桌上已經擺好裝在大容器裡的馬鈴薯沙拉和淺漬小黃瓜了。

真紀雖然看起來個性大剌剌的，但其實相當會做菜。

她雖然不做費工夫的大菜，但因為一個人住，所以主流家庭料理和自己喜歡的菜色，基本上都會做。

「妳……有偷吃馬鈴薯沙拉吧？有一個角凹了一大塊喔。」

「人家餓了呀。」

「那妳先吃不就得了。」

「……可是我想等你一起吃呀。偷吃不算啦。」

「妳呀……我要是沒來，妳怎麼辦？」

「幾乎每天都賴在這的傢伙，講這什麼話呀……」

「……」

是啦……事實正如她所說。我清清喉嚨。

真紀走回廚房，將做到一半的醬淋炸豆腐完成後，盛進大碗裡。

我記得……她說這個古董大碗是有次幫忙一個老妖怪時獲得的謝禮。

雖然不曉得是不是好東西，但那是一組對碗。

側眼看著她站在廚房裡的背影，我也將壽司擺在桌上。

喔喔，這樣看起來菜色也太豐盛了吧。

「哇～～看起來好好吃。」

真紀端出醬淋炸豆腐後，就立刻在桌前坐下，合掌大聲說：「我開動了！」接著就立刻朝著她最愛的穴子魚壽司伸出手。

上頭的穴子魚滿大塊的，但她一口就整個吞下。

「嗯～太好吃了！這家的穴子魚壽司魚身柔軟蓬鬆，醬汁也不會過濃，微甜得恰到好處，我超愛的。而且醋飯也很好吃。」

「那真是太好了。」

「馨，謝謝你，還記得我上次說過想吃這個。」

「……」

只要看到真紀吃得臉頰鼓得圓嘟嘟、一臉幸福的表情，我就會覺得整整一小時的打工薪水消失在食物上也無所謂……

我拿高裝著醬淋炸豆腐的溫熱容器，直直盯著瞧。

裡頭還配上炸茄子，是我喜歡吃的菜色。

炸成金黃色的絹豆腐上面，擺滿蘿蔔泥和蔥末，再淋上清爽又滋味豐富的微甜柴魚醬油，就完成了這道簡單的家庭料理。

蘿蔔泥和蔥末吸附了柴魚醬油，在豆腐薄而酥脆的表層口感半是溼軟半是酥脆時大口吃下，最是美味。

所有食材在口中融為一體時的那個滋味……啊啊，真是太銷魂了。

辛苦工作後的熱騰騰飯菜真棒，相當撫慰人心。

「欸，你也吃點這個馬鈴薯沙拉，我有放你喜歡的火腿和白煮蛋喔。」

真紀將大量的馬鈴薯沙拉裝進玻璃碗中。

除了仍殘留些許塊狀的馬鈴薯泥、小黃瓜、紅蘿蔔和洋蔥這些典型蔬菜之外，裡頭還加了火腿、蛋和通心麵，是用料十分豐盛的馬鈴薯沙拉。

外觀看來口味似乎相當厚重，但實際嚐過就會發現調味清爽，還能享受到馬鈴薯的天然甜味。應該是用醋和鹽調味過後，再加上少許美乃滋拌勻的。

雖然不太適合喜歡重口味的高中生，但對於精神年齡已經是老爺爺老奶奶的我們來說卻是剛剛好。

即使菜色和使用的調味料有所不同，我從上輩子開始一直吃到現在的「真紀口味」始終不曾改變，對我來說，是比自己媽媽煮的菜更令人安心的味道。

比起待在自己家的時間，我還更常待在這傢伙家裡，真紀也一副理所當然地晚餐總會多準備我的份，所以即使我請她吃東西或買東西過來，到頭來也只是互相給予需要的東西，彼此幫助罷了。

雖然看起來像常常抱怨對方或耍性子，但那也是一直以來不曾改變的，我們的相處方式。要稱這為夫婦，應該就是了吧……不過在真紀面前，這句話我是絕對說不出口的。

「好吃嗎？」

「嗯……還不錯啦。」

「我也拿一些淺漬小黃瓜給你。」

「是說妳呀，一直夾菜給我是想一個人獨占壽司吧。我也要吃穴子魚壽司。」

「啊，你居然拿了最大的那個！馨你很過分耶！」

我和真紀一如平常，邊鬥嘴邊熱熱鬧鬧地享用晚餐。

用完餐後，我們並排坐著，一起觀賞借回來的外國影集ＤＶＤ。

我們兩個都很喜歡上輩子還未出現的影視作品，常常借各種ＤＶＤ回來一起看。雖然想要藍光播放機，但很遺憾地，我們是貧窮的高中生，現在還只能看ＤＶＤ。

不知不覺，夜也漸漸深了。

「啊，我差不多該回去了。要是超過十一點還在外面，可是會被警察抓去輔導。」

「你要走囉？今天也只有看一集耶，我想知道接下來的劇情啦。」

在我說該走了之後，真紀拉住我的袖子，表達不滿之意。

似乎是因為剛剛看的那部外國影集剛好停在「主角生死未卜」的場景，所以她很想知道後續發展。

「妳自己先看就好了呀，我就是因為這樣才把ＤＶＤ放在這裡……」

「我才不要，有人陪著一起嚇一跳才好玩呀。我要等你一起看。」

「喔，這樣呀。」

「你今天住這就好了呀，那我們就可以看整晚的ＤＶＤ，然後早上再睡得跟死豬一樣。反正明天學校放假。」

「少蠢了，住在獨居高中女生家裡，這成何體統。」

「你實在有夠古板耶……又沒關係，我們以前是夫妻耶。」

真紀噘起嘴。

我側眼看著她，站起身收拾東西，就打開大門走了出去。

「你明天會來嗎？幾點來？」

真紀跟到玄關送我，開口詢問。

「明天從早上就要一直打工，所以應該是傍晚吧。」

「是喔，我知道了……那，你明天有沒有想吃什麼？今天讓你大肆破費，明天又放假，我可以做一些比較豐盛的菜色。」

「嗯……那我想吃薑汁燒肉，要豬肉的。」

「你真的很喜歡吃這個耶～好，明天就做豬肉的薑汁燒肉，這樣我得去買菜……」

真紀不自覺地開始一一盤算需要的食材。

我凝望著她一會兒，開口提醒：

「我順便把話講在前頭，妳喔……不要因為我到傍晚都不在，就又跑去管妖怪的閒事喔。」

「咦？啊，嗯……」

真紀臉色一變，眼神往旁邊飄去，不敢對上我的目光。

這傢伙，果然是打算明天也一大早就去找那些淺草的妖怪……

「喂，妳有聽懂吧。絕對不可以一個人去幹那些危險的……」

「啊啊，我知道了啦，你不快點回家會被警察輔導喔！」

「好……那我先走啦。」

「……拜拜，路上小心喔。」

結果最後我是被真紀趕出這棟破爛公寓的房間。

我走下樓梯，抬頭望向真紀的房間，她從窗戶探出臉來，大力朝我揮手說「拜拜」，接著就一直站在窗口目送著，直到再也看不到我為止。這也是那傢伙平日的習慣。

見到真紀這副模樣，都讓我有些不忍離去。

讓我不禁在內心想著，明天也想辦法盡量早點來找她好了。

走過言問橋，我家就在通往晴空塔的大馬路旁的公寓裡。

開鎖踏進家門，點亮客廳的電燈，果然沒有任何人在。

報紙和電視遙控器的位置，都跟今天早上我出門去學校時一模一樣，簡單來說，就是不曾有人動過任何東西的痕跡。

「……」

我家就是那種標準的，四分五裂的家庭。

媽媽成天四處玩耍，完全不做家事。爸爸丟著家庭不管，老是待在外遇對象那裡。

還有，一直冷冷旁觀著這兩人的我……

我還有上輩子的記憶。

雖然那是身為妖怪的記憶，但我曾經長大成人，曾經自立生存，所以不會像一般人類小孩一樣，對雙親有所期待。

只是，每次從熱鬧的真紀那回到自己家，我胸口總有種開了洞的空虛感。

「算了，趕快睡吧，明天一早也要努力工作……」

就這樣賺錢、賺錢、拚命賺錢，明天買個好吃的蛋糕去給真紀好了……真紀都要做我喜歡的薑汁燒肉了。

啊啊，不過呢，話說回來，我需要賺多少錢，將來才能讓那傢伙無所顧忌地大吃美食呢？在高中裡認真念書，決定將來出路，上大學，在福利優渥的良心企業謀職，或是去當公務員，然後……

「等等，不對不對，我在想些什麼呀……我要是考慮到結婚的事，就正中真紀下懷了。馨哪，你千萬不能忘記上輩子那傢伙的鬼妻模樣呀。」

我一邊洗澡一邊無意識地在腦中轉著這些既像高中生，卻又超齡的、對於未來的內心掙扎。

想到堪憂的將來模樣，我心底突然湧起一股強烈疲憊感，不禁在滿是熱水的浴缸中輕輕發顫。

第二章 月鶇啼叫的夜晚

放學後，在民俗學研究社的社辦裡。

我放棄和今天發下來的升學就業調查表繼續大眼瞪小眼，打開社團活動日誌。

馨坐在對面看漫畫周刊，由理則去開委員長會議不在。

「欸，馨，你知道嗎？現在日本女性希望老公具備的四低條件。」

「啊？」

「我在電視上看到的，說是低姿態、低依賴、低風險、低耗能。」

「真紀，妳想說什麼？」

「聽說……低姿態指的是，面對妻子不會自以為了不起；低依賴則是不會把家事都丟給妻子做；低風險是職業遭到裁員的機率低；低耗能則是不會隨便浪費錢。」

「哦，這樣說來，我可是現代最優質的老公了……呵。」

馨闔上漫畫周刊，露出洋洋得意的表情。

確實，這樣一條條比對下來，馨幾乎滿足以上所有條件。

雖然嘴巴有點太毒，但該說他是勤勞還是認真呢？假日常常擅自打掃我家浴室，就連藏在裡頭的水管都會用心洗得一乾二淨。

平常也沒什麼花錢的興趣。是說馨原本就很愛錢，根本不會隨意浪費。

關於工作這點，我們還是學生，目前仍是未知數，但他成績好又認真……而且從他非常實際的個性來看，肯定會挑個福利好又穩定的工作吧。

是說，拋開這些條件不管，馨是個好老公這件事，我老早以前就知道了。

「不過呢，我想低姿態這點還是可以再更好一些，該說你是有時候講話很高傲嗎……」

「什麼呀，居然嫌我高傲？妳又是哪裡來的女王陛下呀？」

「我才不是女王陛下，是你的妻子。」

「妳才是魔鬼妻子啦。高自我、高期待、高攻擊力！這個三高麻煩妳想想辦法。」

「高自我這點我自己清楚，無法否認，但我可沒有高期待喔，我有你就夠了，除此之外我都不需要喔。」

「……」

「還有，高攻擊力是我的優點耶。現在這個時代，女人也必須要強大起來。」

馨用充滿懷疑的莫名其妙眼神一直盯著我看，最後似乎還是想不到話反駁，只好低聲嘟噥幾句，將放在一旁的罐裝可樂拿起，咕嚕咕嚕大口灌下。

沒錯，我以前是馨的妻子。

這幾天我們開會時熱烈討論的主題，還殘留在民俗學研究社最前面的白板上。

『為什麼我們妖怪必須遭到人類趕盡殺絕呢？』

無論何時，寫在最上頭的主題總是這個。

我和馨是千年以前，在平安京掀起萬丈波瀾的鬼的轉世。

我們就是知名的「酒吞童子」和「茨木童子」。

時序是平安時代。

風雅的貴族世界只占極小一部分，京城內發生了大饑荒，有許多人餓死，倒臥在城中的屍體日漸腐敗，傳染病四處流竄。禍不單行，混亂的京城內夜晚還有許多盜賊橫行，治安相當惡劣。

人類將這些全都算到妖怪頭上，他們認為都是妖怪造成災害。

當時的朝廷或許是被逼急了，但就因為他們將一切政治上的管理失當都推到妖怪身上，妖怪們毫無辯解機會即遭到無情驅趕、降伏或殲滅。而不甘一味挨打的妖怪自然也會反過來襲擊人類。

就是這麼一個混沌的時代。

在這場爭鬥中，一個叫作酒吞童子的鬼出現了，他在大江山深處打造了一個專門庇蔭妖怪的桃花源，從某種層面上來看，那就像是一個甚小的國家。

當時有許多妖怪失去了生存空間，也有很多人類因為被懷疑是妖怪而遭到虐待，酒吞童子對他們敞開大門，提供食物和床鋪，還有能讓他們維持生活所需的工作及棲息處。

但是，我們平穩的生活如此輕易地就毀於一旦。

那個史上知名的陰陽師，安倍晴明。

據說是當時殲滅妖怪最厲害的武將，源賴光。

還有源賴光麾下的四位家臣，渡邊綱、坂田金時、卜部季武、碓井貞光。

他們闖來我們的桃花源動武，欺騙我們，發動猛烈襲擊，攻下我們的堡壘……簡而言之，我們被殺了。

根據歷史記載，酒吞童子率領大批妖怪到京城強行擄走或吃掉女人小孩，搶奪金銀財寶，肆意施暴，是造成莫大災害的山賊，不過那種敘述只不過是對人類單方面有利的詮釋罷了。

的確，酒吞童子也是有從京城擄走了一位「公主」，但那位公主的真面目就是我本人……

那些都是從人類觀點出發，成功討伐壞蛋的英雄故事。

而我們之所以會遭受人類攻擊，明明只不過是因為「我們是妖怪」這個單純的理由罷了。

「我們為什麼會轉生為人類咧？」

我托著腮，手肘壓在社團活動日誌上，不經意地喃喃吐出這個疑問，馨立刻回：「幹嘛突然想這個？」

「因為你不覺得很不可思議嗎？雖然不管人類或妖怪都有輪迴轉世的概念，但像我們這樣投胎成為人類，卻還擁有妖怪時期記憶的人，根本沒遇過呀。」

「我們應該是例外吧。搞不好跟過於強大的靈力也有關係……話說回來，那個時代，平安京充斥著形形色色的詛咒，引發了各種災害，或許是有哪個詛咒扭曲了我們的轉世。」

「這倒是有可能耶，像是陰陽師們的怨念之類的。」

我在日誌上今天那一頁寫下：這肯定是陰陽師的詛咒……

時光推移，在現代日本中，時代、文明、甚至連妖怪和人類間的關係都已有了莫大的轉變。

我活了十七年，現在有些地方已經能夠適應了，但也有些方面仍是感到格格不入。

「既然我們都轉生成了健全的人類，就應該按照人類的方式生活。所以，真紀，妳不要再輕率地跟妖怪們牽扯不清。」

「馨又開始說教了。明明上輩子你可是對妖怪們好得不得了。」

「啊，不要講這個了。」

「即使在現代，大家也都認為酒吞童子是日本史上最強大的鬼喔，是妖怪界的英雄，簡直就是神話傳說，還常常在小說、漫畫或遊戲中出場……當時的你揮舞太刀拯救弱小妖怪，打倒那些惡劣人類，還將幽禁在宅邸偏房的公主我救了出來……嗯，真的很帥。」

「啊啊，夠了，閉嘴！這些事對我來說都是不堪回首的過去啦！我聽了就想去撞牆。」

「這有什麼好丟臉的……我來在今天的日誌上補充一句話好了。馨想起上輩子不堪回首的過去後，就會想去撞牆，但卻每個禮拜都興致高昂地翻看有強大酒吞童子角色出場的少年漫畫。」

「我、我我、我每個禮拜買漫畫才不是因為這種理由……！」

每次我提出酒吞童子的話題，馨的反應總像正值青春期的少年，展露出血氣方剛的衝動，又因太過害羞而彆扭。話說回來，他現在的年齡確實也是正值「青春期」沒錯……

不過我也能理解，馨對酒吞童子傳說感到懊悔的理由。

他明明是為了保護妖怪才與人類為敵，奮戰不懈，最後卻失去了一切。犯下致命錯誤，讓許多重要的人死於非命。

正因為曾有過這種掙扎和創傷，他現在才會對妖怪的事顯得這麼不積極。不過我很清楚他暗地裡一直有偷偷在幫助他們。

「我回來了——」

這時，社辦房門突然打開，我們的青梅竹馬，也是上輩子的妖怪夥伴——由理，開完委員長會議回來了。

「哎呀，真不好意思，打擾妳挖馨的舊瘡疤了。」

「你從哪裡開始聽的？是說你那副表情，根本沒有覺得不好意思吧？」

由理外表看來溫柔，但個性其實有點壞心又冷淡。

他對馨不悅的發言笑而不答，豎起食指，逕自講下去。

「你們兩個今天晚上要不要來我家過夜？」

「咦？可以嗎？」

我不自覺地站起身。過夜，就是說到睡覺之前都可以和馨跟由理一起玩耍、一起聊天了！

由理的薄唇維持著V字形，繼續往下說：

「其實，今天我爸媽和旅館的工作人員都去員工旅行了，家裡只剩下我一個人，我媽就提議找你們兩個來我家住。」

由理的媽媽從我們小時候就很照顧我和馨，非常信任我們，常常像這樣叫我們去家裡過夜。

「而且……其實，我有點事想找你們商量。」

「……嗯？商量？」

「如果是真紀和馨，我想應該有辦法……呵呵。」

由理將食指放在自己唇邊，意味深長地說。

他那張如同女孩子般的漂亮臉龐，最後展露的那個微笑顯得有些詭異……

「啊，回家前我們先去車站前面的超市一趟，今晚我們三個一起開燒肉派對吧。」

「什麼，燒肉？」

不過他這一句話又讓我驚跳了起來。

或許是我的眼神太過認真，由理朝後方退了一步，面露困惑地點點頭。

「那、那個……有親戚送我們品質很好的宮崎牛，我媽就說一定要拿出來給你們吃，不過那個分量根本不夠塞真紀妳的牙縫，所以我們先去超市買肉和蔬菜吧。」

「我去我去我要去！我們立刻出發吧！」

我立刻將剛剛丟在一旁的升學就業調查表和鉛筆盒塞進包包裡。

只有社團活動日誌不帶走，就照平常收進桌子抽屜內。

「只有這種時候妳才會收得很快。」

「你很煩耶，馨，你也快點收東西。」

正要踏出社辦時，白板上的會議紀錄突然映入眼簾。

那是昨天我們一起思考的「議題」，但最後根本沒討論出什麼答案，就提早結束了。

白板應該不用擦吧，還沒有結論呀……

「喂，真紀，剛剛一直催別人，現在在那發什麼呆呀。走了啦。」

「啊啊，等我。」

我一邊朝馨快步跑去，一邊暗自回想昨天的討論內容。在那個時代裡，我們是不是有方法能不受人類殺害，和平共處呢？

或許現在還想這種事，根本沒有什麼意義。

只是就像老人家總愛聚在一塊兒聊當年勇一般，我們備好熱茶和點心，談著對於前世的留戀。只是如此而已。

在每個人心中都存在著從妖怪轉世為人類的困惑，還有至今從未釋懷的內心糾葛。而背負著相同過去的夥伴能一起談論這些，這點才是最重要的。

各自壓抑著那個時代的懊悔、留戀，不輕易順著情感宣洩出來。

「欸欸，可以借幾分鐘嗎？」

我們為了回家經過舊館走廊時，有個埋伏在走廊轉角的三年級女生出聲叫住我們。

一意識到來者何人，我們就異口同聲發出「噁」的嫌惡聲音。

因為她是校內相當有名的「新聞社」社長，田口學姊。

茶色短髮上戴著髮箍，一個個子很高的女生。

她臉上掛著貌似無害的爽朗笑容，但暗地有傳言說她藉著撰寫校內尖銳醜聞，操控了老師們跟學生會……

「我是新聞社的田口，可以講幾句話嗎？」

「不可以喔。」

「啊──等一下等一下。」

學姊朝打算離去的我們跑來，横擋住我們的去路。

她的眼神銳利而飢渴，令人不寒而慄，手上則握著比刀劍還要鋒利的筆。

「欸，知道嗎？你們民俗學研究社是大家議論紛紛的對象喔，已經列為學校七怪談之一了！」

「啊？七怪談？」

我下意識地回話，馨敲我的頭說：「不要理她，不要看她。」

「這可是現在超熱門的話題，二年級排名第一的帥哥和秀才美少年還有美少女，居然整天窩在舊館的美術教材室。無論誰來看都會覺得詭異吧！會很好奇吧～」

「……」

「是說，你們社團活動時到底都在幹嘛呀？就連這一點都沒人搞得清楚。」

我們驚恐地繃緊肩膀說著「這、這個嘛」，眼神明顯開始游移。

田口學姊自然不會看漏我們的反應，在筆記本上不知寫了些什麼。

「沒、沒什麼大不了的啦。就如同社團名稱，調查一些日本民間傳統文化，將資料整理成報告這類非常無趣呆板的社團活動。」

即使由理立刻給了一個安全合理的答案，田口學姊還是瞄了我一眼，露出不相信的神情。

「嗯——但總覺得跟想像的不太一樣呀～」

「……」

「你們真的是很神祕耶——是說，也正是因為這樣，才會讓學校裡的每個人都想了解你們的事情！不管怎麼說，女生們最有興趣的還是你，天酒馨！」

「啊？」

從剛剛開始就連正眼都不願瞧她的馨，這下也忍不住對田口學姊的話起了反應，驚訝地摀住嘴巴。

田口學姊嘴角上揚，露出不懷好意的笑容，將手上的筆直直指向馨，簡直就像在用麥克風訪問他。

「二年一班，天酒馨。是現今難得一見的黑髮正統派帥哥，成績也總是名列前十名的優等生，更重要的是，成熟的氣質和充滿魅力的外表席捲了無數少女心，引發熱烈討論。運動神經極為出色，力邀你加入的社團絡繹不絕。大家都說你跟那些只是會打扮的型男和吊兒郎當的潮男等級完全不同喔！」

馨大翻白眼時，田口學姊又改將筆堵向由理。

「二年一班，繼見由理彥。肌膚白皙，甚至會被誤認為女孩子的氣質美少年，成績出類拔萃的秀才，從一年級起就不曾讓出第一名的寶座。家裡經營淺草老字號旅館『鵺館』，家境富裕。不同於一般高中男生的沉穩氣質，在男女學生和老師之間，受到廣泛族群的喜愛。」

田口學姊得意洋洋地唸出自己筆記本上寫的情報，神情顯得十分入迷。

嗯……雖然開口閉開都是上輩子怎樣怎樣的我們也是不太尋常，但這個人也沒好到哪裡去。

「然後咧……嗯，二年一班，茨木真紀。受眾人奉為全校第一的美少女，然而本人似乎對這些事毫無興趣，老是躲在窗邊最後一個位置偷吃便當……成績也是只有中下……上課時常常打瞌睡……啊，不過運動神經很好，之前在籃板前的灌籃得分，引起了熱烈話題。」

「……」

好像……好像只有我的情報都有點奇怪？

「所以，怎樣？你們有喜歡的對象嗎？特別是天酒。」

啊，原來她真正的目標是這個呀。

真不愧是馨。他是酒吞童子時就也是個萬人迷，據說還因為俊美長相讓無數女子陷入愛河、飽嘗相思之苦。那個天賦似乎現在仍然寶刀未老呢。

「我對這種事不予置評。」

「也就是說，目前沒有對象囉？」

馨瞄了我一眼，含糊其辭說了句莫名其妙的回答：「就像是約聘員工。」

但田口學姊口中喃喃重複：「約聘員工……約聘員工……」一邊抄著筆記。

「那繼見你呢？你的粉絲也不少，甚至有傳言說狂熱的那種都集中在你身上，不分男女。」

「……狂熱的那種是什麼意思？不分男女又是什麼意思？」

「話說回來，你們三個到底是什麼關係？社團裡唯一的女生茨木，到底是在跟誰交往？有兩個大帥哥陪在身邊，是什麼感覺？」

最後她朝我拋來出乎意料的犀利問題。

就算她這樣問，我能回答的答案也只有一個。

「我們的關係根本遠遠超過有沒有在交往這種程度。我是馨的妻子，由理的好朋友……」

「啊啊啊啊啊啊啊啊啊啊啊啊啊啊啊啊啊！」

但是我的回答完全讓馨和由理的大喊掩蓋過去。

兩人像是想要盡早逃離田口學姊般，拉住我朝鞋櫃猛衝。

我一邊狂奔，一邊回頭瞄了眼被拋在後頭的田口學姊。

我們自認行事低調，但仍舊十分顯眼呀。

顯眼的人，就是和一般人有不同之處的人，所以一開始大家都會覺得興味盎然吧？但是呢，漸漸地就會感到恐懼，因而開始想要幽禁他們、驅除他們、殲滅他們……

「喂，真紀，不要對那個人亂講話啦！」

「我們學校的新聞社，風評相當差喔。」

馨和由理在鞋櫃旁訓斥我，兩人都對田口學姊相當戒備。

「反正，不管我說什麼，人類永遠只會聽進自己想聽的話，做自己想要的詮釋呀。」

「……真紀？」

或許是我回答的語調和平常稍有不同，馨和由理對看了一眼。

我脫下校內用鞋，換上鞋櫃裡的外出鞋，然後哼地笑了一聲，語帶諷刺地說：

「話說回來，高中生正是喜歡戀愛話題的年紀呢。光是男女同校，誰和誰在交往，誰喜歡誰，這些流言自然就會不脛而走。」

「平安時代更誇張吧。」

「沒錯，像是漫無目的地反覆詠唱戀愛和歌之類的。」

馨的吐嘈正中紅心，而由理因為過去是知名的和歌詩人，不禁懷念起千年前的風雅時光。

的、的確，那個時代除了戀愛也沒有其他有趣話題可以聊了……

「肉要買幾種？牛肉有五花、沙朗、啊，橫膈膜我也想吃。啊啊，可是豬五花撒上一點胡椒鹽再烤也很好吃耶。啊，還有，還有雞翅也要。還、還有，雞頸肉也是。我要烤雞頸肉！」

「好好，全部都放進來沒關係。」

我們在淺草那間常去的超市裡頭的肉品區。

我簡直就像在問「媽媽，我可以買多少零食呢？」的小朋友，捧著一堆肉前來徵求由理的同意。

「喂，真紀，現在是別人招待妳去家裡吃晚餐，妳也太沒分寸了吧。」

「我可沒拿高級肉喔，而且還拿了雞肉和豬肉增加分量。」

「比起質更重量呀……」

「啊，對了，還有牛舌，絕對不能忘記牛舌……馨你也喜歡牛舌吧？」

「確……確實，牛舌是不可或缺的，但妳這樣子毫不客氣還是……」

「好好，牛舌我們也拿。」

由理一副小事一樁的神情，將盒裝牛舌放進籃子裡。

「可惡……這個有錢人。」

嘴上雖然嘟噥著，但一回過神來，我和馨已經朝著由理深深鞠躬。

太感謝你了由理活佛。

擁有兩百年歷史的老字號旅館「鶇館」。

由理家就是通稱「淺草佛壇街」旁的這間旅舍。

不僅是受到許多名人和文化界人士愛戴的高級旅館，也經常有電視節目介紹。

說從八層樓高新館屋頂上的大浴場可以看到晴空塔之類的。

但是我們來到的並非高聳的新館，而是本館後方的舊館。

那棟從入口處就充滿江戶風情，鋪設瓦片屋頂的古老建築，總是會震撼住我。現在則是繼見家自住用，還有當作鶇館的辦公室。

「好像很久沒來了耶——由理家。」

「呵呵，今天可是包場喔。」

「你妹呢？」

「她跟著去旅行了，只有我看家……是說，也並非獨自一人啦。」

由理從後方玄關走進屋內，接著向我們招招手。腳踩著唧唧作響的老舊木質地板，我們來到客廳。

雖然是剛重新裝潢、鋪設木質地板的西式空間，但隨處可見窗戶、拉門、家具等處都仍是維持講究的現代日式風格，裝潢看起來也都很貴……

我們立刻動手開始準備晚餐。僅有三人圍繞鐵板、愉快的燒肉饗宴就要開始了。

燒烤肉片的誘人氣味和聲響，對飢腸轆轆的高中生來說，根本就難以忍耐。

因為現在眼前烤的可是宮崎牛呀！

「啊啊……我第一次吃宮崎牛。這是什麼呀……脂肪的甜味才剛在口中散開，整塊肉就都融化了……」

宮崎牛……只要吃上一口，就會立刻成為那絕品美味的俘虜。

不愧是日本第一的品牌和牛，名不虛傳。

顏色鮮麗的紅肉，均勻如雪花般的脂肪。光是看著那塊生肉，就像是在欣賞美麗的藝術品一般，而迅速燒烤送入口中後迸發的醇厚肉香更是迷人到無法用言語形容。

既甘甜又濃厚，殘留在口中的脂肪香氣……實在太棒了。

「啊，妳這傢伙，怎麼可以把人家好不容易烤好的肉……」

「誰叫馨你要在那邊發呆啦。鐵板如戰場，不是你死就是我活。」

「妳從剛剛開始也搶了我太多肉了吧，明明都還很生……妳要是吃壞肚子我可不管，也吃點蔬菜啦。」

「我也有吃蔬菜呀。烤過的洋蔥好甜好好吃，青椒和南瓜我也喜歡，拌上肉汁的炒豆芽菜也超棒的……」

我夾了一大把豆芽菜到盤子裡，稍微淋上一點烤肉醬汁再吃。在品嚐過口味濃厚的肉類之後，就會想要來點這種爽脆口感平衡一下呢。

馨趁我的注意力離開肉片時，以一副在內心大喊「就是現在！」的氣勢，瞬間將鐵板上烤好的肉，配著白飯一起送入口中。

「真紀是從什麼時候開始變得這麼能吃的呀？妳以前明明是藤原家柔弱清麗的公主耶……後來不知不覺就變成了個大胃王，還能揮舞帶刺金棒或大太刀，又能大口豪爽啃肉，該說妳是變強壯了嗎……？」

由理在鐵板上擺好新的一輪肉，望著我大快朵頤的模樣。

現在問我這件事，其實我自己也不太清楚，等注意到時，我就已經變得相當能吃了。

而那個驚人食量，即使是轉世後的現在也未曾消失。

馨和由理兩人，就算先不考慮他們是正在發育的青春期男生這項因素，也還算會吃，所以這恐怕是驅使靈力的人類的特徵之一。

而且妖怪們的食量基本上就比人類大，還都是些老饕。

在痛快享用燒肉之後，由理媽媽準備的高級水果冰淇淋，讓我們驚嘆不已。

這好幾種冰淇淋，聽說是在跟鵺館有交情的銀座老字號水果店買的。

精緻的木箱中，整齊擺著六杯不同口味的冰淇淋，而且每一杯的分量都不多，更加顯得高級。口味分別是蜜桃鮮奶油、香柚蜂蜜、草莓起士、哈密瓜、芒果和藍莓……

「我們猜拳決定吧。」

味。

由理把所有冰淇淋排在桌子正中央後，我們三人立刻開始猜拳。

率先大獲全勝的我，在激動地雙手握拳擺出勝利姿勢後，就挑了早就看中的蜜桃鮮奶油口味。

接著獲勝的由理則選了香柚蜂蜜，果然慘敗的馨則拿了哈密瓜的。

「是說，反正每個看起來都一樣好吃呀……而且好酒沉甕底。」

馨猜拳輸得一敗塗地，不甘心地講了些不服輸的話。但這種話當作耳邊風就好，我立刻打開剛剛選的蜜桃鮮奶油冰淇淋的杯蓋。

含有果肉的香濃蜜桃冰淇淋和雪白的牛奶冰淇淋，交錯繪出美麗的大理石般紋路。在充分欣賞過後，我舀起一大匙送入口中，忍不住深深閉上眼。

「啊啊……好香甜。」

就像是大口咬下桃子那般的新鮮甜味，還有隱約的酸味，挑動了我的味蕾。

富含果汁和果肉的香濃冰淇淋，從吃下第一口開始，清爽的桃香就在口中擴散開來。而包裹住蜜桃冰淇淋的牛奶冰淇淋，又隨後疊上一層醇厚的口感。

是超級適合在燒肉之後享用的冰淇淋呢。

由理和馨也各自沉醉在自己的美味冰淇淋之中。

「這個時代有冰淇淋……光是這一點就夠了不起了。說起平安時代的甜點，就是水果或唐菓子了吧。」

「唐菓子呀……好懷念喔。」

我們回想起那個令人懷念的甜品。

所謂唐菓子，指的是平安時代的貴族們吃的，由遣唐使從中國唐朝傳進來的油炸點心。製作方式是在米粉或麵粉中加入甘葛汁等材料，再用胡麻油炸過。

在當時是昂貴的美食，但現代到處都有變化更豐富又極度美味的點心。

我不禁覺得，出生在現代的價值就是「享用美食」。

我要膚淺地大聲宣告……現代人萬歲！

在享用過多種高級冰淇淋的美味後，我們一起收拾桌面，然後悠哉地打打撲克牌，就差不多該去洗澡了。

誰能獲得第一個去洗澡的特權，就交由「大貧民」的對決來決定。

總是只有在這種時刻會獲勝的我，又贏得了率先洗澡的權利。

「啊啊，太享受了。」

繼見家的大浴池是檜木材質，在放滿熱水的浴槽中，浸泡到肩膀的高度，實在有夠舒服的，檜木香氣還能讓人心情放鬆。我家的組裝式浴室根本比不上呀～

從浴池起來後，我穿上由理事先準備好的浴衣。

「這件浴衣真可愛。」

白底上散落著紅色小朵梅花，不僅花色討喜，浴衣質感也相當好。

聽說由理家的旅館會讓女性住宿客人挑選自己喜歡的浴衣花樣，這也是其中一件吧？

「我洗好囉～下一個輪到誰？」

我手上忙著用毛巾擦乾頭髮，走回客廳後，正一邊看電視一邊和由理聊天的馨立刻出聲回「我」，一臉迫不急待地站起身來。

「欸，馨，你看，浴衣喔。」

你有沒有什麼想說的呀？我用盈滿期待的眼神仰望著馨，但他只是正色拋下一句：

「妳頭髮要好好擦乾喔。」

然後就滿心歡喜地朝浴室走去。沒辦法，馨最喜歡泡澡了……

但另一方面，我不禁因失落而渾身發顫。

「算了啦，真紀。這件很適合妳喔。」

「由理你也是，根本就是隨便敷衍幾句話。」

「我才沒有喔。」

「……」

唉……我輕輕嘆口氣。

我在馨剛剛坐的沙發上坐下，繼續用毛巾擦拭頭髮上的水珠。由理見狀就走到我旁邊，「借我一下。」接過我的毛巾，幫我擦頭髮。

「你要幫我擦嗎？」

「嗯，好喔。」

在由理溫柔的微笑面前，我就像個背對媽媽，將頭髮交給她處理的孩子。

由理的動作十分輕柔，明明他只是幫我擦頭髮而已，卻有某種暖意透過髮梢傳進身體，連後背都暖和起來。這是由於他清澈又和煦的靈力。

「欸，由理，剛剛的大貧民，你是故意輸的吧？」

「沒有呀，那時我的牌差到不像話。」

「……好，我就當作是這麼回事。」

「我講真的呀？」

由理淡淡地說。我仍舊是無法看透他的內心。

「話說回來，要是馨也像你這麼紳士，就不會有剛剛那種白目反應了。」

「哈哈，馨只是不好意思啦。這妳不是最了解的嗎？」

「是這樣沒錯啦，可是……」

「馨雖然看起來成熟，但他沒有真紀就不行喔。」

由理用提醒的語氣對我說：

「我不光是在講上輩子的事喔，就連現在也是，馨是因為有妳在身旁，想要照顧妳，才能在各方面都那麼努力，不管打工或念書都是喔。」

「……由理。」

「我認為妳們兩個毫無疑問是一對好夫妻喔。」

由理臉上明明在微笑，我卻覺得他的眼神似乎透著幾許悲傷。

我對這個表情還有些許印象。

由理上輩子也在平安時代引起莫大騷動，是和酒吞童子跟茨木童子生於同樣時代的大妖怪——鵺。

關於鵺這個妖怪的真面目，有許多種傳說。

有人說鵺擁有猿面、狸身、虎的四肢和蛇的尾巴，根據資料，常見說法多半都是由數種動物的部分身體所組合而成。

但我們所認識的鵺，是一隻潔白美麗的鳥獸妖。

他精通複雜的「易容術」，能夠長時間偽裝成別的模樣，因此幻化人形，持續和朝廷打交道……這就是鵺。

鵺在平安京大內裡掌握權勢的藤原家，做為公卿效勞。

那差不多也是我以公主身分出生在擁有鬼見才能的藤原家時代，所以曾受到他不少照顧。

因此，即使到現在，我依然常常會不自覺地倚賴他，把他當成可靠的長輩。

他長年在朝廷內部努力維持人類和妖怪間的平衡，但最後事跡敗露，遭到人類殺害。

要是他能和我或馨一樣，完全只站在妖怪這一邊，事情就會單純些。

但他兩邊都割捨不下……

在某層意義上，我想他承受的孤獨應該深不可測吧。

「好，頭髮乾囉，真紀。」

在我回想著那些沉重過往時，由理幫我用梳子梳開長髮，讓乾透的頭髮色澤飽滿又蓬鬆。我用手指掠起一撮髮絲玩弄著，回過頭說：

「由理，謝謝你。把靈力用來代替吹風機這麼靈巧的技術，只有由理你才辦得到。」

「這沒什麼大不了的。在現世裡，我的靈力只能用在這種地方。既然帶著巨大靈力轉世了，總是希望能有些用處呀。待會兒我也幫馨弄乾頭髮好了，要是感冒就不好了。」

「感覺馨應該會不太願意。由理，你真的是從以前就像我媽媽一樣呢。」

「……」

由理眼神突然像死魚般飄向他方。

嗯——看來他不認為剛剛那句話是稱讚。

「不過……我真的很感謝你喔。你和馨，過去都是我的大恩人呢。」

「……真紀。」

「這個時代既和平又富裕，美味的食物也多得要命，千年前的那種匱乏苦痛……簡直就像場夢。不過活在現代，也還是有現代的無數煩惱就是了啦。像是在校成績呀，未來的出路呀，每天的生活費之類的……」

「呵呵。」

我們不約而同地輕聲笑了起來。然後我重新轉向由理，堅定地說：

「你要是有需要，我一定會幫你的喔，由理。」

我展露坦率的笑臉，由理表情雖然略顯驚訝，還是溫柔地報以微笑，點了點頭。

「啊，對了。由理你的頭髮，待會我也來幫你弄乾好了。稍微用一點我的靈力。」

「妳、妳的好意我心領就好。真紀的靈力，該怎麼說咧，實在太猛烈了，我的頭髮肯定會燒焦……不，只是燒焦還算好，一個沒弄好就會全部沒了，連髮根都燒得一乾二淨。」

「沒禮貌耶。我會小心的啦。」

由理原本膚色就淺，現在臉色更顯蒼白，難道我的靈力是毒藥嗎？

啊，話說回來，由理是不是說過有事要找我們商量……？

「真是……我到現在還是差點在由理家迷路，房間實在太多了。」

這時，馨正好洗完澡回來了。

「因為浴室在最裡面。這裡原本是旅館，所以屋內構造不是很方便，真不好意思。走廊是不是有點暗？水溫還可以嗎？」

「啊啊，超讚的喔。這邊的浴室好寬敞，我有夠羨慕的。家裡也很大。」

「啊哈哈，很老舊了，不過畢竟頗有歷史，也因此家裡有些『特殊的存在』呢……」

「……特殊的存在？」

由理笑著講了句意味深長的話，就接著說「那我也去洗澡囉」，便走出接待室。

我則猛盯著馨瞧。他喝了口冰水，露出微妙的表情問：「幹嘛？」

「馨，你穿浴衣……好像以前的酒吞童子。」

「啊？啊啊……也是啦。」

他看了一眼自己身上，又瞄了一下我的浴衣，就一屁股往那沙發一坐，打開電視。現在剛好正在播放我們有在追的連續劇，就看了一會兒……不過，馨突然拋出這麼一句話。

「欸，真紀……妳有沒有一種奇怪的感覺？」

「咦？什麼？難道是我穿浴衣的模樣看起來很怪嗎？」

「啊？不是……是這棟屋子。之前來時都沒有這種感覺。」

我立刻聽懂他的意思，開始探詢四周的氣息。

的確……有種奇怪的感覺。

「……好像有東西在盯著我們看對吧？」

我立刻將視線撇向旁邊，朝拉門縫隙狠狠瞪了一眼。

原本悠哉愜意的氣氛，驀地繃緊。

這瞬間，剛剛盯著我們看的那東西，氣息頓時遠去。

「站住！」

我用力拉開拉門，打算逮住那個正想逃跑的傢伙。

但敞開的拉門後方，什麼東西也沒有，只有昏暗的走廊長長延伸著。

「……躲到哪裡去了？剛剛肯定有東西在這裡。」

「是妖怪嗎？」

馨的視線越過我，牢牢望向走廊。

我們互看一眼，彼此點了個頭，就一起踩進走廊。

唧……唧……

半個人影也沒有的舊旅館昏暗走廊極為寂靜，正因如此，籠罩在走廊深處的黑暗、天花板和牆壁上的汙痕、地板發出的唧唧聲，都讓人覺得有些神經過敏。也可以說因為人類就是這種生物，所以才會看見妖怪或靈體。冰涼空氣刺激著溼潤的皮膚……

「如果是幽靈怎麼辦？馨。」

「妖怪和幽靈不是差不多。」

「完全不一樣啦。我對那種不能施以物理攻擊的東西有點……」

「對我來說妳還比較恐怖，非常切身的……嗯？」

馨突然停下腳步，豎耳傾聽，從不知何處傳來了奇特的叫聲。

咿喔——咿喔——

尖銳、令人不寒而慄的叫聲。似乎是從樓上傳來的。

我們循著聲音，在黑暗中步上階梯，來到有成排老舊客房的二樓走廊。

「是這裡吧？」

我們輕手輕腳走到傳出駭人叫聲的房門前。

擅自打開別人家房門固然總是不妥，但裡頭有奇怪生物這問題要嚴重得多。因此我朝門伸出手，馨也在我身旁深深吸了一大口氣。

但就在我正要開門時，突然有一隻手搭上我的肩膀，

「啊啊啊啊啊啊啊啊啊啊啊啊啊啊！」

我和馨異口同聲地悽慘大叫。

「怎、怎樣……怎麼了？」

回頭一看，只見一個面露困惑、剛泡完澡的少年。他身穿白色浴衣，外頭再套件藍色的短外褂。那個身影確實是散發著淡淡的虛幻氣息，可他並非幽靈，也不是什麼奇怪生物，只是由理。

「由理！不要嚇我們啦！」

「咦？嚇到了嗎？你們兩個？」

馨和我互相挨近對方，微微顫抖著。

由理看到我們兩個的反應，忍不住抱著肚子大笑。

「你笑屁呀？」

「感覺有點不爽。」

「因為，實在太滑稽了呀。你們兩個可是歷代妖怪中，強大程度傲視群雄的酒吞童子和茨木

童子喔？在現代陰陽局官方公告中，穩坐歷代降伏難度排行榜ＳＳ級的鬼喔？結果現在卻……呵呵，在這裡發抖……啊哈哈哈。」

我們內心泛起羞恥，臉越漲越紅，握緊的拳頭不住地顫抖。

確實如他所說，身為前大妖怪的我們在這種地方發抖的模樣，從知曉情況的人眼中看來，肯定是非常詭異吧。但我們也是會被嚇到的呀。

「呵呵，不過那扇門另一頭的東西，應該更是嚇壞了吧。因為你們這種大妖怪跑到距離這麼近的地方來了。」

由理打開那扇門，再拉開裡頭的拉門，令人吃驚地，在那間房內角落，小小的獨眼小僧、座敷童子，還有一些不知名的小動物類妖怪正瑟縮發抖著。

「咦？為什麼由理家裡會有妖怪？這裡明明是人類生活的地方。」

「鵺大人～」

弱小妖怪們眼眶含淚，可憐兮兮地挨到由理腳下。

由理輕輕摸他們的頭，露出稍感困擾的表情微笑。

「太過弱小……沒有化成人類工作的力量，在這個城市無處可去的妖怪們，就跑來投靠我。家裡房間多，只要他們乖乖待著不惹事，其實也還過得去。」

朝四周仔細一瞧，體型小力氣弱的妖怪，還有幾乎快要熄滅的鬼火，逐漸聚集到這個房間裡。都是安身在這棟舊旅館裡的妖怪們。

「……由理，這樣沒問題嗎？」

「嗯……終究有個限度。這個家到底還是我家人的房子，最近他們也開始有點察覺到家裡氣氛不太對勁，特別是我妹妹……」

咿喔——咿喔——那道令人不寒而慄的叫聲再度響起。

由理一聽到那個叫聲，就走到一旁的窗邊，打開拉門和窗戶。

優美明亮的月兒，高掛在墨藍色夜空中。有一隻雪白小鳥飛到窗架上，他散發著宛如今晚月色的青白光芒，是一隻美麗的鳥獸妖。

「這是……鵺鳥？」

我望著那隻鳥，不自覺想起往昔的由理。

「對，隸屬妖怪的鵺鳥因為羽毛會發出銀白光芒，因此也有人叫他月鵺。」

「鵺的超低級種類嗎？不過居然會出現在這裡，這可真稀奇。」

馨興味盎然地觀察著那隻月鵺。

由理在窗邊坐下，伸出纖白手指。月鵺毫不遲疑地停在由理的手指上，發出「咿喔——咿喔——」的尖細叫聲。

「難道，你想找我們商量的事情，就是跟他有關？」

馨似乎察覺了由理的煩憂。

「……嗯，其實我有點煩惱。這隻月鵺的叫聲每天晚上都響遍我家，靈力稍微強了一點的我妹都睡不著。今天的員工旅行她之所以會跟著去，也是因為我勸她這樣就可以好好睡上一覺……事情就是這樣。」

妖怪這種生物，不管生活地多麼低調，還是會給人類帶來影響，是相當棘手的存在。就算他們沒有惡意，有時妖氣也會給人類帶來不好的影響。

特別是月鵺的啼叫聲，自古以來就會引發人類的恐懼，甚至有些人認為那是災禍的徵兆。對於完全不了解妖怪世界的人類來說，每晚都聽到不知名的叫聲，肯定會感到十分害怕吧。

「妖怪們願意來投靠我，我是很高興，但我現在已經是人類了。身為人類，我必須守護家人的生活。」

「這是當然的呀。這棟房子是你們家族的財產。有問題的是那些非法侵入，擅自定居下來的妖怪們。」

馨銳利的眼神掃過那些低級妖怪，他們紛紛渾身發顫。

確實，這是個難解的問題。

走投無路、各有難處的妖怪們，前來投靠我們這些前大妖怪，其實還算滿常見的事。由理原本就是個溫柔又純淨的妖怪，受到許多弱小妖怪的愛慕和崇拜。加上他家又是有許多空房間的古老日式旅館，對妖怪來說是很容易生活的環境呀……

但現在由理是人類了。家人最重要，這是他常常掛在嘴上的話。

「他應該是大約兩個禮拜前開始會來我這邊的，還這麼幼小，卻在這種大城市裡迷了路。本來他們應該生活在森林裡，盡情在空中翱翔鳴叫，浸淫在大自然的氣息和靈力之中才對……可是這一帶沒有可以讓他們棲息的地方。」

「的確，能力不足以化身為人的小動物系妖怪，並不適合淺草哪。可是呢，月鶇的羽毛在一些狂熱收藏家中可以賣到相當好的價錢，要是將他放回森林，很有可能會立刻被抓去賣掉。從事這種惡質交易的傢伙，可是不分妖怪或人類的。」

「嗯，在他能夠保護自己之前，也沒辦法擅自將他帶去森林。」

馨和由理都雙手抱胸、雙眉微蹙地喃喃說道。

就像在人類世界中，有人會盜獵珍奇動物的毛皮或獸角或是交易動物一般，在妖怪界也有這種行為存在。

舉例來說，像這隻小小的月鶇妖怪，就因為他美麗的身形和會發光的羽毛，在看得見妖怪的人類之間，能夠賣得高價。

我牢牢盯著那隻站在由理手指上的月鶇看。

「欸，由理，不如暫時讓他住我那邊好了。我沒有家人，那間公寓因為太過破舊再加上一些特殊原因，又完全沒有人類住在那。」

「……妳又來了，又接下關於妖怪的燙手山芋。」

對於我語帶得意的提議，馨似乎不太樂見。

「不過，放我那邊，就可以好好鍛練這隻小東西呀，直到他能夠變化成人類為止。」

「妳要是睡不著我可不管，這傢伙可是整個晚上都會叫個不停喔。」

「沒問題，我不管在什麼噪音中都睡得著……」

「妳果然是缺乏女性纖細特質的傢伙。」

我們兩人開始拌嘴，由理就一如平常般制止「好了好了，你們夫妻不要打情罵俏了」，然後馨會抗議：「我們才沒有在打情罵俏！」這是每次都會固定出現的一組台詞。

「不過，我還是沒辦法這麼麻煩真紀啦。」

「沒問題的，由理。雖然那隻月鶇好像很黏你，但我好歹也是前大妖怪，我會讓他變成我忠實的僕人給你看！」

「咦？妳的目標是不是有點歪掉了？」

我忽視馨的吐嘈，對停在由理手指上的月鶇出聲說：「過來我這邊吧。」同時伸出指頭。

「你得離開由理家喔，你不想給最喜歡的由理添麻煩吧？從明天起就來我家吧。」

月鶇在輪流望向由理和我之後，用力咬了我的手指一口，就從窗戶飄然飛去。

「啊痛痛痛……咬了我的手指，你想逃到哪去！」

「呵呵，那個是在打招呼喔。他好像滿喜歡妳的。」

我輕撫手指被咬的地方，由理將我那隻手拉過去。

傳遞過來的溫煦靈力發揮效用，疼痛立刻退去……

「……真紀，謝謝妳。」

由理道謝時的笑容，仍是顯得有些虛幻不真實。

他帶著這副神情，將視線轉向月兒高掛的夜空。那張秀氣端正的側臉透著憂傷，站在蒼白月光下，顯得十分美麗。

好久好久以前……在眾人還稱呼他為鵺的時代，他也常常流露出這種神情，仰望著月空，彷彿人世僅是一場幻夢罷了。

咿喔——咿喔——

在平安時代，人們相信只要聽到這個尖細又令人不寒而慄的聲音，就會發生災禍。

今天晚上似乎會在這隻凶鳥的鳴叫聲伴隨中入眠呢。

「實在是，果然……怎麼都睡不著。」

雖然月鵺的叫聲也是原因，但不只如此。

嗯……從剛剛起，隔壁房間就一直傳來叩叩聲，還有含糊的交談聲。

在拉門另一側的隔壁房間裡，馨和由理應該已經入睡了才對呀……

我躡手躡腳地將拉門拉開一道隙縫，偷偷往裡面窺探，藉著寄居在這棟房內的鬼火微光，看見馨和由理正在下將棋的身影。

「啊啊啊！你們兩個居然背著我偷偷在玩！我就覺得奇怪，怎麼會有叩叩的聲音！」

我唰地一聲將拉門大力拉開，馨和由理分別維持著手持將棋或沉思的姿勢，只是微微抬起頭望向這邊。

「果然跑過來了……」

馨似乎早就預料到會有這個情況，一如往常討人厭地輕輕嘆一口氣。

「由理，所以我早就跟你說了，應該把真紀關在上鎖的單人房才行。」

「嗯、嗯——」

「真紀，我說妳呀，不要一副理直氣壯地闖入男生房間，妳到底懂不懂我們為什麼要讓妳睡在別間房呀？是說，話說回來，光憑拉門隔開的房間就想保護我們睡個好覺的權利，果然似乎是太天真了。」

「你們背著我偷偷玩耍，居然還有臉講這什麼話呀。是說，你以前不老是說我們三人一定要並排一起睡，就像三個老頭子排成一個川字嗎？」

「不是這個問題啦。」

馨斷然反駁。

「只有你們兩個一起玩，還偷偷聊天，這樣太奸詐了。」

「我們沒有在聊天喔。我們只有說今天好像會下雨耶，講幾句關於天氣的閒扯而已……一邊在玩將棋啦。」

「還有關於健康的話題……一邊在玩將棋啦。」

「正值青春期的男生半夜不睡覺偷偷玩的遊戲竟然是將棋，你們兩個真的是老頭子耶……是說不過，你們喜歡將棋和圍棋這種事，我也是從幼稚園時期……應該說從上輩子就很清楚了。你們請繼續……但拉門要開著喔。」

我說完後，他們兩人對看了一眼，就毫不客氣地繼續下棋。

我讓拉門維持大開的模樣，藉著飄過來的鬼火微弱的亮光，窸窸窣窣地鑽回被窩。

啊，對了，我可以把這個鬼火當作抱枕，一定會很溫暖。

我一把抓住在身旁漂浮的鬼火，將他拉進棉被抱著。

看著這一幕的馨伸手指向我這邊說道：「真紀把鬼火抓去吃掉了。」不要理他不要理他。雖然把鬼火當抱枕的高中女生應該極為少見，但鬼火既輕飄飄又溫柔有彈性，好舒服喔……

正當我沉醉在這種放鬆感時，突然傳來淅瀝淅瀝的小雨聲和下雨的氣息。

「咦？還真的下雨了耶。」

我只好又趕快爬起身，慌忙將外側走廊敞開的窗戶關好。

由理和馨也急忙跑過去將內側走廊的窗戶拉上。

「……咦？」

外側走廊的窗外就是庭園，而現在……

那裡佇立著一隻白金狐。他的毛色即使在小雨中，仍舊散發出耀眼的光輝。

「嚇我一跳……妖狐？難道是有事來拜託由理的嗎？」

我跪在外側走廊，從原本正打算關上的窗戶探出臉，出聲問他：「你有什麼事呢？」但那隻白金狐只是凝望著我，然後就靈巧無聲地迅速跑走。

怎麼了呢……那是隻非常美麗的狐狸，而且我有種非常懷念的感覺。

我闔上窗，走回房內，這時由理和馨也剛好回來。

「欸，你們聽我說，剛剛庭院裡有一隻狐狸……」

正當我想將方才看見狐狸的事情告訴他們時——

突然閃過一道炫目的光芒，伴隨著轟地一聲劇烈雷鳴。

我、馨和由理都嚇了一大跳，不自覺地挨近彼此。

「……咦？」

閃電再次劃過。接著，外側走廊的拉門上，突然倒映著一個人影。

我們所有人都看見了，驚訝地張大嘴巴，一個字也說不出來。

隨著轟隆轟隆的雷鳴逐漸遠去，那個人影也消失了……

「……你們有看到嗎？」

「咦？啊、嗯……」

我立刻繃緊神經，迅速將拉門打開。

但那裡一個人也沒有，即使我左右張望，也只能看見長長的昏暗走廊。

在走廊盡頭的詭異黑暗中，傳來了一股剛剛不曾察覺到的駭人氣息。

「難道是強盜？」

「我們有跟保全公司簽約……而且如果真有壞人闖進來，住在這裡的妖怪們也會來通風報信。」

由理和馨也因為那股如殘香般迴盪在空氣中的異樣氣息，深深地吸了一口氣。

幽靈最容易出來活動的深夜丑時，飄著小雨……遠遠傳來的轟隆雷聲……

「咦？那個……真紀，妳帶回來的嗎？」

「什麼？」

又發生了一件不可思議的事情。

由理第一個注意到，站在外側走廊上的我腳旁，擺著民俗學研究社在用的那本「社團活動日誌」，封面是翻開的。

『為什麼我們妖怪必須遭到人類趕盡殺絕呢？』

在扉頁上清晰地寫著，我們永遠的疑問。

一直以來，我們不停思索著，但仍舊得不出答案，我們的鬱悶不平、不滿、留戀、憎恨種種心緒，都忠實記載在裡頭，我們的活動紀錄……

我的瞳孔慢慢放大。

「咦……為、為什麼？我明明有好好收進桌子抽屜呀。」

我困惑不解地將日誌撿起，下意識抱緊在胸前。

心臟仍撲通跳個不停。這究竟是怎麼回事呢……？

「真紀，妳該不會是搞錯，不小心帶回來了……？」

「不，看起來不像這樣，真紀都整個嚇到石化了。」

馨和由理也十分驚訝。因為兩個人都有親眼看見我將日誌收進抽屜裡。

這樣一來，究竟是誰把它帶過來，又放在這裡的呢？

剛剛那個人影……？可是，那又是誰？

我們三個面面相覷，臉上都寫滿疑惑。

果然是有誰在這個家裡……不，是曾經待在這裡吧……

後來我們去其他房間查看，也詢問了寄居在這兒的低等妖怪們，但誰都沒看見可疑的人或妖怪。

在謎團未解的情況下，最後決定今天我和馨睡同一個房間。今晚限定。

由理建議這樣做比較安全。

他則乘機跑回自己房間睡了。

「欸，真紀……妳那個激動的靈力刺得我很痛耶……」

「因為我現在的狀態就像是全身毛都倒豎的貓咪呀。」

即使人躺進被窩裡，我還是處於警戒狀態。

剛剛那東西讓我雙腳發寒的程度，讓我不得不如此神經過敏地戒備著。雖說到頭來還是沒搞清楚剛剛那到底是什麼東西……

「馨。」

「我睡著了。我睡著了，所以不要跟我講話。」

我才剛叫他一聲，他就這副冷淡的態度，甚至似乎還背對著我。

不過終究是還醒著嘛。

「剛剛那個東西，從我感覺到的惡寒來看，可能是惡靈之類的……馨。」

「死去時對人世還有留戀的魂魄就會成為靈。這情況不僅限於人類或妖怪呀。甚至，強烈的依戀或憎恨會生成惡靈……至今我們看過很多例子了吧。」

從左邊那床棉被飄來馨語氣淡然的大道理，我緩緩應著「雖然是這樣沒錯……」。我從棉被裡露出半張臉，仍舊維持著戒備狀態，思緒不禁馳騁。

在黑暗的房間中，我想起了上輩子，我仍是那個纖弱公主時的事。

因為擁有鬼見的才能，我差點遭到惡靈搶奪身體的次數多得數不清，因此直到現在，我對靈體都還是有種畏懼。

雖然馨說妖怪也是差不多的存在，但妖怪不同。雖然我也曾無數次成為妖怪的攻擊目標，但同時，也曾無數次獲得妖怪出手相救……

「真紀……？」

似乎是因為我突然陷入沉默，讓馨有一點擔心。

他轉身面向天花板，朝這邊看了一眼，輕聲說：

「……很適合妳喔。」

「嗯？什麼東西？」

「今天的浴衣……就好像……以前的妳一樣。」

「……」

這句讚美來得太過突然，我頓時只能張大嘴巴，愣在當場。

但我立刻回過神，從被窩中伸出手，用力搖晃馨的身體。

「咦？什麼？再一次！再說一次！」

「妳也突然變得太有精神。啊——我是絕對不會再說的，死也不說……是說，不要用妳的超級蠻力這樣搖別人啦！我快死了！」

馨就是這樣，立刻就害羞……

我喜孜孜地移動到自己的被窩最邊邊，出聲哀求馨說：「手給我。」馨聽了，就用一副「我不要了，隨妳處置吧」的態度，放棄抵抗似地將右手從被窩中伸出來。我緊緊握住他的手。

「好熱……妳的手老是這麼熱耶。」

「我體溫高呀，代謝肯定很好。馨，你的手還是這樣冷冰冰的……」

沉默持續了片刻，我只是靜靜地握著馨的手。雖然馨那雙大手並沒有緊緊地回握我，但光是能觸碰到他，我心裡就覺得平靜許多。

細雨似乎只有下了一陣子，沒過多久就止息了。

只是一場在半夜中偶然經過的雷雨。

明亮的月光斜斜射進來，拉門窗格的影子，倒映在白色的棉被上。

突然，我像是接續著什麼般地喃喃說道：

「欸，馨，為什麼我們沒有變成幽靈……而是轉世到這個時代呢？」

馨沒有回答這個問題。他或許是無法回答。

但是，他原本只是隨意勾著的手，稍稍握緊了些。

放在枕頭旁的那本，寫著我們上輩子故事的日誌……

在那個平安時代，確實我們死去時心中只滿是留戀和懊悔，但我們沒有變成怨靈或惡靈那類存在。明明我們即使變成那種存在也絲毫不足為奇的……

我們現在真真切切地轉生成人類，生活在「現代」。

「咿喔——咿喔——」

房間一靜下來，立刻就傳來月鶇的啼叫聲。

今天充滿了無法理解的事情，我實在是累壞了。

就算思考這些問題，也沒有什麼幫助。而且我好想睡，馨就在我身旁，我什麼都不怕。

明天放假，我就好好睡一覺，盡情地賴床吧。

〈裡章〉　新聞社社長田口早紀撞見禁忌之物

我的名字叫作田口早紀，新聞社三年級的「鬣狗社長田口」就是在講我。

雖然突擊採訪被那出名三人組閃躲掉了，但我的字典裡沒有放棄這個詞，下個月的校內報中，我無論如何都要在頭版刊上他們的報導。

這個野心無可遏止，誰都無法阻止我！

因此，為了探求真相，我來到了沒有人在的民俗學研究社社辦。

「我希望能夠找到讀者最有興趣的情報呀～關於戀愛方面的。」

裡頭一個人也沒有，我愛怎麼翻就怎麼翻。我順利在黃昏時潛入舊美術教材室。

第一個引起我注意的是，這積滿塵埃、東西堆得像倉庫般的空間，實在是太狹窄了。

然後是……寫在白板上的一排令人不解的語句。

『為什麼我們妖怪必須遭到人類趕盡殺絕呢？』

～死亡結局，究竟該如何避免呢？～

・要是酒吞童子並非美男子　↑什麼？

・話說回來，都是因為鵺沒有能阻止道長　↑懂。

・要是茨姬宰了安倍晴明　↑原來如此，但我還是不懂。

・要是源賴光沒有寶刀「童子切」　↑死裡逃生。

・要是源賴光沒有獲得「神便鬼毒酒」　↑死裡逃生。

・是說源賴光實在太卑鄙了　↑懂。

・要是酒吞童子有使出全力……　↑什麼？

・話說回來，要是我們當初不是妖怪？　↑什麼？

・世事本無常　↑懂。

・顯示盛極必衰的道理　↑秒懂。

・結論↓↓↓↓驕奢者不長久，僅如春夢一場（註4）。

〈〈〈過度詮釋：鬼神不做違背正道之事！〉〉〉（註5）

「……這什麼鬼？」

當然，我講出聲音了，因為這些內容實在太莫名其妙了。

寫著安倍晴明、酒吞童子之類的角色名字，他們是在玩遊戲嗎？

老實說，白板上陳列的詞句詭異得讓人看不下去，甚至感到有些羞恥。

人人都嚮往的三人組，為什麼會搞這些玩意兒？

「說、說不定還有什麼其他東西。」

不是這種瘋狂的東西，我想要的情報是會引起眾人興奮尖叫的那種。

突然，我留意到木製長桌的抽屜，便下意識地拉開瞧瞧。

「……社團活動日誌？喔喔喔……這真是天上掉下來的寶物。」

搞不好裡面有記著一些有趣內容，我心裡這樣想，就伸手拿起那本日誌。

我當然馬上翻開，準備來好好研究一番，結果，

『為什麼我們妖怪必須遭到人類趕盡殺絕呢？』

上面寫著這種奇怪的話……

這到底是什麼鬼？我完全搞不懂。

「算、算了。這本日誌我今天就借回家好好看一下吧，其他的就等看完之後再說。反正只要明天一大早放回這裡就沒事了。」

註4：這三句日文原文皆是擷取自《平家物語》的開頭文字。

註5：這句話據聞是酒吞童子臨終的話。

我將日誌夾在腋下，開始物色那些擺在書架上的東西。

淨是些「妖怪百科」呀，「不知名生命體的謎團」呀，甚至是「超驚人靈力地點」這種標題十分詭異的書籍和雜誌。

到底是怎樣呀！那幾個人究竟都在做些什麼呀！

「……」

滴、答、滴、答……

都是因為我在黃昏時待在沒有人的房間裡吧？

布滿灰塵的掛鐘指針移動的聲音鑽進耳裡，令人有些毛骨悚然。

「總……總之，那三個人在研究一些相當瘋狂的東西。雖然我不曉得他們是認真的還是只是玩玩，但那實在是非常偏神祕學，又有中二病的……這種消息誰會想聽呀……算、算了就先這樣吧，報導必須要誠實。至今都籠罩在神祕薄紗之下的三人組，現在就是公開他們活動的……」

然而，就在我取出筆記本和筆，自己替自己打氣的時候。

背後突然傳來一道銳利的視線，我立刻轉身朝向入口方向。

「……咦？」

剛剛那裡確實有道人影。

這時頭部突然一陣暈眩襲來，我眼前陷入一片黑暗。

有一個低沉的男人聲音，遠遠地響起。

……忘記妳剛剛看見的所有東西。

在幽暗的視野深處，我似乎看到了一根左右搖曳的美麗金色尾巴。

「學姊，田口學姊……妳快醒醒。」

天空已經染上淡淡的深藍色，還有一些星星三三兩兩地散布著。

我似乎坐在舊校舍和主校舍中庭的長椅上睡著了。

二年級的新聞社社員相場滿正在叫我。

「學姊，妳怎麼會睡在這種地方～？」

「啊……什麼為什麼？」

「受不了耶，學姊妳振作一點啦～妳說要去突擊採訪，但出去後就再也沒回來，我才特地來找妳的耶～妳有得到三人組的情報嗎？」

啊啊，對了，我潛進了民俗學研究社的社辦。

我特別希望能找到戀愛方面的資訊，不過……

「……一點收穫都沒有耶。那間房裡都是些髒髒的美術器材，根本沒什麼有趣的東西，也沒有任何資訊。」

咦？真的是這樣嗎？我怎麼覺得好像也有找到些什麼東西。

我還在作夢嗎？

「既然如此，那就只好由跟他們同班的我出馬囉。二年級有戶外教學、文化祭、修學旅行，活動很多，加上新聞社每次都會製作特集，報導在活動中發生的趣事和突然大量湧現的情侶，今後我會對那三人追查到底的。」

「小滿……妳真不愧是我的頭號弟子……」

我為了新聞社學妹的成長而深受感動，同時站起身，伸個懶腰，也打了個呵欠。

果然，我剛剛似乎像身處夢境。

我的確有跑進那間社辦，找找看有沒有有趣的資訊。

什麼都沒有。什麼都沒有……？

帶著寒意的晚風吹起，靜靜佇立在民俗學研究社前方的枝垂櫻樹枝，輕輕隨風搖曳著。

「……驕奢者不長久，僅如春夢一場……」

我口中突然下意識地溜出這句話。

為什麼我會突然講出《平家物語》裡的句子？我是在哪裡看到了嗎……？

「學姊，已經快要放學囉，我們趕快回家吧。」

小滿出聲催促。我嘴上說著「抱歉抱歉」，快步趕上她，離開了那個地方。

第三章 奇特的賣藥郎中水蛇

突然下起雨。

明明天氣預報說這幾天都會是溫暖晴朗的春季好天氣。

放學後，我為了煮今天的晚餐先去買了青椒和絞肉，在小雨逐漸打溼衣裳的情況下，急忙趕回公寓，可是……

「咦……明美，妳怎麼了？」

在二樓最前面的房間門前，我遇上正一個人在小雨中落寞地喝罐裝啤酒的上班族明美。

明美是這間公寓的住戶之一。

這裡除了我並沒有其他人類房客，換句話說，她也是化身為人類討生活的妖怪。

「啊——真紀。呵呵，真紀我跟妳說喔。呵呵呵呵。我……我……被男友甩了嗚哇啊啊啊啊啊啊啊啊啊。」

明美單手將喝乾的啤酒罐使勁捏爛。

就在走廊上大吵大鬧起來。

「明美，拜託妳不要歇斯底里啦。原來天氣預報失準是因為妳呀……妳說被男朋友甩了，是之前那個公司前輩嗎？」

「對……明明我們都說好要結婚了，嗚嗚嗚嗚……」

「好可憐喔。發生了什麼事嗎？」

我輕輕摸著外表年紀遠長於我的明美的頭。

明美緊緊抱住我，只是一個勁兒地哭。

「那傢伙有夠過分的！他怪我說每次約會都下雨是我的錯！雖然確實是這樣沒錯啦！」

「……」

「而且還一直抱怨我親手做的愛心便當像老太婆一樣，看起來就溼溼黑黑地難以下嚥！他以為我是當了幾年的雨女呀！去死吧那個混帳王八蛋！」

「明美，妳的氣質都沒了喔。」

她是叫作「雨女」的妖怪。

齊肩黑髮、合身西裝配長褲是她的一貫打扮，乍看之下，外表相當成熟穩重。在人類社會中，她已經年近三十，聽說在公司裡是相當能幹的一位員工。

工作上雖然一帆風順，但就是男人運差透了，還有她性格過於負面，只要心情稍微低落，通常都會直接沉到谷底。

「那就放棄人類男子，和男性妖怪結婚呢？選擇多得是呢。聽說現在淺草的男性妖怪找不到老婆的問題越來越嚴重了。」

「我才不要！我早就決定要和人類男子結婚了！」

她是血統純正的雨女妖怪，卻懷抱著和人類男子結婚的奢望。明明現代社會中，許多人都認為「一個人生活輕鬆多了」，不管男女雙方是人類或妖怪，結婚率都不斷在大幅下滑……

雖然人類和妖怪的情侶確實存在，但因為各方面價值觀都天差地遠，半途分手的機率也相當高。

不過，男性妖怪容易為人類女子著迷，女性妖怪則對人類男子懷抱憧憬。

雖然不可思議，但這是自古以來的常識……

「……是說，明美，妳身體好燙喔，該不會是發燒了吧？」

「雨女居然淋雨淋到發燒，別人聽到肯定會笑掉大牙……而且還被男人甩了。」

「現在不是講這種話的時候啦……乖啦，我們先進屋裡，好嗎？」

我拖著一個像屍體般的上班族，打開明美房門。

一拉開門的瞬間，一股酒臭味迎面而來。我暫且不管她房間有多髒亂，只是努力從垃圾山中找出沒有摺疊收好的床褥，扶著明美躺上去。

我遍地翻找溫度計，卻連個影子都沒看到，只好先回自己房間一趟，將食材收進冰箱，再帶著溫度計和一顆蘋果回到明美房間。

「啊……三十八度。」

果然是發燒了。

「我是因為最近天氣不穩定，忽冷忽熱的，又加上遭到未婚夫背叛的衝擊，身心都疲憊不堪了吧？」

明美像喪屍般失神躺著，嘴裡喃喃有詞，我將棉被拉到她的脖子蓋好。

再迅速整理了一下廚房裡堆積如山的餐具，找到磨泥器。

將蘋果磨成果泥，淋上一些蜂蜜跟檸檬汁，盛在玻璃容器裡，輕輕放在明美的被窩旁。

「等妳想吃東西時，就吃點這個吧。我現在去買藥回來。」

「……嗯。」

明美含糊應了一聲，呈現眼白都翻出來的狀態，睡著了。

受不了……真是個麻煩的女人。我再次撐起傘，出門去買藥。

「啊，對了。」

我走下樓梯時，突然想起一件事，趕緊又跑回自己門前，在包包中摸索，取出筆記本和筆，用超大字體寫了一張紙條貼在門上。

「我去千夜漢方藥局。　真紀」

這裡是淺草國際街。雖然是車站及大型旅館林立，成天人潮眾多、熱鬧非凡的大街道，但稍微轉進旁邊小巷，就會看見一間散發著異樣光彩的奇妙藥局。

在精巧可愛的手巾店旁營業的那間藥局，店名叫作千夜漢方藥局。
入口處散發著強烈的詭異氛圍，讓一般人難以靠近。
招牌上的文字透著一股令人不寒而慄的氣息，櫥窗裡又擺著積滿塵埃的詭異瓶裝草葉或乾貨。
但這裡其實是只有少數人才曉得的熱門漢方藥局。
推開厚重大門，我迎面遇上一位正要打道回府的客人。
「……哎呀。」
「……」
身穿黑色和服與短外褂、臉上戴著鬼面具的妖怪……是鬼。
後頭還跟著好幾個妖怪隨從。
那位鬼將面具稍稍往上一抬，用鮮紅雙眼低頭望著我，微微一笑。
「妳好呀，茨姬。」
「……你好，鬼神。」
他的聲音低沉而穩重如山，挾帶著強大靈力，在我腦海裡反覆迴盪。
簡單打過招呼後，他們一行人就離開店裡。
隨從撐起雨傘，那位鬼的身影逐漸消失在飄著雨絲的傍晚淺草街頭。
「……啊——嚇我一跳。」

我發了一會兒愣，但旋即想起此行目的，再次走進店裡。

鈴鈴鈴～伴隨著清脆的鈴聲，刺鼻的藥草味撲鼻而來。

「咦？是真紀呀。真難得耶，妳居然會自己過來我這。」

一位帶著詭異單邊眼鏡、雙眼纖長還身穿和服的男人，正從店內客桌上撤下茶杯。

他的外表年齡大約是三十歲左右。

他穿著深綠色的和服，上頭繡著帶有異國情調的華麗刺繡，乍看之下像個可疑的中國賣藥郎中，或是招搖撞騙的算命師。

他的名字叫作水連，我則稱呼他為阿水。

「阿水……剛剛好像有大人物來過對吧？」

「嗯，那位是隱世來的客人，一家旅館的大老闆。我們是老交情了，但他會過來主要還是因為需要我的藥的客人是不分國界的。有些藥只有在現世有，相反的，只存在於隱世裡的藥材，我就會向那位客人購買。」

「隱世……嗎？」

隱世，指的是和我們生活的這個現世不同，由妖怪管理、為了妖怪而存在的世界。

有在人類支配的現世中，拚死命求生存的妖怪；也有在妖怪統治的世界中，光明正大生活的妖怪。來去兩個世界需要經過稍嫌繁複的手續和龐大的金錢，並非那麼容易的事……

「欸，阿水，在你剛完成大工作後來找你真不好意思，但我想要對雨女有療效的感冒藥。」

「什麼什麼～？雨女，是指明美嗎？她該不會又失戀了吧？」
「你可別去多嘴問她這個喔……不過的確是這樣啦。」
「難怪今天的氣象預報不準，看來這場雨要下個一陣子了……」
阿水立刻將櫃檯內的陳列架轉了一圈，讓擺滿專門用來製作妖怪藥方的特殊天然藥材櫃面轉到外側。
乾燥的植物、閃耀著各種色彩的粉末、上頭有斑點花紋的礦石、浸泡在油裡不曉得什麼生物的尾巴、乾製異國曼陀羅等……淨是些看起來極為詭異的東西。
「我的藥是依據五行思想來製作的，考量到每個妖怪的特性，精心客製化的中藥。雨女的感冒藥根本是小意思啦。」
沒錯，這間千夜漢方藥局，可說是淺草唯一為了妖怪而存在的藥局。
雖然在人類之間的評價也很好，但大部分客人還是妖怪。
理由是因為對妖怪來說，人類的藥有時候並不適合他們服用。
這裡則有長年針對不同種族，用心鑽研出的藥方，所有藥都是依據這些藥方調配的，比其他店的藥效都要出色得多。
是說，也因為店主原本就是千年前從中國渡海而來、擁有強大力量的妖怪。
「配藥需要一點時間，真紀，我泡個藥膳茶給妳喝吧。妳最近身體有哪裡不舒服嗎？」
「嗯——我都一下子就肚子餓了。」

「那只是因為正值發育期吧。」

「總是想睡覺。」

「我只有能夠改善失眠的藥膳茶。」

「那就，眼睛疲勞吧。最近眼睛老是很累……雖然可能只是因為看太多電視，而且肩膀也有點僵硬。」

「哇，突然變成這麼具體的症狀。」

阿水將手抵在下巴，思考片刻，就從櫃上取下幾個瓶子，在櫃檯內側開始泡茶。

我在窗邊接待客人用的桌旁坐了下來，凝望外頭細雨等待著。

靜謐的時光和充滿這間店的獨特中藥氣味，十分相配。

「請用茶唔唧。」

端茶來給我的是千夜漢方藥局的助手，用雙腳行走的蕪菁精靈。

他用雪白身體上短短的小手，奮力想將茶端給我。

但是他太矮了，杯子構不到桌面，伸長的雙手不住顫抖著，所以我就彎下腰接過那個茶杯。

「謝謝你，蕪菁太郎。」

「唔唧～」

我輕摸蕪菁太郎的額頭稱讚他，只是這樣一個小動作就讓他莫名高興，真是奇怪的蔬菜。

店裡還有其他像是人參精靈、棗精靈或黑豆精靈等，由蔬菜、花草和樹木果實而生的小妖怪們存在，他們在店裡各處幫忙阿水工作。

據阿水的說法，他們是在研究中藥的過程中產生的，擁有自我意志的小東西。

那些小精靈是阿水忠實的家僕，聽說只要稱讚他們，就能立刻學會新工作，而且有他們在，就不需要再花錢僱用店員了。

「哇，好可愛喔。」

倒進透明玻璃製茶杯中的茶湯，漂浮著白嫩的花朵和紅色的果實。

好棒的香氣……

「這款茶是以茉莉花茶為底，再加上一些枸杞和菊花。茉莉花茶可以安定心神，菊花外觀賞心悅目，還能防止肌膚乾燥，有優良的美容效果喔。而枸杞能夠消除眼睛疲勞，對眼睛很好。」

「哦～我來喝喝看。」

喝下一口藥膳茶，我就感到在體內亂竄的靈力頓時沉澱下來。

藥膳茶對身體有益這是不需多說的事實，而阿水施過術的中藥或藥膳，能夠立刻與體內靈力產生共振、混合交融。需要藉由靈力才能改善的症狀，沒有比阿水的藥更有效的東西了。

「啊——好喝。阿水的藥膳茶好療癒喔。」

「妳不如就帶一點回去，也給妳親愛的老公喝一點。他不僅要上學，還一天到晚拚命工作呢～」

「說得也是……他的手總是涼涼的，我想是血液循環不好。」

「那麼，或許棗子和肉桂的茶會有效。」

喀哩喀哩喀哩……

櫃檯內側台上，響起用小型研磨缽磨藥的聲音。

阿水手勢熟練地加東加西，最後畫上一個五芒星，在口中低聲唸著自豪的咒術之後，就完成了。

他在清楚標著店名的紙袋中，放進寫著服藥方式的紙片和雨女的感冒藥，以及為了馨準備的藥膳茶，就走到我等著的桌旁。

「這個，雨女的藥和給馨的茶。」

「謝謝，明美吃了藥一定很快就會好轉。」

「……不過光是吃藥還不夠喔。」

阿水在對面坐了下來，從寬大衣袖中取出有悠久歷史的長長金屬菸管，逕自吞雲吐霧了起來。

「中藥是在心和體，還有環繞在自己身邊的複雜環境，全都達到平衡之時，才能徹底發揮作用的一種藥。這是根基於陰陽五行的思想。」

五行思想主要依據於「水」、「火」、「金」、「木」、「土」這五個元素。

這些元素間的關係有「水生木」、「木生火」這類相輔相成的「相生」關係，和「水剋火」、「火剋金」這些相互制約的「相剋」關係，特別是相剋關係能以五芒星圖案來說明。

「這能夠直接對應到五臟六腑來思考，就像是五月有五月病（註6），大家容易心緒虛浮、低落不振。人要是消沉喪志，也會對身體健康帶來影響……一個不小心平衡很容易就會崩解了。」

阿水從剛剛那個蕪菁太郎手中接過他端來的茶，輕輕啜飲一口。

似乎是以普洱茶為底的黑豆茶。

「我的藥只能調整俗稱為陰元素的血和水這兩者而已。當然，我能夠藉著藥膳飲料讓人放鬆心情，但心的問題是無法靠藥來解決的。要是內心生病了，無論有再好的藥，都難以改善身體狀況。」

「……我懂你的意思。明美雖然個性認真努力，但對自己有點沒自信，容易陷入負面思考鑽牛角尖。這一點，就交給我來鼓勵她吧。」

「嗯，不愧是我的茨木童子大人，從千年前到現在都沒有改變，還是充滿了對妖怪的愛。」

阿水朝菸灰缸叩叩兩下，抖落菸灰，露出有些感傷的神情。

「這樣的妳……已經不需要過去的老家僕了嗎？」

嘩啦嘩啦……嘩啦……

我聽見悅耳的水流聲。在他身後，一條巨大的水蛇若隱若現。

註6：在日本，新年度的四月是入學、任職、異動、開始獨自生活等各種新生活開始的時期，雖然對於新環境有所期待、懷抱幹勁但卻難以適應的人，常常會在五月黃金周剛結束時出現類似憂鬱症的症狀，通稱為五月病。

如此透徹、毫無一絲紊亂的水聲，除了有時被視為純潔神聖的存在而受到尊崇的水蛇妖怪「蛟」的靈力之外，沒有其他東西能夠發出。

「……」

阿水的話中含意，我深深明白。

千年前，「四家僕」曾對茨木童子宣誓效忠。阿水是名為水蛇的知名妖怪，也是昔日曾對我發誓一輩子效忠的存在。

「你講反了吧，阿水。應該是你已經不需要我了才對。你現在自力謀生，生意做得有聲有色，反倒是我像這樣常常在麻煩你呢。」

「啊哈哈，說這什麼呀……不要講得好像妳是我老媽一樣啦。真紀，妳可是青春洋溢的高中女生耶。」

他的眉毛斜成八字形，笑了起來。

他是感到高興，還是在取笑我呀……

「我的心情當然也會像媽媽一樣呀。你可是從不曾令我操心、堅強又可靠的家僕。」

「……不過呢，說起來有點丟人……當時妳不在之後，我的氣場整個都亂了。」

「……」

他以在中醫思想中存在的「氣」這個概念來比喻，哀傷地低語。

不過立刻又回復到平日莫測高深的笑臉，將長長的寬袖輕飄飄地擺動著。

「是說，不過呢，我的確重新站起來了，生意也做得風生水起，在這個社會活得相當成功。在這層意義上，或許還算是可靠啦。其他家僕兄弟，也許有人至今還是希冀妳的陪伴而四處徬徨著。當初也有人無法接受妳死去的事實，因而憎恨人類。」

「的確，也有幾個孩子我滿擔心的……」

四家僕分別是不同妖怪，個性也截然不同。

其中有個孩子讓我特別擔憂。不曉得他在這難以生存的人類社會能不能過得好呢？

「首先，根本不曉得他們身在何方，老實說，其中也有我不想見到的傢伙，不過如果可以再次全員到齊，應該會很愉快吧。」

「……也是呢。我偶爾會想，要是大家能夠重新聚在我身旁……不過，如果各自都能找到自己生存的道路，跟重要的人相遇，在某個地方好好踏實過日子，這樣我也會很高興。哎呀，我真的像是媽媽一樣。」

呵呵呵……我啜了口茶，苦笑著。

但是阿水瞇起他那宛如蛇一般的細長雙眼。

「不過呢，真紀……老實說，對我們來講，肯定是除了妳之外沒有其他重要的事物了喔。」

「嗯？」

「雖然過去的忠誠也是真心的，但自從千年前，妳就容易吸引妖怪們的愛慕，而現在妳又轉世為人類女子。妳曉得這意味著什麼嗎？」

「……不曉得。」

「妖怪會深深迷戀擁有強大靈力的人類女子，這是自古以來，深深烙印在我們妖怪身上，如同本能般的制約反應。長久以來，這一點加深了人類和妖怪之間的鬥爭。當初茨姬也一直是妖怪們的目標，只是後來酒吞童子奪走了妳。」

阿水逼近我的臉，像在講祕密般壓低聲音說。

「意思就是，妳又再次變成了那種存在。而且……還擁有與曾經變成妖怪的茨木童子不相上下的巨大力量。靈力像妳這般強大的人類女子，這個世界不會再有第二個了吧。」

「……」

「無論是誰都會想要妳。雖然現在淺草以外的妖怪還不曉得妳的存在，但這件事要是因為某個契機傳了出去，大妖怪是不可能放過妳的。所以，對妖怪來說，妳……現在也還是『最憧憬的新娘』喔。」

阿水微笑著。那是他一如往常，莫測高深的微笑。

伴隨著飄盪在空氣中的藥味和菸草香氣。我懷著混雜驚訝的複雜心境，皺眉說道：

「聽起來有點恐怖耶。」

「啊哈哈，是呢。」

阿水拍膝笑道。

「同時遭到眾多男性單方面的愛慕，除了恐怖大概也沒有其他感受了呢。」

「不管怎樣，贏不了我的貨色根本不用管。而唯一能夠勝過我的，就只有那傢伙了。」

「說得也是……所以我也才會成了妳的家僕。不過，能成為家僕的我們也是非常幸福喔。」

光是這個身分，就足以自豪。他輕輕說道。

「不過呀，真紀，如果妳再次需要我的力量，我願意立刻立誓成為妳的家僕，這個想法從來不曾改變。」

「……呵呵，謝謝你，阿水。你果然是我最可靠的長男家僕呢。在我個人的感受上，你現在也是我重要的家僕喔。」

「真的嗎？真令人開心。」

在那莫測高深的神情中，阿水坦率綻開了滿臉笑意。

乍看之下他是個年紀長我一大把，言行卻分外幼稚的妖怪，但對我來說，至今仍是我可愛的水蛇家僕。在某層意義上，他或許就像我的兒子一樣。

因為茨木童子和酒吞童子之間並沒有小孩……

鈴鈴鈴。有人推開店門。

因大雨而身上有些淋溼的馨，在我們講到這裡時走了進來。

「哎呀～難得氣氛正好，結果卻殺出了程咬金。真紀，妳老公來囉～」

阿水有些鬧彆扭地說道。馨和阿水互相交換了難以言喻的一眼。

「馨，你今天打工結束得好早。」

「今天是在淺草寺參道上的攤子打工，雨勢越來越大，都沒有客人上門，就決定早點收攤了。拜這場雨所賜，收入也減少了……」

「這樣呀，你這人實在是運氣不好耶。」

「而且剛剛去妳家，門上又貼著一張紙條說人到這來了。」

馨朝著阿水猛然遞出一袋因為賣不完就帶回來的人形燒。

「這個，給你們家的精靈們分著吃。」

「謝──謝啦，馨，你還是這麼周到有禮耶。大家快來～這個臭臉葛格送我們人形燒喔～快過來集合～大口吃點心囉～」

隨著阿水的呼喚，蔬菜和豆子精靈們從四面八方紛紛湧現。

熱愛甜食的精靈們在紛紛領了人形燒之後，就埋頭猛吃。

「阿水，那我們差不多該回去啦，我也有點擔心明美的情況。」

「嗯，有事歡迎再過來。」

「謝謝。」

阿水將溫和視線轉向馨。

「還有呀，馨，真紀就拜託你囉～」

「這不用你說，招搖撞騙的水蛇郎中。」

「好過分！我的藥可沒有招搖撞騙！雖然確實常有人因為外表的緣故，說我是招搖撞騙的祈禱師或單邊眼鏡大叔之類的啦～」

在頗有自知之明的阿水目送下，我們在大雨中急忙回到公寓。

煎煮中藥有點麻煩。

將一天份的藥和水倒入土瓶後，需要再以小火不斷焙煎。袋子上註明要熬四十五分鐘，所以也仔細量了時間。是說，這是馨做的就是啦。

趁著藥還在煎煮時，我替明美熬粥，順便也幫我們兩個做晚餐。

原本我今天是打算做青椒鑲肉，現在臨時改變計畫，換成營養豐富的雞絞肉梅干蜂蜜粥。

切碎的青椒、蔥花跟雞絞肉是主要食材，再加上梅干、薑、一點蜂蜜和昆布高湯調味。這鍋粥清爽易入口，滋味也足。

既美味，營養又豐富，對感冒病人也有效。

「喂，真紀，藥我濾好囉。」

馨幫我將剛剛一直煎煮的中藥，用濾茶器過濾好。

在服用方法那張紙片上有註明這個藥方和一般的藥不太相同，需要在餐前服用。

中藥的苦澀氣味和梅干蜂蜜粥的香氣同時從左右傳來，刺激著我的鼻腔和餓壞的肚子……將這些在餐桌上排好，我就馬上跑到明美家。

「明美，我進來囉。」

「哇……這裡比真紀家還誇張耶。」

明美原本仍縮在被窩內扭動，不甘願起來，但受到梅干蜂蜜粥熱騰騰香氣的誘惑，發出了「唔——」的低喃，緩緩爬起身來。

「餓了。」

「我想也是呢……乖，先喝了這碗剛煎煮好的中藥。這是千夜漢方藥局的藥，雖然苦但非常有效喔。」

「嗚嘔嘔嘔～噁～」

「忍耐。」

總算是讓明美把那碗藥喝完。

「啊——這也太苦了吧～咦？啊啊啊啊！馨來了！哎呀，討厭——姊姊我現在模樣這麼邋遢！」

明明上一秒明美還忙著抱怨藥好苦，現在突然精神都來了，一臉喜悅地將雙手放在臉頰上。馨的長相似乎是明美最喜歡的類型，她還曾經偷拍馨，擅自將照片和履歷寄去參加偶像事務所主辦的徵選。

當然是通過了資料審核那一關，但馨根本就完全不當一回事。

自那時起，偶爾會有可疑的偶像經紀公司的大叔在馨身邊繞來繞去，積極地想要說服他……

這又是另一個故事了。

「明美，太激動會燒得更厲害喔。乖啦，先吃粥吧，把這個吃完好好恢復精神。」

「如果馨餵我吃，姊姊我或許就能恢復精神～」

「什麼？妳這個年近三十的雨女現在是在亂講什麼話，趕快吃一吃趕快去睡啦。」

加上過去的那些恩怨，馨聽了有些惱怒。但我點頭答應：「好。」

「馨，你就餵她吃一次吧。」

「什麼？妳該不會是為了這個才帶我過來的吧？」

「你知道嗎？中藥不只是調整身體狀況，對氣的整合與否也相當重視喔。聽說要是內心生病了，就算再好的藥也無法發揮效用。」

「……」

明美已經滿心期待地將嘴巴張大等著，馨雖然一臉無奈，但還是用湯匙挖了一口粥餵她吃。

「嗯～好好吃……梅干蜂蜜……這個粥又香甜又清爽……」

太好了，明美好像很高興，也有食慾，看樣子靈力和體力應該都能很快恢復。

「啊……能讓帥氣高中小鮮肉餵我吃粥……實在是太幸福了。」

「所以咧，明美，我還是要跟妳收中藥的費用喔。」

「啊，我的錢包！」

我從不知名地方挖出明美的錢包，迅速拿出中藥錢，再將收據放進去。

明美喝了藥，又讓馨餵她吃飯後，稍微有了些精神。

我扶她再次躺下，幫她把棉被蓋好，藥放在枕頭旁。再將已經做好的明天早餐——中華風味豆腐海帶芽湯，冰進冰箱。

「謝謝……你們兩個，為了我……嗚嗚。」

「明美，不要太執著於過去喔。一定會有更好的人出現的。更了解明美，更珍惜妳的人。」

「嗯，真紀妳真幸運……下次我來找找看……像馨這樣的人好了。」

「我話說在前頭，對高中男生出手是犯罪喔。」

馨姑且還是警告了她一聲，姑且啦。

我們要離開時，明美似乎已經睡著了，微微發熱的臉龐紅冬冬的。

一行淚沿著眼角慢慢滑落，是因為身體不舒服嗎？還是……

仍然無法忘懷深深喜歡的那個人呢？

「啊……今天雨停了。」

在那之後，雨斷斷續續地下了兩天，今天早上終於徹底停了。天空放晴，是個能讓人感受到春日溫煦的好天氣。

馨一如往常早上到家裡來接我，準備一起出門去學校。

剛好遇到明美也走出房門，她一看到我們，就立刻舉起大拇指，展露充滿朝氣的笑臉。在她身上，已經絲毫找不著前幾天虛弱至極的痕跡了。

「那我要去上班了。」

她好像在趕時間，喀喀喀地踩著高跟鞋慌忙下樓，一邊頻頻瞄向手錶，一邊穿過商店街。

那也是享受現世生活，堅強的現代妖怪女性模樣……

「明美好像恢復精神了，太好了。」

「雨是因為這樣才停的吧，真是……」

「是說，我們也得快點，又快遲到了！」

這兩天一直下雨，樓梯下方積了一大灘讓人非常困擾的水窪，不過我們輕巧地踩跳而過，趕忙往學校奔去了。

……我實在非常喜歡雨停後的氣味。

第四章

戶外教學的神隱（上）

那是五月下旬的事。我們坐在戶外教學的巴士上。

「戶外教學耶～好期待咖哩喔。」

「咖哩？這種東西自己就可以做了吧？妳又是一個人住。」

「少蠢了，在野外做的咖哩味道就是不一樣呀。」

我和馨在巴士裡隔著走道，正在討論咖哩的話題。

「不過國中時的戶外教學那次，咖哩有夠難吃的。」

坐在馨旁邊，原本在看書的由里突然探出臉來，笑著提起國中戶外教學時的回憶。

「那時的飯沒煮好，中間還硬硬的。」

「因為露營用煮飯鍋很難煮呀～」

「搞錯水量的當事人還真敢說耶。」

我啃著仙貝，側眼掃向馨。

馨有些心虛，含糊說著藉口。

「沒辦法呀，用那種飯鍋煮飯，沒有奇蹟發生根本不可能煮得好吃啦。」

「哼，你等著瞧吧。有我在，不管是咖哩或是趣味競賽都會輕鬆漂亮過關的。馨你也想吃我做的咖哩吧？」

「妳做的咖哩我早就不知道吃過幾百遍了。」

對這句話起反應的是，坐在我隔壁的女生班級委員長。

「真紀妳們幾個的感情還是這麼好耶。」

她的名字叫作七瀨佳代，是籃球社的，身高很高，頭髮從肩膀處就開始向外翹，外表爽朗大方。

其實七瀨佳代和我們就讀同一所國中，也常常和由里一起擔任班級委員長，所以七瀨還算了解我們的關係。

「從幼稚園開始就一直同班嗎？能一直感情都這麼好，真的很難得耶。」

「因為我們沒什麼其他朋友呀。」

因為我們有在平安時代身為妖怪的記憶……這種沉重話題雖然無法告訴她，但事實上我們的確不太有其他朋友，一方面也是因為我們老是三個人膩在一塊兒。

「欸欸，你們兩個曉得嗎？我們待會兒要去的『築波少年自然之家』呀～聽說有『那個』出沒喔！」

從我和七瀨前座探出上半身，開啟這種話題的，是同班同學相場滿。

她是個將黑髮綁成兩束、喜歡裝可愛的女孩，整個人散發出的氣息和七瀨完全相反。

我們最近才剛同班，她也不像會來找我講話的類型……我記得她是新聞社的。

「『有那個出沒』指的是？」

「都說『有那個出沒』了，當然就只有那種意思了吧～？幽靈。」

一聽到最後兩個字，我剛剛吞下去的仙貝立刻卡在喉嚨。

我痛苦地扭動身子時，馨從旁邊遞來一瓶尚未打開的寶特瓶，我順手接了過來，轉開瓶蓋大口灌了起來。

相場一直在前方觀察著我們的舉動，嗤嗤笑了起來。

「哇，真厲害，默契真好耶～你們兩個果然在交往吧？」

「有沒有在交往這不是重點，那個，妳剛剛說的……」

我伸手擦拭嘴角，開口追問，但相場徹底忽視我的存在。

「欸欸，天酒，你和茨木從國中時就開始交往了嗎？現在是第幾年了？」

「……所以說，不是說了我們沒有在交往。」

「啊～少騙人～大家都在傳喔。」

女生的八卦話題讓我們不禁冷汗涔涔。

「這種事根本無所謂啦，比起這個，相場妳剛剛講的那個……幽、幽靈是怎樣？」

「……啊啊。」

相場轉向我講話時，聲調立刻低了一大截，她取出一本小記事本。

「聽說呀～我們現在要去的那間『築波少年自然之家』呢～在大概十年前有女孩子失蹤～是像我們一樣去參加戶外教學的女學生，在試膽大會進行到一半時不見了喔～啊哈哈～超好笑的。」

「……不，一點也不好笑。」

我立刻反駁。這可不是鬧著玩的，是失蹤案件了吧。

「聽說呀～這裡有神隱的傳說～從以前就常有女孩子在這裡不見～啊哈哈，真的好好笑。」

「什麼呀……是這一類的傳說呀，哼，那就不是幽靈了吧。」

我內心暗自鬆了一口氣，逞強地哼笑了一下。

「不過呢～聽說也有幽靈存在喔。像是我們要住的那棟宿舍，有些地方明明四周沒有人在，卻會聽到笑聲或哭聲之類的。」

「……」

「或是有自殺的情侶在之類的。」

「……咦？」

「還有在試膽大會時，和真正的妖怪握到手的傳說。」

「啊——夠了夠了，不要說了。」

我才剛放下心來，現在又渾身顫抖了一下，趕緊用手摀住雙耳。

我就是拿沒辦法進行物理攻擊的對手沒轍啦……幽靈和妖怪是不同的。

「不過呀～比起這種靈異故事，我比較想知道天酒喜歡哪一型的女生～」

相場雙眼盈滿期待，朝向馨用甜膩的聲音發問。那正是一張少女的神情。

馨早就將臉轉向坐在窗邊的由理，默默裝睡了。「受歡迎的男人還真辛苦耶……」由理輕輕吐出這句話，將原本在看的那本書闔上。

他剛剛在看的那本書，上面的書名是……《築波山的神隱》。

戶外教學的活動由在野外煮咖哩揭開序幕。

野炊，從在灶上生火開始就必須自己動手，相當辛苦，不過生火煮飯就交給馨和七瀨了，我則和由理一同處理食材。

「由理，你切紅蘿蔔的方式也太恐怖了吧。外表氣質這麼夢幻優雅，為什麼切東西這麼粗獷呀？」

「哦，有嗎？」

果然是大少爺。優等生由理煮飯的能力看來也是有點令人擔心。

「欸，由理，你剛剛在巴士裡看奇怪的書對吧？」

「妳說《築波山的神隱》？真紀，難道妳在意剛剛相場說的話嗎？」

「嗯……我想說是不是跟妖怪有關。」

「築波山確實有許多妖怪的傳說，而且從以前就常發生年輕女性和小朋友失蹤的案件。不過……山這種東西，瀑布、溼地、河流很多，失蹤的人自然也就多了。」

「……這兩者有什麼關係？」

「上山的人遇上某種意外，從懸崖上摔落，讓河水沖走。簡單來說，就是遺體漂到不容易找的地方……這類現象接連不斷發生後，人們就開始傳說是山神發威，或神隱之類的，認為是神怪把他們藏匿起來了。」

「啊啊，原來如此。」

將切好的食材放進灶上的大鍋子裡，用大木鏟使勁翻炒，再加入清水燉煮。

「接下來就只要放它自己煮就好了吧？。」

「沒錯，放心啦由理，我幹家庭主婦這一行已經很久了，不可能會失敗的。但馨煮飯煮失敗的機率就相當高了。」

「呵呵，的確，不過馨他從來不會犯相同錯誤的喔。」

四周頻頻傳來「啊——」、「哇——」之類年輕興奮的尖銳呼喊，只有這一小方天地像是遭到隔離一般，氣氛安穩而沉靜。

「啊，回到剛剛的話題，真紀。」

「嗯？」

「雖然神隱發生的原因有好幾種，但據說最大的理由是人們迷失在『狹間』之中。」

「……『狹間』呀。」

由理意味深長地提起「狹間」這個關鍵字，我下意識地喃喃複述。

與現世不同的妖怪世界，我們稱其為「隱世」。隱世也是個建構完整的龐大世界，和現世不相上下，要去到那裡需要經過各種繁複的手續，管理上相當系統化。因此幾乎不會發生一般人不小心誤入隱世、迷失其中這種意外。但是這兩個世界之間，有一些規模較為簡易小巧，由大妖怪或神明獨有、稱為裡空間的場域零星散布著，我們稱這種裡空間為「狹間」。

據說幾乎所有世上的神隱傳說，都是人類因為某種意外誤闖裡空間而發生的……

「啊！」

爐上大鍋以驚人氣勢沸騰著。我剛剛不小心發了一會兒呆，忘了留意。

我趕緊將火轉小，撈去浮沫雜質。我們兩人決定接下來只要安靜顧著鍋子就好。

「為什麼野炊時煮的咖哩這麼好吃呢？跟在家裡煮的到底是有哪裡不一樣呀？」

最後完成的咖哩相當完美。

主要成功因素是馨和七瀨的白飯煮得相當好，再加上肚子也餓了。我已經狼吞虎嚥地吃完兩盤了，現在正要去添第三盤。

「我常常在想，真紀妳這麼會吃怎麼都不會胖呀。」

「我代謝好呀，七瀨。」

馨也跟在我後頭，準備要盛第二盤。

「妳這人，明明都吃到第三盤了，還都挑大塊的肉拿，留一點給我啦。」

「嗯——好吧。那這塊很大的肉給你，畢竟你可是正值發育期又食量大的高中男生呢。」

我的第三盤拿得相當客氣，再俐落接過馨手上的盤子，淋上有許多肉塊的咖哩醬汁。我真是個體貼的好老婆。

「妳剛剛在心中稱讚自己是超級好老婆吧？」

「這個——」

我嘴上含糊回應，手上夾了一大坨福神漬放在他的盤子邊緣。

「那個，嗯……天酒。」

就在這時，有個其他班的女生走到我們旁邊，怯怯出聲叫住馨。

那是隔壁班的女生，身材穠纖合度，擁有一頭又長又直的飄逸秀髮。

「我有些話想跟你說，可以嗎……啊，等一下也沒關係。」

她被朋友拖著過來，看來是榨出全身勇氣才能對馨講了這幾句話。

馨露出為難的神情，瞄了瞄我，我則一副與我無關的神情，逕自走回座位。所以他放棄似地回「好」，就跟著那女生離去。

小隊員們立刻領悟現在的情況，用看八卦的表情目送馨遠去。

我心中一邊叨念著老是發生這種事，一邊繼續大快朵頤第三盤咖哩。

「咦？那是隔壁班的梅田耶。」

坐在對面的由理笑著告訴我。我不經心地回：「我知道～」

七瀨也對我的反應有些在意。

「妳沒關係嗎？梅田她很受歡迎喔。開朗、個性好、是個容易親近的美女。」

「那又怎麼樣了嗎？七瀨。」

「就算妳和天酒是青梅竹馬，萬一天酒沒能拒絕，和那女生開始交往了，妳心裡多少也會不舒服吧？校內報有寫學校活動讓情侶數目急遽上升喔，說大家就是會受到這種活動氣氛的影響。」

「喔，七瀨妳不懂啦。馨所追求的不是一時半刻的愛情或心動，而是長期的安心和安定感，他早就過了血氣方剛的時期。」

「妳在說什麼呀？」

理所當然，七瀨露出不可思議的表情，不過最後又傻愣愣地說：

「但是，真紀，妳對天酒真是百分之百地信任耶。」

那是發生在就寢前的事。我因為喉嚨渴，就走出房間到別層樓的自動販賣機去買果汁……但發生了一個問題，我投錢後，哈密瓜汽水卻沒有掉出來。

「喂，真紀。」

「……啊，馨。」

馨來得正好。

「妳在幹嘛？一臉快死了的表情。」

「馨，怎麼辦？這台販賣機壞掉了。我投了錢，但飲料沒有掉下來！」

「……啊啊，那應該是掉到一半時卡住了吧，很常見呀。」

「說什麼很常見，我、我不能接受啦。我珍貴的一百二十日圓……這個販賣機，我要把你踹飛！」

「拜託妳住手，妳是哪來的小混混喔？妳要是踹下去，它真的會壞掉！」

馨似乎認真覺得情況不妙，慌忙打開自己的皮夾。

「妳買了什麼？」

「……哈密瓜汽水。」

「可惡，我喜歡的是可樂。算了……再買一罐，從上面把它壓下來。」

馨嘴上抱怨，還是投錢進販賣機，選了哈密瓜汽水。

鏗隆鏗隆，傳來鋁罐迅速落下的聲音。

「喔喔……馨，幹得好。」

「給妳，兩罐都掉出來了吧，妳要好好感謝我。」

馨取出兩罐飲料，朝我遞出其中一罐。

我開心接過歷經千辛萬苦才到手的飲料，拉開拉環大口暢飲。

「話說回來，馨，幸好你剛好過來！我在趣味競賽的躲避球大賽中，痛宰了三班所有女生，剛剛口渴得要命呢。」

「居然沒有出現死者。」

「什麼呀。不過，群體生活真讓人覺得有壓力。」

「發生了什麼事嗎？」

「這是我的台詞吧？你拒絕梅田了吧？」

「……那是當然。」

馨的表情沉了沉。我將後背靠在牆上喝著哈密瓜汽水，瞇起雙眼。

「因此剛剛有點麻煩呢。田徑社的女生跑到房間來興師問罪，說梅田會慘遭無情拒絕都是因為你身旁有我在，說我很礙眼，叫我不要靠近天酒。那絕對不是為了梅田，肯定是為了自己，打算乘機消除我這個最強的敵人。」

「真的假的？果然真有這種事……女孩子真恐怖。」

「還有人用力推我肩膀。是說，誰敢動我，我就一定奉還回去，還要加倍奉還，所以我就把那個女生用棉被捲成棉被壽司捲了。」

「……」

「這實在太奇怪了呀，明明我跟你認識比較久，卻被根本不了解你的人講這種話下馬威。青春期少女就是這樣嗎？還是這就是所謂『戀愛是盲目的』呢？我實在不太懂……」

「不要太介意……這句話由我來說好像也有點奇怪。」

「哎呀，我完全沒放在心上啦。七瀨和同房間的其他女生都站我這邊，合力把她們趕出去。啊哈哈哈，那情況好像在打仗，其實滿有趣的。」

「……打仗……」

「而且，那些大小姐講的話，對我這個前茨木童子來說根本不痛不癢。我在當時可是『極惡』的代表耶。」

我反而還覺得對方這種毫不扭捏、一副要痛宰情敵的氣勢，挺有種的。比起在背後搞些陰險的小花招，我更加欣賞像這樣正面對決的態度。不過我還是會報復回去啦。

馨似乎覺得有些不好意思，一臉抱歉的神情。

「真紀……妳、妳要不要再喝點什麼？我請妳。」

「咦？可以嗎？」

「不管怎麼想，都是因為我把妳當擋箭牌，才會害到妳呀。」

「……的確也是呢。那你買那個，冰的紅豆湯！」

「真的還假的，妳居然有辦法在剛喝完哈密瓜汽水後就喝紅豆湯。」

「快點快點。」

我拉拉馨的外套袖子，催促他買紅豆湯。馨嘴裡雖然嘟噥「袖子會被妳扯壞」，手上還是依照自己剛剛講的，乾脆地買紅豆湯給我。

「哇——呵呵，馨，謝謝你。你真的是個好老公呢。」

「因為一瓶飲料態度就一百八十度大轉變的傢伙。妳只有這種時候才會特別坦率。」

「你、你的頭髮是不是長長了？」

「啊？妳不要突然轉變話題啦。」

我拉長身子，伸手撥弄馨的瀏海。瀏海都蓋到眼睛了，果然是長了。不過，有變化的並非只有頭髮而已……

「你也長高了吧？總覺得，好像變得越來越像酒吞童子耶。」

「啊？啊啊……可能會越來越像吧，只要繼續成長的話。」

馨露出滿不在乎的神情，哼笑了一聲。

現在的年紀雖然還算是少年，但正是急速成長的時期。

之後漸漸長成大人，外表就會變回過去酒吞童子的模樣嗎？我似乎有點期待，又覺得有點恐怖……

「！」

正當我沉浸在這種感慨時，四周電燈突然全部熄滅，只有販賣機的燈光照著我們兩人。

「咦……咦？已經到熄燈的時間了嗎？」

「不，應該還沒才對。這……不會是停電吧？」

「但販賣機是亮著的喔。」

寂靜無聲的走廊，直到盡頭都是一片漆黑，沒有任何人因為這場停電而驚慌喧譁。是說，都是因為我們跑來這種地方的販賣機就是了。

只是沒想到走廊電燈會突然熄滅，我和馨都有些不知所措地面面相覷。現在唯一的亮光，只有在黑暗中閃耀的販賣機燈光。

……呵……呵嗚……嘻……嘻嘻。

我的眉毛抽搐了一下。有個分不清是哭聲還笑聲的聲響，從某處傳了過來。我立刻臉色發白。

「馨、馨……我好像有聽到聲音。」

「妳也聽到了嗎？看來不是我幻聽。」

「啊啊，啊啊，討厭。該不會真的有幽靈吧？今天在巴士上不是聽說，這個自然學校『有那個出沒』……！」

「妳這樣說，的確是有聽到這件事……」

馨依然十分冷靜，相反地，我整個人已經嚇得縮成一團了。

我緊緊抓住馨的手臂戒備著。

「妳……果然一聽到幽靈就不行了。平安時代不就看過很多了嗎？確實現在因為多半都有好好供養，所以靈體數量也減少許多。」

「幽靈從上輩子就一直是我的天敵呀。都是因為藤原家的爸爸做了一大堆壞事，許多人因他含恨而死，那些幽靈就想要附身在我身上暗殺他……加上我有鬼見的天分，所以他們老是打算奪取我的身體。」

「這變成妳的心理創傷了喔？」

「就像你對於女生的愛慕和告白異常害怕一樣呀。」

咚啪唰……

這時，有種既像敲打牆壁又似乎不是的奇特聲音傳來，我們兩個嚇得全身彈了起來。

我整個人緊緊黏在馨身上，幾乎要包住他一半身體。

「那、那是什麼聲音……我受不了了，最近老是遇到這種事情，絕對是幽靈啦。」

「拜託不要在這種烏漆抹黑的時候突然來嚇人……」

四周又再度陷入寂靜。

我們待在販賣機前無法移動。但沒過一會兒，頭頂上的日光燈就亮了。

「哦，恢復了嗎？」

「啊啊，啊啊，太好了！」

只是就在這瞬間，我們的眼角捕捉到一個不明身影迅速閃過，消失在轉角。

「……」

幽靈？

我們兩個內心都浮現了這個字眼，但只是互相側眼對看了一眼，誰都沒說出口。最近真的老是碰上這種事。

可能是因為我們擁有靈力，而且體質還會吸引妖怪以外的不潔事物……

對我來說，幽靈就像是經過時會突然狂吠的野狗，是我希望能夠盡量避開的存在。

後來馨送我到房間附近，我回房後，問了剛剛一直待在房內的女生們，她們說根本沒有停電，我當場愣在原地。

「真紀妳一直不回來，我還想說是怎麼了呢。」

「但、但是……走廊的電燈真的熄了，而且……」

我拚命向七瀨說明方才停電的情形，但她只是困惑地微傾著頭。

……我或許應該去驅個邪比較好。

「欸欸，茨木，妳果然和天酒在交往吧？」

就連在這種時候都一臉興奮追問這種話題的人是，同班的堀。

我重重朝自己的床鋪一坐，搖搖頭。

「但你們兩個不老是膩在一塊兒？」

「你們念同一所國中吧？又同一個社團。」

這種女孩最愛的話題一旦起了頭，其他女生也立刻紛紛朝我的床鋪靠過來。

「又不是只有馨，由理也一直在一起呀，社團也同一個。」

「但繼見對誰都很溫柔……至於天酒他呀，對其他女生都很冷淡，但只有在妳面前很放鬆，很體貼不是嗎？」

「體貼～？」

我的臉不自覺地扭曲起來。

啊，不過這樣說起來，剛剛他才買了紅豆湯給我喝。嗯，的確是滿體貼的啦……我這樣說可不是光因為他買紅豆湯給我。

大家都對我和馨的關係十分好奇。

但如果要說明真正的理由，恐怕會變成一整晚都講不完的超悠長歷史大戲，而且她們絕對不會相信的。話說回來，我根本沒有想要讓她們知道我們真正的關係。

「不過～我看到了喔～茨木剛剛和天酒在一起呢～」

嗯，是相場。

她是在巴士裡開啟靈異話題的時下八卦高中女生，必須小心戒備的新聞社社員。

「我只是碰巧在販賣機前遇到馨。」

「這樣呀～嘿～嘿～」

嘿～相場字尾拉長的語調，讓人覺得別有含意。

「但是～兩個人的距離總是很靠近呢～青春期的男女～平常會這麼靠近嗎～？」

「……青春期？」

這、這種東西早在八百年前就結束了呀……

房間裡的女生們因為馨的話題而興奮起來。

「天酒真的是很帥耶。現在這種黑髮端正的帥哥，根本打著燈籠都找不到了。」

「顏值高，頭腦好，運動神經又超群！」

「個子也很高，看起來很沉穩，和其他男生就是不一樣。」

「有種硬派的帥氣。」

「但偶爾又會散發出一種壞壞的感覺，根本就迷死人了。還很有男性魅力～啊啊～」

有點壞壞的？魅力……？

是啦，他原本就是個反派角色，那傢伙透著一些滄桑的氣息，看在高中生眼裡變成這種感覺呀？

雖然外表長那樣，但其實他有時候也相當孩子氣喔。喜歡看少年漫畫，喜歡喝可樂，還會毫無理由地望著飛機雲發呆……

「欸欸，茨木！天酒喜歡哪一型的女生？妳曉得嗎？」

「天酒平常都做些什麼呀？」

「天酒喜歡吃什麼？」

「天酒和繼見究竟是什麼關係？」

女生們猛烈提問，特別是最後那個問題簡直讓人搞不懂……

我將枕頭抱在胸前，沉吟了一會兒。

「嗯～單就那傢伙喜歡的女生類型，應該是柔弱純潔的那種吧？讓人想要保護她那類的。」

是說，這只是我長年從旁觀察那傢伙所推測出的、馨心目中的理想女性形象罷了，實際上，他的老婆是像我這種鬼妻。現實果然還是殘酷的。

女生們認真傾聽，發出「哦～哦～」的回應聲，相場甚至還做筆記。

「平常幾乎都在打工，要是有時間就和由理下圍棋或將棋之類的，另外，他會在家裡看國外影集DVD或看漫畫……反倒算是喜歡宅在家的類型喔。」

「哦～好意外～」

「但是這樣才好。」

「他喜歡吃的食物，應該是薑汁燒豬肉或沙丁魚丸湯吧？主要喜歡吃日本料理。」

「哦～哦～是日本男兒～」

「那、那，他和繼見究竟是什麼關係？」

頂著一顆鮑伯頭，帶著紅框眼鏡的女生，是美術社的丸山。她從剛剛就一直執著追問這個問題。

「繼見也很迷人呢~氣質高雅，超級符合美少年這個詞，家裡還很有錢！」

「總是輕輕鬆鬆就維持全學年第一的成績呢。」

「他都去哪裡補習呀……？」

哎呀，這下話題似乎轉到由理身上了。

可是呀，各位女孩兒，由理雖然外表純潔白皙，內在可是完全相反，城府深不可測，不是妳們應付得來的男人喔。就連我有時候都會搞不清楚他到底在想些什麼。

「等一下！那種單獨一人的情報根本就無所謂啦！我在那兩個人間強烈感受到一種非比尋常、蘊含祕密的氣息！真相到底是怎樣啦，茨木！」

「咦？」

丸山一臉興奮地將眼鏡稍稍朝上推，不屈不撓地追問這個話題。

祕密……他們之間確實共享了一些祕密，而且感情好這也是千真萬確的……

畢竟他們從上輩子就是好朋友了，兩人相識的時間還比我要來得長久許多。

「嗯——馨和由理呀，從穿幼稚園制服的年紀就是那種感覺啦。就是所謂的童年玩伴呀。雖然會常常彼此吐嘈，但從來不曾真正吵架。因為有些事情只有彼此能夠了解，所以相互信賴著吧？」

我的意思主要是指上輩子身為妖怪時的往事，還有興趣都很像老頭子這兩點，但丸山對這番話，展現出出人意表的露骨反應。

「穿著幼稚園制服、宛如天使般可愛的天酒和繼見，分享著只有彼此能夠了解的祕密……童年玩伴……唯一能理解彼此的夥伴……愛……唔哇，我死而無憾了。」

她曲解了我的話，完全幻想成另外一種意思，然後突然開始頻頻用頭去撞棉被，沒多久後又像耗盡的電池般連動都不動一下……該不會真的死了吧……？

「唔啊～我想睡了。真紀，我可以先睡了嗎？那些男生的事我實在是沒興趣，身為委員長，我是不是太白目了？」

「不會，完全不用顧慮這個，七瀨妳就睡吧。我就是喜歡妳這種我行我素喔。」

只有同班的七瀨對女孩們的八卦話題顯得意興闌珊，眼皮因睏倦而頻頻眨動，鑽進被窩裡。而且她還從被窩探出頭來，露齒笑了一下。

「我也喜歡真紀的唯我獨尊喔～剛剛把她們捲進棉被那招看了實在太痛快了。」

「……咦？」

「真紀從國中時就一直超帥氣的呢……」

她的聲音雖然充滿倦意，但聽起來十分真誠。

我有點驚訝地眨眨眼。

「唔啊，嗯～晚安，真紀。」

「咦？啊，嗯。晚安……七瀨。」

不愧是七瀨。雖然我行我素，但偶爾又會講出這種讓我心跳加速的話呢。所以我才會這麼喜歡妳吧。

我滿懷喜悅地鑽進七瀨旁邊的被窩，闔上眼睛。入睡時那些興奮交談聲還不時飄入耳朵，所以我好像作了一些奇怪的夢，但內容完全都不記得了。

戶外教學第二天。

白天的賞鳥活動規則相當簡單。每一小隊需要依據拿到的地圖在森林中遊走，尋找野鳥蹤跡，並用數位相機拍下來。聽說這是我們明城學園代代相傳的娛樂競賽，照到最多野鳥照片的組別將會獲頒獎品。

「……喔喔。」

一踏進築波山廣大的森林中，冰涼清澈的空氣、草地與土壤的芬芳環繞住我們，莫名覺得十分舒暢。

「我有種很懷念的感覺，千年前有很多這種自然綠地呢。」

「感覺這裡正如同傳說一般，確實有妖怪棲息呢。」

馨跟由理無意識地開啟這種對話，一旁的七瀨用同情的目光望著他們兩個。

「欸，天酒他們在講什麼呀？妖怪？」

「他們兩個正值青春期的少年，在那方面病得有點嚴重，妳就別管他們。」

「千年前又是指什麼？」

「不要去問他們喔。這兩個可憐的孩子唉。」

我隨意找了個還算妥當的方式搪塞過去。

真是的，馨和由理這兩個傢伙，怎麼會在這種時候上輩子的記憶突然翻湧而上啦……

「啊，是小杜鵑。」

或許是為了不著痕跡地脫離這個話題，立刻就找到鳥兒的由理，伸手指向高高的樹枝。所有小隊員同時朝他手指的方向望去。

老實說，要找到停在枝頭上的鳥兒十分困難，但最難的還是用相機漂亮地捕捉牠們的身影。

「啊。」

我拿起掛在脖子上的相機，朝著由理指的方向按下快門，可就差了那麼一點點，讓小杜鵑飛走了。

確認相片後，果然只照到一團糊糊的神祕飛行生物。

這種失敗持續了一陣子。不過因為由理總是會馬上找到下一隻鳥兒，而隨著次數增多，我也漸漸熟練拍照的技巧，總算還有些成果。

「喂——差不多該吃午飯了吧？」

「真紀的肚子時鐘相當準確，剛好十二點半。」

馨低頭看了一眼手錶，由理則找到了一個剛好適合休息的平坦草地。

我立刻從背包中取出墊子迅速鋪好，就往正中間一坐。

「你們快點來吃午餐吧。」

馨、由理和七瀨三人對看一眼，露出苦笑。

畢竟我從一早就期待著要吃便當了。

「剛剛一路找得很投入耶～」

「能照到許多照片真是太好了，繼見找鳥的功力好厲害。」

由理和七瀨悠閒地看著早上照的相片，而我已經迫不急待地用溼紙巾將手擦乾淨，掀開進入森林前分到的便當盒蓋。

「哇……有兩個飯糰、章魚鑫鑫腸、炸雞塊、炸竹輪、厚煎蛋……還有培根蘆筍捲和涼拌小松菜……」

「每次不都是這些？」

「馨你不懂啦，沒有比在森林裡吃的普通便當更好吃的東西了。我們整個早上都在活動身體，加上肚子又餓了……我開動了！」

我雙手抓起飯糰大口咬下，雙頰都鼓脹起來。喔，梅干口味，是我最喜歡的飯糰口味。手捲壽司香脆的海苔、拌鹽調味的白米飯，再加上梅干這鐵三角組合，讓我滿足到無以復加，全身都放鬆了。

「便當真是不可思議的東西。平常大家肯定是比較喜歡剛煮好的熱騰騰飯菜，但如果是吃便當，就會覺得冷冷的也很好吃。」

「偶爾會想吃一下呢，便當。」

我正偷偷摸摸地打算要偷走馨便當裡的炸雞塊，但被他緊緊抓住手腕，阻止了我的計畫。我拚命想將手伸過去，手臂因使勁而不停抖動著，但馨絲毫不肯放水。

甚至還在我眼前用筷子夾起自己的炸雞塊，一口吞了下去。

「瞧瞧妳這副蠢樣子。」

「可惡……馨……你這個壞蛋……」

「我才不是壞蛋，這本來就是我的炸雞塊，不要用那種怨恨的眼光看我。」

「我的東西就是我的，你的東西也是我的……」

「不要在那邊喃喃唸咒可以嗎？雖然妳平常就是這樣啦，徹底發揮胖虎名言的精神。虧我原本還想說要把鑫鑫腸給妳，算了。」

「啊啊，我的鑫鑫腸。」

「是我的……啊。」

這次我迅雷不及掩耳地伸出筷子，從馨的便當盒中瞬間奪走鑫鑫腸。

太棒了！我成功趁馨大意時達陣。他一臉懊惱地渾身顫抖著。

「馨，算了啦，真紀正值發育期呀。」

「我也是正值發育期的高中男生耶！」

由理順便將自己的炸雞塊放進我的便當裡。

他真是體貼……一般人可能會這麼想吧，但他恐怕只是認為，不如在被我搶走前先自己乖乖奉上。

這是貢品呀。

「……真紀他們兩個一直都是這樣嗎？」

七瀨兩手捧著飯糰，吃得雙頰鼓脹，露出看到奇特搞笑相聲的表情。

「在學校以外的地方，馨和真紀平常就是這種感覺喔。」

「哦……果然是很要好呢。我雖然也有青梅竹馬，但上了高中後就完全沒再講過話。」

「一般都是這樣吧，加上又是青春期……」

雖然這是會特別意識到異性存在的年紀，但我們從出生時開始，就已經是「上輩子關係的延續」，所以……

我們果然和一般高中生不太相同。不曉得這樣是好還是壞。

「總之，真紀和馨感情很好，每天都吵個不停，每天。」

馨聽到由理笑著對七瀨說這句話，連忙搖頭反駁「才沒這回事」。

「你剛剛那句話的意思只是飼養這隻非常辛苦對吧？」
「欸，你幹嘛把人家講得像猛獸一樣啦。」
「妳看，不是有自知之明嗎？真是的，看來該在這個森林裡立一個小心猛獸的牌子呢。」
馨開玩笑說道，但是——
「啊，牌子。」
七瀨的聲音毫無緊張感，伸手指向某個東西。不曉得為什麼，這座森林裡真的有寫著「小心山豬」和「禁止進入」的牌子。
「……咦？我們該不會闖入危險地區了吧？」
由理攤開地圖。
「好奇怪喔，什麼時候跑進來的？」
「怎麼想都只有一個可能吧，剛剛那個路分成兩條的岔路口，應該是在地圖上的這裡。」
「可是我們應該有照牌子上的箭頭方向前進呀……」
四個人盯著地圖，七嘴八舌地討論著，想確認目前所在地。
「我們……該不會是遇上『神隱』了吧？」
「白痴喔，只是迷路了啦。」
我只是想開個玩笑，但對於昨天聽到的，這片土地上的「神隱」傳說，心裡確實有些在意。
因為我總有種有什麼東西在窺視著我們，非常不可思議的感覺……

這個森林本身，如同靈氣般的氣息非常強烈，我無法清楚掌握那個氣息。

「……從指南針和地圖來看，應該是這裡吧。」

「啊啊，難道當時走那條路才是對的嗎？」

「不過牌子的確是指這個方向……」

「該不會是牌子指錯了吧？這也太奇怪了。」

馨和由理迅速反應，研究地圖確定方位，我和七瀨則動手收拾行囊，趕緊準備移動。要是普通學生，現在肯定會急如熱鍋上的螞蟻，但馨和由理不但有上輩子鍛鍊出的冷靜判斷力，也很習慣身處森林。

喀沙……喀沙喀沙……

只是這種時候，背後傳來了蠢蠢欲動的聲響，不免令人心頭一震。

那道聲響十分細微，但在整片樹林搖曳的沙沙聲中，還是令人察覺到些許不尋常。

「是不是有什麼聲音？」

「不會吧，真的嗎？咦——天哪好恐怖！」

七瀨緊緊靠向我的手臂。她平常明明這麼豪爽，遇上這種情況卻完全像一般女孩般害怕。

另一方面，我則眼神銳利地掃射四周。但沒有發現任何生物，什麼也沒有。

「怎、怎麼辦……要是有熊我們就完蛋了，我們會死在這裡。」

「不用擔心啦，七瀨。我曾經和熊比相撲贏過，我會保護妳的。」

「咦？什麼？相撲？」

「喂，真紀，別講了，這種時候少講那種沒有現實感的話題，就算是事實也一樣。」

馨焦急起來。但其實七瀨太害怕了，根本沒有把我的話聽進去……

儘管如此，這地方會禁止大家進入一定有其原因，我們還是趕緊回到正確路徑上比較妥當。大家加快腳步沿著原路往回走。

「……嗯？」

好像有什麼聲音，我回頭一看。一陣風突然吹起，樹林劇烈搖晃著。

那裡果然只有一片綠意盎然的森林。在陰鬱的寂靜之中，那不尋常的氣息混進風中飄散消失了。

我想，這裡還是只有我們而已吧。

走到終點並非那麼困難的事，只要回到正確的路上，不過就是自然學校的娛樂競賽用路徑，回程路線非常簡明易懂。

只不過，有好幾位老師和自然學校的員工像是要跟我們換班似的，一同朝著森林的方向走來。情況看起來不太對勁。

我們直接跑去問一臉擔心地目送著那群人遠去的導師濱田老師。

「濱田老師，發生了什麼事？老師們好像有點著急。」

「啊啊，茨木……第三小隊的隊長報告說他們小隊走散了。」

「……走散了？是說迷路了嗎？」

「嗯。不過第三小隊的小隊員後來好像又靠自己的力量集合了。為了以防萬一，現在老師們要去接他們回來。」

馨在旁邊聽見這番話，手托著下巴，微微皺起眉頭。

「……那座森林的確是有點奇怪。」

「怎麼說呢？天酒。」

「我們剛剛也是一直跟著牌子指的方向前進，但不知不覺就走到了禁止進入的區域……啊，請不要生氣，我們不是故意的。」

「……這實在有點奇怪。待會兒我和自然學校的人確認看看好了。」

濱田老師似乎開始變得相當擔心。

這片森林占地很廣，要是學生擅自脫隊，有可能單純只是迷了路。但是自然學校早就將這種情況考量進去，路線都經過特別挑選，結果現在還是出現了許多輕易迷路的學生，這點是事實。而路牌沒有發揮作用，也是不爭的事實。

「這樣說起來……是不是有人說這間自然學校，在幾年前曾有女生在森林裡失蹤？」

我拉拉馨的運動服衣袖。

「我剛剛好像有察覺到像是視線的氣息耶。雖然因為是森林，本來就會有很多生物棲息，而且那氣息又立刻就消失了。」

「……該不會跟妖怪有關吧？」

「真是這樣事情就相當麻煩了。」

築波山的神隱傳說。

雖說那只是起因於這塊土地的傳說，但由於有些案例是因妖怪或「狹間」而引起的，所以我有一點憂慮。

沒過多久，第三小隊的人全都一起回來了。

吃晚餐時，由理告訴我們第三小隊迷路事件的細節。

「咦……那個新聞社的相場嗎？」

「沒錯。聽說是相場第一個不見的，然後第三小隊的其他人跑去找她，結果搞不清楚回來的路。那個標示方向的牌子有點問題不是嗎？」

「他們能自己集合回來也很厲害耶。」

「說得也是呢。不過聽說只有相場一直都一副魂不守舍的模樣，即使問她脫隊的原因，好像也說不清楚，臉色相當差，現在正在保健室休息……真叫人擔心耶，到底是發生什麼事了？」

「該不會……真的是發生『神隱』了吧？」
我停下吃茶碗蒸的手，皺起眉頭。
「先不管是不是神隱，試膽大會取消了喔。真紀，妳很高興吧？」
「真的嗎？這真是好消息耶。試膽大會會引來真正的幽靈呀。」
「剛剛開會時有好幾個小隊都表示，照著牌子上的指標走，結果卻迷路了。所以自然學校的員工和老師都認為應該要取消比較好。」
確實白天賞鳥活動時，不管是路牌或第三小隊迷路事件，都令人覺得有些不尋常……
結果只有當天晚上的營火晚會將按照計畫進行。
那些原本相當期待試膽大會而感到失望的學生們，也在營火晚會上玩得十分盡興。戶外教學的主要活動到此就告一段落了。
但在營火活動結束後，正準備回房的我們，瞥見了有個學生搖搖晃晃地朝森林走去。
「喂、喂……那不是相場嗎？」
「咦？欸，真的耶。」
就在這時，獨自朝著森林走去的相場，像是被吸進那片黑暗之中，消失了蹤跡。
「咦？相場是怎麼了？」
「這不太妙，我們去帶她回來好了。七瀨，妳去報告老師這件事。」
「我、我知道了。」

七瀨慌慌張張地跑向老師們所在之處，我們則快步朝相場消失的方向走去。

從外頭看起來，森林內似乎是一片漆黑，但其實銀白月光穿透枝葉縫隙遍地灑下，裡面相當明亮，滿天星星也為我們照耀出一條路徑。

「相場！」

我們遠遠朝著腳步虛浮的相場，大喊她的名字。

但她不曉得是對我們的呼喚有反應，還是發生了什麼事，整個人突然不見了。

「消……消、消失了！她消失了耶，剛剛。」

「……這是怎麼回事？」

「難道……真的是神隱？」

「由理，你不要講這種恐怖的話啦。」

「話說回來，真紀妳居然跟來了。大家都說這個森林真的有那個出沒喔。啊，妳看那邊。」

「啊啊，不要這樣啦，我剛剛一直拚命裝作沒看見的！」

「真紀，妳可以先回去呀。」

「馨，你講那什麼蠢話啦！現在一個人走出森林才更恐怖咧。」

不對啦，現在不是爭論這種事情的時候。在深夜裡，一個高中女生連手電筒都沒拿就進入森林，這實在太不尋常了，要是她發生什麼事……

因此，我縮在馨身後繼續往前走。

「相場──」

「相場，妳在哪裡？」

無論我們怎麼大聲呼喊，聲音響徹整片森林，也沒有人應答。

〈裡章〉 相場滿的驚恐整人大作戰

我的名字叫作相場滿，目前二年級，隸屬於新聞社。

在學校，大家暗地裡稱我為「蜜糖陷阱相場（註7）」，對我忌憚三分。這是由於我對於校內的戀愛消息比任何人都靈通，擅長寫令人心跳加速的戀愛報導，因而獲得了一定評價。

「終於等到戶外教學了。這次的目標是～傳言中的天酒馨～茨木真紀！」

從第一天去程的巴士上，我就展開計畫了。我故意事先在天酒和茨木面前提起這種活動不可

註7：蜜糖陷阱原文是英文「Honey Trap」，原意是指女性間諜利用身體誘惑男性目標，並藉此獲得機密情報的間諜活動。

或缺的靈異話題。

那是因為，我為感情好到令所有人都嫉妒的這兩人，設計了一場驚恐整人大作戰。為了揭發他們不輕易露出馬腳的關係，我認為利用這地區的傳說來製造恐怖體驗是最好的方式。

只要我能拍下他們兩個嚇得緊緊依偎的曖昧合照……

『衝擊消息！這兩人果然在交往！』

就能像這樣以聳動吸睛的標題，刊文在下一期校內報上。

「呵呵……哦呵呵……呵哈哈哈哈！我已經可以預見天酒粉絲讀了這篇報導後大崩潰的畫面了，還有那兩人承受不住壓力，因而分手的結局也是～呀呼～」

在這種盤算下，我將任務一命名為「恐怖停電怪奇現象」。

這是在茨木一個人去買果汁，我偷偷尾隨在後，發現她剛好遇上天酒時，靈光乍現想出的點子。

對了……我來把走廊的電燈關掉！

「咦……咦？已經到熄燈的時間了嗎？」

「不，應該還沒才對。這……不會是停電吧？」

我藏身在轉角偷聽茨木和天酒的對話，再算準時機一口氣將走廊電燈全部關掉。兩人頓時驚慌失措。

「……呵……呵嗚……嘻……嘻嘻。」

那畫面實在太滑稽，我忍不住笑出聲來。

「馨、馨……我好像有聽到聲音。」

「妳也聽到了嗎？看來不是我幻聽。」

我似乎成功讓茨木和天酒感到害怕，兩人互相挨近對方。

這樣說起來，這間自然學校好像有傳言說，會有莫名的笑聲或哭聲從根本沒人的地方傳來。我真是太天才了。

「嘻嘻……也來敲一下牆壁嚇嚇他們好了～」

我的數位單眼相機即使在黑暗中，也能不用閃光燈就清楚拍下畫面。為了製造按下快門的好機會，我在咚地捶了一下牆壁後，立刻按下快門，啪唰。

兩人都嚇得彈了起來，我趕緊乘機打開牆壁上的走廊電燈開關。

然後興奮又得意地揚長離去。

「哈哈……啊哈哈哈哈……他們那張嚇傻的臉，實在太令人愉快了～不知道照片長什麼樣呢～」

遠離兩人之後，我滿懷期待地確認照片。

「啊哈，有照到兩個人依偎在一起的照片～嗯？」

不過，這是什麼？照片中兩人周遭都霧霧的……像是水蒸氣一樣，這是什麼？

「該不會是拍到靈異照片了吧？」

是說，沒差，我又不相信這種東西～

雖然我跟那兩個人無冤無仇，但帥哥和美少女組成的情侶最好都去死死算了。我要公開這張照片，將你們兩個踢進十八層地獄裡！

任務二，名叫「徬徨迷境森林的神隱」。

戶外教學第二天的賞鳥活動，就是我最佳的狩獵機會。

我一走進森林，就偷偷從第三小隊脫隊，想辦法追上茨木他們。這是為了先繞到他們前頭，對路牌稍微動手腳，並埋伏在旁。

我只是想開開玩笑，就算真的迷了路，現在大家都有手機，也不至於造成什麼大問題吧。

如我所料，他們沒有注意到那個路牌自相矛盾，朝著錯誤方向前進，專心一意地執行賞鳥任務。

後來茨木和天酒因為便當在那邊打情罵俏，我嘴裡咬著水果營養棒，強將自己的笑聲和高漲的嫉妒壓下去，暗地偷偷拍照。

啊，他們似乎終於發現自己在森林裡迷路了。

「我們……該不會是遇上『神隱』了吧？」

「白痴喔，只是迷路了啦。」

茨木和天酒也難掩困惑的神情。

害怕吧～再更害怕一點～快靠近對方，最好是緊緊黏在一起。

我像在唸咒似地在心中不停嘟噥，架好相機等待按下快門的時機。

「……啊。」

但我忍不住驚叫出聲，因為相機從手中不小心滑落，喀沙喀沙喀沙地發出和青草摩擦的聲響。茨木相當敏銳，立刻轉頭望向我的方向。

完了，我會被逮到！我正兀自著急時，很幸運地突然有陣強風吹起，森林中的樹木都隨之劇烈搖晃，掩蓋住剛剛相機滾落的聲音。我躲在樹蔭下，大氣都不敢喘一下。

過沒多久，他們就離開了那片草地，我才終於鬆了一口氣。

我正想撿起掉落在草叢中的相機時……安心瞬間轉為絕望。

「啊啊啊啊啊啊啊啊啊啊！」

我不曉得自己究竟有沒有叫出聲。

相機掉落的地點居然是個徐緩的斜坡，相機一路劃開草叢喀啦喀啦地滾落到最底下。

那是生日時，擔任記者的叔叔買給我的昂貴數位單眼相機耶！至今照的所有珍貴照片都還在那台相機裡！

「……不會吧、不會吧～我的相機～」

我又再那邊待了一會兒，拚命尋找我的相機，可是怎麼找都找不到。後來第三小隊成員和老師也跑來找我，引發了一場大騷動。

即使是走出森林回到自然學校之後，我還深陷在失去相機的震驚之中，整個人都傻愣愣的，不管誰問我話，都無法回神。我實在覺得很不舒服，最後就去保健室休息。

啊啊，為什麼會發生這種事？

明明昨天為止一切都還進行得那麼順利，我心情好得不得了……

因為我自作主張的行動，眾所期待的試膽大會遭到取消，但老實說這種事情我根本不在乎。營火晚會大家歡樂的喧鬧聲簡直令人憎恨。

「……我的相機……我得去找相機……」

我帶著哭腫的雙眼，精神有些恍惚地走出保健室。

一個人朝著外頭走，腳步搖晃地擅自朝森林深處走去。在月光的照耀下，四周並不會太過漆黑，我得盡快找到相機才行……

「沒有……沒有……我的相機，到底是掉到哪裡去了啦～？」

應該在這附近才對呀。我在可能性很高的地方停下腳步，雙手在草叢中摸索。

因為找得太過專注，一開始我沒有注意到，不知道從哪裡傳來呼喚我的聲音。是老師們嗎？但要是被發現，我可能會被帶回去。

我覺得這樣一來似乎相機和照片就永遠都不會回到我身邊了。

「哇啊！」

我後退時，不小心腳滑了一下，就這樣摔下斜坡。

只剩下摔落虛無黑暗中的感覺十分清晰。

我搞不好會死。這樣一想，我緊緊閉上眼，不過……

像是有什麼接住我般，傳來一陣溫柔觸感，然後，眼瞼深處閃過了金色的毛絮……

……不要去打擾他們。

我似乎聽到了個像警告般的低沉聲音。

但也不曉得那是誰的聲音，我沉沉跌坐到地面。

「啊痛痛痛……」

剛、剛剛的聲音……是什麼？我雙手用力抵住潮溼的土壤爬起身，確認周遭環境。

好暗。一個人也沒有。這裡是森林裡。偏離小徑，森林深處的懸崖下方。

「……咦？」

背後的懸崖相當高，看起來至少也超過十公尺，我沒辦法單靠自己的力量爬上去。從這種高度摔下來，我居然還活著。我遏止不住全身的顫抖。

感覺上我並沒有從那麼高的地方摔下來，而且……

「顏色……好像有點奇怪？」

眼前明明是深夜中的森林，但視線所及的範圍皆瀰漫著青白的霧氣，懸崖表面也浮現深深淺淺的花紋，那些紋路還緩緩流動著。

四周樹枝上也掛著青白色的圓形光點，像是某種暗號般不停閃爍，也像是在監視我的眼睛。

我搞不懂。這裡到底是怎麼回事。我快要發瘋了。

這時我想起這間自然學校所在的築波山那古老的傳說。

以前，有一個女生遇上「神隱」而失蹤了……

我總算意識到自己的處境，背脊驀地結凍。

耳邊傳來令人不寒而慄的鳴叫聲，青草摩擦的喀沙喀沙聲和樹上枝葉搖晃的聲音……附近似乎有什麼東西在，那股「氣息」非常強烈。

「啊啊……我好想哭喔，田口學姊～」

我下意識地想起新聞社社長田口學姊，哽咽了起來。

事情演變至此，我簡直就是個傻蛋……

我無計可施，只好呆坐在原地。一定會有人來救我的。我現在只能這麼相信，待在原地等待。我記得以前擔任記者的叔叔好像曾說過，這種時候千萬不要輕舉妄動……

鏗……手好像碰到什麼東西，我嚇了一大跳，立刻把手縮回來，但一弄清楚那是什麼，我眼淚都快要掉下來了。

那是我的相機。簡直像是有誰悄悄放在這裡一樣，我最寶貝的數位單眼相機靜靜地陪在我身旁。

「太、太好了……！是掉在這裡呀。沒有摔壞吧……」

我鬆了口氣，趕緊打開電源確認裡頭的相片。但我的安心瞬間變成哀號。

「啊……沒有照片……？怎、怎怎怎怎麼會這樣？」

只有茨木和天酒的照片全部消失了，一張都不剩。

為什麼？為什麼為什麼？明明那之外的照片全部都還好好的呀！

「妳怎麼了？」

「不要哭啦。」

即使旁邊有聲音這樣說，也完全無法安慰到我。啊啊討厭，我好想哭喔。

「……嗯？聲音？」

我驚恐地抬起頭來，啞口無言。

出現在我眼前的是外表詭異，我從不曾看過的「並非人類的某種生物」。他們正一臉稀奇地望著我。

啊……

實在發生太多事情，心裡又太過害怕，我逐漸失去意識。不過，這樣也好。

或許昏過去可以不用經歷那些恐懼，比較輕鬆……

第五章 戶外教學的神隱（下）

同班的相場獨自朝著森林走去。

她的模樣看起來不太對勁，所以我、馨和由理決定跟上去，沒想到卻半路跟丟了。而且最後連我們自己都迷了路。真是老套的劇情呢。

「相場是跑到哪裡去了啦？」

「……感覺有點怪。」

如馨所言，夜晚的森林飄盪著一股與白天截然不同的氛圍。

「又是人類……請說。」

「但感覺和剛剛那個女生不一樣……請說。」

傳來了窸窸窣窣的竊竊私語聲。正在交談的是棲息在森林中的妖怪們，戴著木雕面具、身材只有玩偶一般大的木靈童。

那些傢伙白天不出來活動，到了晚上卻又擺出一臉這是我地盤的神氣表情，從樹上觀察我們一行人。他們脖子上垂下的青白色石頭，像是在發出信號般閃爍個不停。

「對了，我們就問這些妖怪好了。」

由理一提出這個想法，就立刻走近最靠近我們的那一群木靈童。

「欸，你們有在這附近看到和我們穿同樣衣服的女生嗎？」

「啊哇哇哇呀，這群人居然看得到我們！請說——」

「他們不是人類嗎！請說！」

「但是身上也有妖怪的氣息……請說？」

木靈童們嚇到彈了起來，趕緊聚在一起開會討論。對於我們能看見妖怪這件事感到很迷惑。

話說回來，他們的語尾助詞有夠奇怪……

也有些喜歡惡作劇的小小木靈童，似乎是對我們感到很好奇，還跳到我背上拉我的頭髮。我當然是毫不寬待地把那小傢伙拎起來，舉到自己眼前。

他的身體像棉花糖一樣柔軟，我手指捏住的地方整個凹陷下去。

「你這傢伙，幹麻玩別人頭髮？」

「啊——啊——住手——請說——」

「欸，你有在附近看到和我穿同樣衣服的女生嗎？好，請說。」

「嗚哇啊啊啊啊～」

我只不過是問他個問題，那隻木靈童就嚇得渾身發抖，哭了起來。

他實在哭得太慘，我只好將他抱在手上，像小嬰兒那樣哄他。

「好啦好啦，乖啦不要哭啦。」

「不就是妳把他弄哭的嗎？」

「閉嘴啦馨……那個，我們只是來這座山參加戶外教學的學生，除了可以看見妖怪之外，就是普通的人類。嗯，有件事情想要問你，你有在這附近看見和我們穿著相同運動服的人類女生嗎？」

「人類女生……？」

我懷裡的木靈童吸吮著手指，露出好像有印象的表情，四周的木靈童們也喧譁起來。從這個氣氛來看，他們果然知道些什麼。

「這樣說起來，還有另一個人四處走來走去的……請說。」

「好像在找什麼東西的樣子……請說。」

在找東西……？相場是搞丟了什麼東西嗎？

「可以麻煩告訴我們她去了哪裡嗎？我們必須要帶她回去。」

由理出聲請求後，現場頓時陷入一陣沉默，我懷裡的木靈童突然小聲吐出一句：「可是她掉進狹間裡囉。」他甚至連語尾的「請說」都忘了講。

「狹間？」

「這座森林有個不穩定的狹間，是以前築波山的大天狗大人做的。現在因為大天狗大人已經不在了，就成了妖怪們的遊樂場……請說。」

我們互望一眼。所謂狹間，是指大妖怪或神明所創的簡易結界空間，偶爾會發生人類誤入裡頭，迷路回不了家的情況，是神隱的其中一個原因。

「說到築波山的大天狗，是有名的『法印坊』吧？你們剛剛說他已經不在了，是怎麼一回事呢？」

「他說他住膩山上了，就下山跑到人類社會裡去了……請說。」

對於由理的問題，木靈童表情有些哀傷地縮了縮身子回答。

他們使青白色石頭發光，和四周的木靈童們聯繫了一會兒，沒過多久就紛紛從周圍樹上跳下來，朝著我們招手說：「這個方向喔。」

我們跟在排成一列前進的木靈童身後。他們脖子上掛的發光石頭，在夜晚小徑中串成一條青白色的光道，畫面十分美麗，而且充滿神祕氣息。

「早點找到她比較好喔……請說。」

「山裡的妖怪都想要人類女子做新娘……請說。」

我們行進時木靈童說的那些話，在妖怪界是無人不知、無人不曉的。

自古以來，妖怪就認為如果能找到人類女子當新娘，地位就會比較崇高。

「雖然現代因為陰陽局抓得很嚴，妖怪擄獲人類女子這件事已經遭到禁止……」

「但在這種深山，感覺就會有些傢伙根本不甩都市妖怪制定的規則。」

「難道這也是神隱經常發生的原因之一嗎？」

「……很有可能呢。」

馨和由理一臉凝重地推測著。因為這一點是讓人類和妖怪間的關係日漸惡化的其中一個原因，也是妖怪的罪孽。

被妖怪擄來的人類女子，究竟是在什麼樣的心境之下，成為妖怪的新娘呢……？

雖然對我來說，那是一個「救贖」。

「新娘，欸，我在平安時代也有這方面的經驗，所以沒辦法說什麼呢。欸——馨？如果我當時是被其他妖怪抓去的話，會變成怎麼樣呢？」

「……真紀就算被抓走，應該也是會將那個妖怪痛扁到快要沒命，然後搜刮他的財寶，再洋洋得意地下山去吧。」

馨一臉事不關己的表情，講出極為失禮的發言。

我可是在講你上輩子幹的好事耶。

「……啊，變了。」

突然有種異樣感。是跨過某道界線，四周景色突然轉變的感覺。

那也就是從現實世界，迷失在「狹間」的瞬間。

景色和剛剛是同一座森林，但某些地方不同了。

「她在這裡喔……請說。」

木靈童探頭窺視著某個地方，所以我們也湊過去一瞧，那是個令人絕望的懸崖。

但在懸崖正下方，剛好有個圓形廣場般的空地。

可以看見好幾隻妖怪，還有縮成一團倒在地上的相場。
「相場！」
相場昏過去了。她四周聚集了好些戴著青草面具的森林妖怪，正在旁邊觀察她。
我從這座高聳的懸崖上飄然降下，在相場和妖怪們中間穩穩落地。
「別對這個女生出手……她只是一個普通的高中生。」
我靜靜直視妖怪們。
在我不帶敵意地出聲勸告後，森林裡的妖怪們往後退了一步，神情顯得十分迷惑。
「又是人類女子……」
「這個比較可愛……」
「但感覺很強，好恐怖，好像很厲害。」
他們的感想諸如此類。也是啦。
「如果你們是想要新娘，這女生絕對不行，她有自己的爸媽，在人間還有自己想完成的夢想，不可以去破壞她的人生。」
「……」
「不過，如果你們是擔心她，那就謝啦。」
妖怪們看起來神情似乎有些落寞，一隻接著一隻離去。
「啊，但是，如果你們真的想要新娘，就下山到淺草來吧！在淺草一定能遇見新的緣分，也有很多單身妖怪，我會幫你們當媒人的！」

沒錯，我可是認識很多單身的妖怪女性呢。

幹練的職場女性雨女，在淺草經營和風咖啡廳的第一代女店長，在淺草地下街開居酒屋的長頸妖（註8）女老闆，繼承老字號燈籠店的化貓大姊，還有交男友從不間斷的肉食系地主神。

與新的人相遇，陷入愛河，這份感情有可能開花結果，也可能無疾而終。

直到遇見能讓自己願意一生相守的那個命中注定的對象為止……

妖怪們回頭望向我，輕輕點頭致意，又靜靜離去了。

「相場……相場……」

「……嗯？」

相場對我們的呼喚有了反應，慢慢甦醒過來。她剛剛應該是無法適應妖氣濃重的「狹間」，又在裡面待了太久，才會昏倒吧？

現在我們已經離開狹間，回到懸崖上現世的森林裡了。

是馨背著相場上來的。

「……咦……我……我？」

「妳還好嗎？」

我出聲關心後，相場只是眨眨眼，呆愣了一會兒。

「我……從懸崖上摔下去……然後……」

她似乎慢慢想起自己的遭遇，臉色發青地左右張望，確認四周。

突然哇地一聲哭了出來，果然是很害怕吧。

「我來打電話給老師喔。」

由理用隨身帶來的智慧型手機聯絡老師。

「相場，妳的腿擦破皮了。」

「妳有其他地方受傷嗎？妳摔下去的地方高度還滿高的。」

「……天酒……茨木……」

相場邊擦眼淚邊輕輕點頭，回答：「只有腳扭到而已。」

她情緒似乎稍微鎮定下來，我就在她面前蹲下，將手放在她的肩上。

「欸，妳為什麼會自己一個人跑進森林？妳不害怕嗎？」

「……因為我在森林裡弄丟了相機，那是很重要的相機。」

從她斷斷續續的描述，我漸漸拼湊出事情的大概。她似乎是找到了那台重要的相機，正緊緊

註8：長頸妖首是日本江戶時代流傳甚廣的一種長頸妖怪，多以女性形貌出現，特徵是脖子能夠伸縮自如，故稱為「長頸妖」。

抱在懷裡。

「妳跟自然學校的人講，請他們幫妳找不就好了嗎……？」

「……可是……」

相場語帶含糊。馨不禁嘆了一口氣。

「也是有些普通人進了那個狹間，就一直被困在裡面喔。」

「光是考慮到這點，實在就太危險了，這舉動真的有點太過輕率。」

「差一點就要引發大騷動了呢──」

我和馨你一言我一語地嘮叨個沒完，相場漸漸感到不耐，握緊拳頭，猛然抬起臉。

「……了……」

「咦？妳說什麼？」

「吵死了！說到底還不都是你們兩個的錯！」

「什麼？」

她出乎意料的發言，讓我們莫名震驚。

「都是你們，都是你們一直否認在交往，我才會為了尋找證據那麼拚命呀！為了寫報導而熱血沸騰！」

「……？」

「你們別再裝了，快點承認啦！你們兩個傢伙絕對是在交往吧！快點給我講清楚，讓我有東西寫啊啊啊啊啊啊啊啊啊！」

我們因為相場突然性情大變而嚇了一大跳。雖然原本從她那句尾愛拉長音、過於甜膩的講話方式，我們就猜到她多半都是在裝可愛，但沒想到……沒想到……

「……啊，相場其實是這種性格嗎？」

「我們有做什麼對不起她的事嗎？」

「沒有吧……這才是她的本性嗎？」

「女生本來就是擁有好幾種不同面貌的生物呀。」

在我和馨低聲討論時，相場還在我們腳邊嚎啕大哭，用拳頭死命捶著地面。看著這副畫面我總覺得……她遠比那些怪奇現象還要不可思議。

「啊，馨、真紀，老師他們馬上就會來了喔。相場，太好了呢。」

由理打完電話回來，一個人獨自在著詭異的氣氛中展露爽朗的笑臉。

沒過多久，就看見前來尋找我們的手電筒強光，我們平安獲救。

老師一到現場，當然就立刻臭罵我們一頓。不過相場也沒什麼大礙，所有人都平安回到自然學校，這件事也就順利落幕。

發生多起怪異事件的戶外教學，就這麼落幕了。

過了兩個禮拜之後。

我們正一如平常地在社辦隨興消磨時間時……

「『大功一件！傳說中的民俗學研究社三人組，拯救了因神隱而神祕消失的少女』……上面這樣寫。」

由理唸出校內報的內容，觀察我們兩個的反應。

「這是怎麼回事？現在居然又把我們寫成英雄……相場也太難以捉摸了吧。」

從當時相場的態度來看，我還已經預先做好心理準備，怕她可能會寫出什麼對我們不利的報導咧。

光看這篇報導，內容滿滿都是稱讚我們的英勇事蹟是「極富勇氣的行動」這類讚譽之詞。

但一想到這是那個相場親筆寫的，就讓人覺得未來堪憂……

「啊……這樣說起來，欸，馨，自動販賣機停電那件事，結果到底是什麼原因呀？」

「……啊啊，那個呀，我也不曉得呀。」

我手撐在日誌上托著腮，心不在焉地思考著。

發生神隱的原因是「狹間」，但那場停電的真正理由，最後我和馨還是沒能搞清楚。到頭來，或許真的只是普通的停電吧……

因此我在日記中誠實寫上我的感想，「極度不可思議的戶外教學」。

在這個世界上，實在充滿了就連曾是大妖怪的我們也摸不著頭緒、無法解決的事情。

第六章　在豆狸的蕎麥麵店打工

某個假日早晨。

我將棉被拿到陽台曝曬，用棉被拍使出吃奶的力氣拚命拍打。

「大姊，茨木大姊。」

有張臉從隔壁陽台探出頭來。是個頂著髮尾外翹的茶色頭髮，一身時下流行打扮，眼角下垂的男人。

「輕浮男，你幹麻偷看高中女生的陽台？」

「因為不管我怎麼按門鈴，妳都不來開門呀。」

「喔喔，那是你呀，風太，我還以為是來推銷報紙的。」

輕浮男田沼風太，是住在隔壁房間的大學生。

風太嘿嘿傻笑，開口問道：「我可以過去嗎？」

他也不等我回答，就將不曉得哪兒變出來的葉子放在頭上，磅地一聲，冒出一陣白煙……變成擁有淡茶毛色的豆狸模樣。

「你的毛還是那麼光滑耶。」

「我常去美容院，平常自己也有在保養，毛超漂亮的吧。」

「現在的狸貓都會去美容院保養嗎？就連我都沒在弄耶。」

「大姊妳雖然很有男子氣概，但還是培養點女人味比較好喔。」

「你給我閉嘴。」

人小鬼大的風太，發出嗒奴嗒奴的腳步聲，以豆狸模樣靈巧地沿著陽台扶手走過來。

風太是「豆狸」這種妖怪，也是從小就化身為人類，在人類社會中生存的現代妖怪。

在過去，狸貓這類妖怪老被嘲笑是憨傻又膽小，沒什麼自尊的低級妖怪，但隨著時代逐漸改變，狸貓對人類社會的適應力越顯出色，現在則成為妖怪中的勝利組。在淺草開店，而且生意興隆的妖怪裡，就有許多是狸貓。

「我有點事想拜託大姊。」

「怎樣？你又跟念大學的女朋友吵架囉？」

「不是……我跟那女生已經分手了啦，她嫌我沒出息又太遲鈍。」

「嗯，我懂。」

「不對啦，我不是來聊這種讓人沮喪的話題的啦！」

他身上的毛都倒豎了起來。

這種時候他的毛都會紛紛飛落黏在棉被上，我趕緊用棉被拍啪啪啪地用力拍打，讓毛絮飄走。

「大姊，妳知道我們家的店吧？」

「在觀音商店街上的老字號蕎麥麵店吧？你家的店怎樣啦？」

「妳如果有空，要不要來我們店裡打工？只做短期也沒關係喔。」

「我已經身兼家庭主婦和高中女生二職了，很忙的喔。雖然自己講有點不好意思，我可是新女強人呢。」

「拜託妳啦，茨木大姊。最近有些難搞的客人會來我們店裡找麻煩，而且接下來快到觀光客變多的季節了。」

「……難搞的客人？」

我停下拍打棉被的動作，微蹙起眉。

「最近有好多不良分子來到淺草，他們是鎌倉的妖怪。讓人困擾的是，他們就專挑像我們家這種在淺草開業很久的店家，提出無理要求，找藉口在店內施暴。不是怪獸奧客，是妖怪奧客了啦。」

「……但妖怪和怪獸不是差不多的東西嗎？你講怪獸奧客就好了吧？」

「啊啊，妳不要說這種話啦，我剛剛還暗爽自己難得講出這麼有趣的發言耶。」

先不管風太的發言有不有趣，他講的事讓我有些掛心。

提到鎌倉妖怪，在合羽橋虐待手鞠河童的牛鬼也是鎌倉來的。

在鎌倉活不下去的妖怪們，都逃到淺草來了嗎……？

「這樣呀，我明白了。如果情況是這樣，那要我去打工也可以。」

「真的嗎？有大姊在，就以一擋百了。雖然現在大家都說狸貓是妖怪勝利組，但一旦遇上小混混來找碴，我們就沒轍了。我們是很擅長喬裝，但戰鬥能力很差呀。」

「在這個時代，個人的戰鬥力強弱並沒有很重要啦。雖然我很強，但這對將來找工作又沒有幫助。」

前幾天學校發了一張升學就業調查表，害我最近一直相當煩惱。

就算是我，也和普通高中生一樣，會為了將來的出路而煩惱呢。

「警察咧？可以狠狠教訓那些壞蛋。大姊的座右銘不是懲惡勸善嗎？」

「是呀，雖然我原本是個大反派……」

我在腦海中想像了一下自己變成警察的模樣，嗯——我適合嗎？

「我身材太嬌小了，應該沒辦法吧？」

「我是覺得，只要把妳那異常強大的戰鬥力秀出來，就不會有問題啦……不如乾脆去當摔角選手好了？大姊妳的話，肯定能拿到冠軍寶座喔。」

「你認真的嗎？你要是認真的，我就把你那光滑柔亮的毛拔個乾淨，煮成狸貓火鍋喔。」

「啊啊啊，不要啦——」

風太立刻越過扶手，回到自己房間的陽台。

這狸貓跑得還真快……而且已經變回人形了。

「那麼，大姊從明天開始來吧，細節我會再傳訊息告訴妳。」

「……了解。」

風太語氣輕浮地說了聲「明天見～」，就走進房間。

我也回到房內，一邊啪哩啪哩啃著美味的米果，一邊看預先錄好的午間劇續集。

我煮好晚餐時，馨也恰巧打完工來到我的破爛公寓。

今天的伴手禮是我昨天特地叫他買的「雷門米香」。這是打算在吃完飯後，和馨一起配著外國影集啪哩啪哩吃起來的零嘴。

除此之外，還有幾罐他為自己買的零卡可樂。

「今天晚餐是照燒鰤魚和豬肉味噌湯喔，還有涼拌菠菜。」

「哦，聽起來很不錯耶……」

「其實我本來不是要煮豬肉味噌湯，是要煮狸貓火鍋的——」

「啊？狸貓？」

馨打完工回來有些疲憊，一走進房間，就大大伸了個懶腰，打開冰箱拿出早已冰透的可樂，再把剛剛新買的擺進去。

他拉開冰可樂的拉環，咕嚕咕嚕地大口暢飲。

那模樣簡直就像個上班族，回家後第一件事就是先喝罐啤酒再說……

「欸，馨，剛剛我和隔壁的風太在陽台上講話。」

「妳說豆狸田沼先生家的？」

「嗯，他家不是觀音街的蕎麥麵店嗎？他問我要不要明天開始去他們店裡打工，你覺得呢？」

「這個嘛……那一家妖怪已經長時間身為人類生活，這跟一般打工應該沒什麼兩樣，我想是沒問題啦，可是……」

對於我特別徵求他的意見這點，馨顯得困惑。這小子警戒心果然還是那麼強。

「欸，馨，我跟你說喔。風太他呀，明明是隻狸貓，卻會去美容院保養耶！而且他說他連睡覺時也都化作人類，反倒是回復狸貓模樣的時間比較少喔。」

「正因如此，狸貓才能成為在人類社會中發展最好的妖怪吧。其他妖怪畢竟難以捨棄身為妖怪的自尊呀……」

我和馨一起來回廚房和客廳，將飯菜端出去。

今晚的菜色也十分家常，不過馨就喜歡這種，我基本上也喜歡日式餐點。

今天不經意去鮮魚店晃晃時，看到鰤魚就突然想吃。現在這個時代，就算不是當季魚種，藉由養殖技術，隨時都能吃到各種魚類，實在非常了不起。

厚片照燒鰤魚不僅帶有豐富油脂，又甜又辣，口感鬆軟，真是令人垂涎三尺。

「還、還有這個……這個月的吃飯錢。」

馨像是突然想起來似的，拿出一個信封放在四腳桌旁邊。

我們兩個除了睡覺的時候以外，幾乎像是生活在一起。煮飯主要是由我來負責，雖然馨在百貨公司樓下打工時會買一些折價的現成食品回來，但也會像這樣每個月從打工薪水中拿出一部分給我當餐費。

一起吃飯比較不浪費，營養也相對均衡。馨回家也沒人做飯給他吃，比起成天吃外面便當，不如像現在這樣好得多。

只是，我為了別讓馨太過勉強，總是盡量精打細算，用最少的花費來製作兩人份餐點。

「欸，馨，你每天還得回家，老實講不覺得很麻煩嗎？不如乾脆住在這間破爛公寓獨自生活就好啦。」

「高中生打工的薪水還沒多到可以這樣花啦。」

「不能拜託你爸媽嗎？那兩個人不老是丟著你不管？」

「反正上大學後我就會搬出去了，就忍耐到那時為止。」

我不滿地嘟起嘴，馨哼笑了一聲。

「……」

他喝了一口豬肉味噌湯，像個老頭子一樣滿足地嘆氣說道：「啊——全身都暖和起來了。」

馨無法離開那個家的理由，雖然是因為他還只是高中生，在經濟上的確也有困難之處，但我知道這些都不是最主要的原因。

不管嘴巴上怎麼抱怨，馨還是沒辦法完全割捨自己的家人。

即使那是多麼不負責任的雙親。

隔天放學後，我前往和「仲見世商店街」平行的拱廊商店街「觀音商店街」，來到蕎麥麵店「丹丹屋」。

講到淺草，就不能不提蕎麥麵。

飄盪著江戶風情的淺草街道，是眾所皆知的蕎麥麵激戰區，聚集了許多老字號蕎麥麵店。

丹丹屋也是那些老店家之一，略帶咬勁的手打蕎麥麵是其特色。

將帶有咬勁的蕎麥麵條，沾上加了鴨肉和大蔥的沾麵風醬汁吃的「鴨汁蕎麥麵」是這裡的招牌名菜。美味程度讓人上癮，突然想到時就會想吃到受不了……

其他還有每家店必備的蕎麥麵、山藥泥蕎麥麵，有巨無霸炸蝦的天婦羅蕎麥麵也都很受歡迎。

此外，雖然不是蕎麥麵，但擺著吸飽甜辣醬汁的極品美味穴子魚天婦羅的特上江戶前天丼也十分可口。

中午時段店門口總是排著長長的人龍，但現在剛好不是吃飯時間，店內只坐著寥寥幾位客人。

這家店常有名人來吃，牆壁上貼滿簽名和他們來店時拍的相片。還有某位棒球選手的簽名球棒像是寶物般展示著。我不禁心想，原來狸貓也會嚮往人類的英雄呀。

「喔喔，真紀！謝謝妳來。」

穿著廚師服的老闆從櫃檯內露出臉來，是個身材魁梧的男人。

名字叫作田沼泰三。這幾年都沒有看到他以狸貓的模樣出現了。

而同樣穿著白色廚師服的風太也認真工作著，他正將蕎麥麵送到客人桌上。

話說回來，風太老家就在附近，為什麼還要獨自住在外面呢？我記得好像是因為田沼家小孩很多，全部都一起擠在蕎麥麵店二樓的自家裡，空間實在太過狹窄了吧？

再加上泰三先生的教育方針。聽說他認為孩子上大學後就該學著獨立，因此多半會讓兒子開始學著一個人生活。

「我們家小孩都一個樣啦，不是搞社團，就是忙著約會，整天不見人影，除了風太，根本沒人要回店裡來幫忙。如果真紀來我們這打工，時薪我幫妳從基本工資再往上加三十日圓。」

「太少了啦，加五十日圓如何？」

「……喔、喔，不愧是茨木大姊，還是一樣強勢耶。」

已經回到櫃檯的風太，小聲提醒爸爸泰三說：「答應她的條件比較好喔。」

「田沼家的祖先，田沼丹太郎，過去是侍奉酒吞童子大人和茨木童子大人，身分榮耀的一隻狐狸。我曾祖父以前也常說，我們一族能夠在此安身立命，全都是託了兩位的福。我要是沒有滿足茨木童子轉世的真紀妳的要求……祖先會來處罰我吧。」

嘴上雖然說著漂亮話，老闆眼中還是含著幾許淚光。但他仍替我將時薪拉高五十日圓。

我借來像是老婆婆才會穿的工作人員圍裙和三角巾穿戴在身上，就準備正式開始在蕎麥麵店打工了。

之前我曾經來幫忙過一次，所以大致了解工作流程，只是眼睜睜看著美味食物就在眼前卻不能大快朵頤，這對我來說有點難熬。

「喔……江戶前天丼看起來好好吃……」

「不能吃客人的餐點啦！」

風太似乎擔心我極有可能克制不住偷吃，經常留意我的情況。

進入晚餐時段後，有一陣子相當忙碌，我絞盡腦汁應付那些酒醉客人、搞不清楚狀況的觀光客、還有不懂日語的外國客人，一刻也不得閒。

只要精神集中後，就能像機器人般不斷工作，但疲勞也不停累積，等我回家後要叫馨幫我按摩一下肩膀……就在我腦中正轉著這些念頭時。

「喂！叫我們等是什麼待客之道呀！」

「我們可是常客喔，三天前也才來吃過，啊？」

「雖然你們這樣說，但店裡現在剛好客滿——」

居然有兩個外表看起來就是惡質小混混的傢伙想要進店，正在應付他們的風太頻頻瞄向我，用嘴型告訴我：「就是這兩個人喔。」

啊啊——原來如此，這就是那些妖怪奧客呀。

其中一個是面相兇惡的光頭肥男。

另一個則是頭髮灰色、雙眼上吊又有暴牙的瘦皮猴。

他們身穿流氓常穿的鮮豔襯衫，駝著背，臉上掛著太陽眼鏡，全身是典型的小混混打扮，但有種該說是老派的感覺嗎……有點土。

不過身上倒是散發著程度不低卻令人嫌惡的妖氣……看來屬於中級妖怪，並非只是低級妖怪之流。

兩人朝店門口吐了一口口水，接著粗暴地將原本早已入座的兩位戴眼鏡中年上班族從位置上趕走，自己大搖大擺地坐了下來。

在一觸即發的緊繃氣氛中，客人們紛紛停下吃到一半的手，將餐點費用放在桌上就匆忙離開了。

只有一位坐在裡頭座位、顯得相當衰老的老伯伯，不曉得是因為無力逃跑所以只好待著不動，還是根本沒有發現到這場騷動，仍舊靜靜地吃著他的蕎麥麵。那是店內招牌鴨汁蕎麥麵。

這位老伯伯身上透著微小的妖氣，是妖怪常客嗎……？

不過話說回來，這種情況的確已經嚴重影響到店裡做生意了。

管他是怪獸奧客還妖怪奧客，這實在都太讓人困擾了。

「你們這樣會影響到其他客人，之前我有叫你們不要再來了吧？」

老闆露出凶狠的表情，但手上還是端著店裡自豪的天婦羅蕎麥麵走出去。

「哈，淺草這種土氣老街區的蕎麥麵，誰吃得下去呀！」

那隻瘦皮猴伸手一揮，弄翻老闆手裡的天婦羅蕎麥麵，整碗都潑到老闆身上。

碩大的炸蝦在空中飛舞，湯汁和蕎麥麵灑了老闆全身，不過他仍是拚命克制就快要爆發的憤怒，著手收拾殘局。

忍耐力很強是狸貓的長處。但清楚這點的兩個小混混，行徑開始越來越囂張。

「這種爛店早點倒一倒算了，反正也沒有客人。」

「對呀對呀，然後我們來把它打造成鎌倉風格的時尚店家。」

那個肥男使勁將正在收拾的老闆踢飛。

那瞬間，老闆回復成黑茶毛色的原本豆狸模樣。

風太驚叫出聲：「啊，老爸～」趕緊跑到老闆身邊，眼眶含淚地狠狠瞪著那兩個來找麻煩的奧客，擠出全身所剩無幾的勇氣回嘴。

「你、你你你、你們兩個，只是想要這個『地點』吧！」

「嘻嘻嘻。」

兩個小混混毫無羞慚之色，語帶嘲笑地說：「就是這麼回事──」驀地冒出一股白煙，兩人展露出妖怪原貌。

「將下來要掌管淺草的就是我們兩個了！」

二人組大言不慚地宣告這種魯莽無謀的春秋大夢。

哦～這些傢伙是舊鼠呀。舊鼠是老鼠經過長久歲月終得幻化成妖的妖怪，也相當擅長化身為人類，而且頭腦靈活，常打些壞主意。

那隻肥舊鼠擺出架式，正要出手揍風太。

風太也不閃避，只是緊緊閉上雙眼。我冷不防抓住那隻舊鼠的手腕，讓他的拳頭硬生生停在風太眼前幾公分。

我的另外一隻手裡，握著那根某位知名棒球選手的簽名球棒。

「搞、搞什麼呀！這個女的……是人類？」

我直到剛剛都一直待在店內深處，現在突然現身，牢牢抬頭盯著他們看，舊鼠們都非常驚訝，停下了所有動作。

「你……剛剛似乎講了什麼有趣的事嘛。」

「……啊？」

我露出甜美可人的微笑，手上卻狠狠加重握緊他手腕的力道。

「痛痛痛痛痛痛。」

那隻肥舊鼠發出淒厲慘叫。
「妳這個混帳！」
瘦皮猴舊鼠抓起排在櫃檯桌上吃到一半的蕎麥麵碗，朝我扔了過來。
「大姊危險！」
「風太！」
風太為了保護我，衝到我身前，麵碗剛好砸到他臉上，他砰地一聲變回豆狸的姿態，頭上還戴著那個蕎麥麵碗，模樣煞是可愛。
狸貓只要受到衝擊，就會立刻褪下喬裝外表呢……
「老頭子，你也別想逃！」
瘦皮猴舊鼠作勢要將麵碗砸向正在吸麵條的老人，所以我立刻放開肥舊鼠的手，站到老人前方，用力揮棒一擊，氣勢驚人地將麵碗打回去。
碗公直接飛向天花板，撞成碎片四散各處。
啊，有一些湯汁濺到老伯伯了。
「老伯伯，真不好意思。」
「……善哉善哉，小姑娘，妳身手很厲害呢。」
「還好啦。」
老伯伯露齒一笑。即使在現在這種情況下，仍然絲毫不為所動地繼續吃蕎麥麵。老伯伯，你這麼熱愛鴨汁蕎麥麵喔……？

「哼，妳到底是什麼人！」

「難道是人類的退魔師？」

舊鼠們似乎誤以為我是退魔師。

「該不會是擊潰我們鎌倉的那些退魔師的同夥吧？」

「我要宰了妳替同伴報仇！」

這個誤會可大了，還害我背上根本沒有一絲印象的黑鍋。他渾身散發出強烈妖氣，鬥志高揚，指節喀喀作響，爪子閃著銳利光芒。

喔喔，對方充滿幹勁。所以我也拉下束著頭髮的髮圈，緩緩撥了撥帶著鮮紅色的一頭長髮。

剎那間傾瀉而出的靈力……殺氣。

這瞬間，方才還義憤填膺、大言不慚的舊鼠們，臉色立刻發青。

「嗯？你剛剛是不是說過，想跟我玩揮棒遊戲呀？」

「……這……沒有……」

滋嚕……滋嚕……

我拖著金屬球棒步步逼近。那兩個傢伙望著身形纖弱、楚楚可憐的我，方才熊熊燃燒的鬥志頓時萎靡，不住發著抖。

到底有什麼好怕的呢？我只不過是個……平凡的高中女生呀？

「喔喔喔，像、像妳這種貨色，要是鎌倉妖怪的頭目魔淵大人在這裡，根本就……！」

鏗！

那隻肥舊鼠原本嘴裡好像還在嘟噥著些什麼，但我連聽都沒聽，就直接給他的腦門狠狠一棒。

「這是老闆的份。」

肥舊鼠的眼睛骨碌碌轉了幾圈，砰地一聲倒地。別擔心，我沒有殺他。

「咦咦咦咦咦咦！」

「你反應有點遲鈍耶，瘦皮猴，這樣在淺草是混不下去的喔。」

鏗！我將球棒往地面一捶，伸手揪住震驚不已正打算逃跑的瘦皮猴胸前，將他一把拉近。

「欸，我呀，最喜歡淺草了。」

「……」

「不僅有悠久歷史的傳統食物很好吃，日式甜點也都是極品美味，飄盪著江戶風情的街道景色還很迷人。我認為在東京，這裡是少數極富人情味的街區喔。」

「啊、啊……？」

在這種情況下，我開始陳述我對於淺草的熱愛。

「丹丹屋的蕎麥麵也是，繼承了傳統口味、製作過程十分講究的鴨汁蕎麥麵最好吃了，不管是人類或妖怪都喜歡吃。淺草就是這樣一個地方，這個街區涵納了各種人類和妖怪喜愛的東西。

不過……剛剛你們兩個是怎麼講的？」

「……那、那個……」

「你們說……和平的淺草是土氣老街區吧？嗯？」

「……」

「嗯，我很清楚。我很清楚，淺草無法變成漂亮典雅、充滿日式風情的鎌倉或京都，但是……淺草也是超棒的吧？」

「咦，京都？這跟京都沒有關係吧……不，對不起……」

我語帶脅迫地單方面發問，而且內心燃起了對於京都和鎌倉超乎尋常的競爭心理，惡狠狠地瞪著他。在我的凶狠注視之下，那隻瘦皮猴露出萬念俱灰的表情，似乎連上西天的心理準備都做好了。

「你們想要掌管淺草，至少也得先打倒我。我正是淺草的大魔王。哼，要是做不到，就給我乖乖遵守規矩，腳踏實地找工作和住處。」

「……」

我在他耳邊低聲威嚇，效果極為出色。

那隻瘦皮猴因為害怕而臉色慘白，大氣也不敢吭一聲，動也不敢動一下，只有風不斷從我們身旁呼呼吹過。

「欺負弱小的遊戲也玩夠了吧，茨木。」

「嗯？」

聽到有人叫我的名字，我轉頭望向店門口，那裡站著幾個身穿黑色西裝的男人。

一看到站在那群人中心，手插口袋，表情兇惡的青年，我忍不住嫌惡地「噁」了一聲。

「組長，你為什麼在這裡？」

「不要叫我組長，我又不是黑道。真是受不了，妳這個高中女生還是這麼沒禮貌。」

他雖然嘴巴上抗拒，但那身裝扮怎麼看都是……呀。

他的名字叫作灰島大和，是致力於改善和監督淺草妖怪工作環境的「淺草地下街妖怪工會」的年輕領導人物，通稱「組長」。

「有人通知工會，說觀音街上有鎌倉妖怪來找碴。哪知道我過來一看，不曉得是哪位小姐暴走得更嚴重，不僅出言威脅，還動手把人家打死了。」

「沒死啦，應該還勉強活著才對喔……勉強。」

「混帳東西，我告訴妳，為了避免被人類發現，我還急忙在周圍設下結界。結界符一張要五千日圓耶！」

「不愧是組長！真是太大方了！那接下來殘局就麻煩你收拾囉。」

「嘖，妳這傢伙真讓人不愉快——」

組長邊咂舌邊大搖大擺走進店內，吩咐其他人確認損壞情形，並將暈厥的肥舊鼠和失了魂的瘦皮猴舊鼠抬出去。

帶著一群怎麼看都像流氓或黑手黨的黑色西裝同夥的組長，雖然長相兇惡又成熟穩重，其實今年才二十三歲，是個剛大學畢業的年輕小夥子。

而且，還是跟我讀同所高中的學長。

「把這些鎌倉妖怪帶回去……受不了，最近真的有很多鎌倉來的傢伙跑進淺草，看來陰陽局那群人大舉肅清鎌倉的消息應該是真的。那些僥倖逃脫的傢伙，就輾轉逃到最適合妖怪居住的淺草來了。」

「……組長，這和之前牛鬼那件事有關嗎？」

「這個呢，等我們仔細調查過這件事之後，會再跟你們回報結果。我也拜託妳行行好，今後安分一點。」

最後這句話他語氣既無奈又非常認真。

接著，組長朝坐在店後方席位的老伯伯深深一鞠躬，低聲耳語了幾句，就態度恭敬地送他出店。

怎麼回事，態度周到得像在服務哪位大人物。

「對了對了……小姑娘，今天謝謝妳救我，這個送妳吧。」

「……？」

老伯伯剛踏出店門，就遞給我一個小小的香包。

金縷質料製成的精巧可愛布袋，飄散著清爽而甘甜的木質香氣。

「哇，好香喔，老伯伯謝謝你。老伯伯，今後如果有什麼麻煩事，也不用客氣喔。我雖然不免費幫人服務，但至少可以付出等值於這個香包的勞力。」

「……呵呵，真令人開心呢。」

老伯伯又微微一笑，就坐上剛剛一直在外頭靜靜等待的人力車。

雖說是人力車，但拉車的是體型媲美運動選手的魁梧車夫——全身漆黑，頭上斗笠壓得很低的野篦坊。那是種外表像普通人類，但臉上沒有五官的妖怪。

「欸組長，難道……那個老伯伯，是相當了不起的大人物……？」

「妳在說什麼呀？不是難道，正是如此。那位是大江戶妖怪的總頭目，滑瓢（註9）一派的前當家。最近他兒子繼位後，已經退隱山林了，不過暗地裡還是擁有龐大影響力。」

「……哦。」

我表情嚴肅地沉思著。說到滑瓢一派，就是在東京勢力最強的一群妖怪了。為什麼那種大人物會到淺草的蕎麥麵店……？

「糟了，我好像做了非常失禮的事情。」

「不用擔心啦。他送妳那個香包，就證明他喜歡妳。以後應該還有機會再遇到。」

組長又走回店內，在仍是狸貓模樣、全身毛茸茸的老闆和風太面前跪下，語氣誠懇地說：

「田沼先生，風太，你們這次的損害，工會會全面承擔。我們管理監督上不夠周到，真抱歉。這間店是長年貢獻於淺草的蕎麥麵店，我保證會讓你們明天起又能安心營業。」

「小老闆，快別這樣說，請你抬起頭來，淺草的妖怪全都很感謝你！」

「對呀大和先生。大和先生還這麼年輕就這麼厲害，我是講真的喔，我超崇拜你的！」

身為豆狸的田沼父子大力稱讚組長，頻頻朝他低頭鞠躬。

組長反倒顯得十分冷靜，只是淡淡地回：「誇獎我也不會有什麼好處喔。」

淺草的妖怪都很喜歡大和組長，即使他還只是個年輕人，而且還是個人類。

淺草地下街妖怪工會，由灰島家所管理，是個從很久以前就致力於服務淺草妖怪的大型組織。換句話說，在這裡討生活的妖怪，全都受到這個組織的照顧。

這麼說來我也是，每次每次都受到太多關照了……

譬如說……替我這種破壞行動收拾殘局。

「茨木，妳也最好不要再有這麼招搖的行動。妳是人類，前世卻是妖怪……而且還是在歷史上留名的S級大妖怪，這情況十分不尋常。」

「……不是S級，而是陰陽局官方認證SS級的大妖怪喔，歷代只有五位上榜。」

「啊，是的，妳說得對。不好意思，茨木童子大人。」

我並沒有要兇他或嚇他，但出聲糾正後，組長立刻頻頻低頭道歉。

註9：滑瓢是日本的一種妖怪，源於日本民間傳說中的客人神，特徵是貌似老人，穿著高檔有品味的和服，會在傍晚時分，家中成員忙著張羅晚餐時登門拜訪，賴著不走。據說滑瓢是「妖怪頭目」，妖怪之間要是起了爭執或口角，都會找他主持公道。

由不了解情況的外人看來，可能會覺得一個外表像黑道年輕組長的成人，怎麼會對一個小小的高中女生這樣低頭……但他能在一些關鍵時刻將身段放得很低，也正是他能夠統整淺草妖怪的理由。

「喂喂，現在是什麼情況呀……」

「啊，馨。」

這時，馨打完工順道繞來蕎麥麵店，對著眼前的一片混亂露出迷惑的神情。

「天酒……你這混帳，輕輕鬆鬆就穿過我設的結界，你也是相當異常啦。是啦，你可是被譽為日本最強的鬼，名聞遐邇的酒吞童子啦！」

「組長，你生什麼氣呀？」

「不要叫我組長啦！」

組長因為自己設下的結界對馨一點攔阻效用都沒有而感到惱怒。

他用力搔了搔頭，嘴裡嘖了一聲，一副想要盡快離開的模樣。

「我很忙，詳情以後再說。」

「組長拜拜——」

「啊？什麼？不用跟我說明一下嗎？」

「馨你也看一下狀況啦。」

我們站在店門口目送組長一夥人離去。

店裡，名叫黑子坊主的妖怪已經開始修復遭到破壞的器具、店內牆壁和天花板了。
他們是工會特約合作的專家，負責在結界效力消失前完成工作，將所有遭到破壞的東西修復。
豆狸親子檔看起來還需要一段時間才有辦法從毛茸茸的模樣恢復成人形，所以我和馨也動手整理混亂的店內，清理灑得遍地都是的蕎麥麵和湯汁。
「謝謝你們幫忙整理，我們家的料理，想吃什麼我都請客！」
「哇——哇——」
「結果我只是來幫忙善後的呀……」
馨根本搞不清楚發生了什麼事，卻被拖進來一起收拾殘局。
他對於自己仍舊倒楣的命運有些感嘆。不過可以免費吃到蕎麥麵耶，不是很棒嗎？
我選了在打工時最誘惑我的，招牌鴨汁蕎麥麵。
馨則點了上面有穴子魚天婦羅的江戶前天丼。
「啊～就是這個，鴨汁甘甜醇厚的香氣……」
鴨肉甘醇濃厚的油脂和香氣逼人的烤大蔥，美味精華溶進湯裡，湯汁滋味無比鮮美。
將冰涼的蕎麥麵浸到這碗熱騰騰的鴨汁裡，用類似沾麵的方式來吃。

富有咬勁的手打蕎麥麵，沾附了大量融合食材精華的鴨汁，只要吃下一口，就會立刻成為這極品美味的俘虜。

不管是越咀嚼豐富滋味越是在口中迸開的鴨肉，還是清甜的烤大蔥，配上蕎麥麵一起吃，就顯得更加美味，特別是在喜愛偏甜調味的妖怪中大受歡迎。那位滑瓢老伯伯會吃得這麼忘我，也是可以理解。

「但是馨的江戶前天丼看起來也好好吃……」

「啊，妳不要用那雙貪婪的眼睛盯著我的天婦羅看。」

馨點的江戶前天丼，單是用看的就顯得豐盛誘人。

豪氣伸出大碗的兩隻炸蝦，不辣的炸青辣椒、茄子和當季竹筍的天婦羅、炸海苔、綜合天婦羅、半熟蛋天婦羅，還有碩大的穴子魚天婦羅分量十分驚人。更重要的是，白米飯煮得恰到好處，即使吸飽了天丼專屬甜鹹醬汁，也不會黏糊糊的。

「啊——這個果然太讚了——」

馨立刻大口咬下穴子魚天婦羅。這間店的天婦羅特徵是麵衣酥脆而清爽不膩，即使吃多也不會給胃造成負擔，會讓人忍不住一口接一口，一下就碗底朝天。

嗚嗚，看起來好好吃……天婦羅看起來好好吃……

「炸蝦天婦羅可以給妳一根啦。」

「哇——我最喜歡馨了！」

「只要是給妳東西吃的人，妳都喜歡吧。」

大概是因為我在旁邊一直偷瞄，所以馨主動開口送我一隻炸蝦！彈牙又酥脆的特大號炸蝦……太滿足了。

「原來如此……鎌倉妖怪嗎？」

馨送我回公寓的路上，我將今天發生的事情詳細說明給他聽。

「牛鬼那次也是，淺草該不會陷入危機了吧？」

「組長看起來有點憔悴，可能是每天晚上都得應付各種突發狀況吧？」

「畢竟他的性格跟外表完全不搭，是個極為纖細又認真的人呀。」

我們從國中時就認識組長，當時他就已經是工會的重要幹部了。

這份工作非常辛苦，必須要時時刻刻顧慮到人類和妖怪間的平衡，偶爾還得扮演嚴厲的黑臉，一個沒處理好，就可能同時遭到雙方憎恨，立場十分艱難。

這就是所謂的家業嗎？從一出生，自己這輩子的使命和命運就已經註定好了，這是什麼感覺呢……？

「都是因為妳到處暴走，才讓組長老是胃痛。偶爾對他好一點啦。」

「哎呀，我可是深思熟慮過才暴走的喔？我不是光為了洩憤，才狠狠揍那些惡劣妖怪的。」

「我知道。」

馨的回答出乎意料地乾脆。

「如果不做到那種程度，妖怪就無法學到教訓。而且，清楚這一點的退魔師們只要看到幹壞事的妖怪，就會不管三七二十一地出手殲滅他們。」

馨停下腳步，抬頭仰望飄浮在淺草夜空上的月亮。

他喃喃地說，這早已是從很久很久以前開始就不曾改變過，統治這個世界的人類訂下的規則了。

「無論是牛鬼那次，還是今天的事，表面上看起來妳都是毫不留情地嚴懲幹壞事的妖怪，但其實妳是藉由展現自己的力量制裁對方這件事，來遏止他們再犯的可能性。那些遭到妳痛毆，好不容易才撿回一條小命的妖怪，不曉得為什麼都會改邪歸正……妳從以前就是利用先發制人這點，來保護妖怪們。」

「……」

「不管從前還現在……我都認為沒有人比妳對妖怪的愛更深切了。」

馨淡淡陳述著他對我的理解。我微張著口，愣在原地。

然後才又慌忙啟步，趕上早已走到前頭的馨。

「好像……你今天特別溫柔耶。是吃壞肚子了嗎？」

「啊？我平常就這樣吧。」

「有嗎？你平常應該會很生氣才對，叫我不要跟妖怪扯上關係。」
馨送我到公寓房門前，凝視著我一會兒，就乾脆地轉身打算回家。
「啊啊，馨，等一下，你現在就要回去嗎？」
我伸手拉住他的制服下襬。
進來坐一下呀。我指著家門說。但馨搖了搖頭。
「今天我們都打完工，也在人家那邊吃過晚餐，現在又晚了，沒有時間一起消磨了吧。妳應該也累了，趕快寫完作業快點去睡吧。」
「啊，我明天不用打工喔。我跟他們喬過時間，每個禮拜只要去兩天就好。」
「……哦。」
「不管怎麼說，要是我太忙，你會很寂寞吧。你呀，雖然愛裝酷，但基本上很怕寂寞呢。」
「什麼話呀，妳少得意。」
「就像你了解我一樣，我也是呀，你的事情我全都知道喔，馨。」
「……」
馨用鼻子哼笑了一聲，轉頭面向我，接著敞開雙手手臂說：「來吧。」
我不禁露出滿面笑容，喊著「去囉！」就飛奔進馨的胸膛，緊緊抱住馨的腰。
馨因為我的衝擊力道後退了一步才穩住平衡，他一如平常不忘毒舌地說：「我還以為被山豬撞了咧……」

第七章

淺草地下街妖怪工會

擁有能夠感知靈體存在的鬼見能力，藤原家的小姐，茨姬。

過去眾人都是這樣稱呼我的。

但身為人類出生卻似乎是場詛咒，抑或災難。

滿十五歲那天，赤紅月亮高掛的夜晚，我成了「鬼」。

髮色宛如熊熊燃燒的鮮紅火焰，額頭上冒出一對銳利的鬼角。

那股力量已經遠遠超出人類所能具備的程度。

我無法駕馭那股巨大的靈力，只要輕輕觸碰一下就會傷到他人或物品，倘若情緒激動起來，輕易就能動搖大地。

我爸爸懼怕完全變身的這個女兒，在地底深處建了一座牢獄，將我關在裡頭，對外則宣稱我已經遭到盜賊殺害。當時力量最強大的陰陽師安倍晴明還在柵欄的鎖上施加好幾道術法，確保它無法遭到任何破壞。

放我出去，放我離開這裡。

四周貼滿符咒的駭人監牢中，我從柵欄間的縫隙伸出手，不停哭喊著。

即使如此，也沒有任何人類願意將鬼從這座牢獄放出去。

那些至今稱呼我為「茨姬」，愛我疼我的人們也都畏懼我、疏遠我，沒過多久就輕易忘了我。沒有任何人來探望我。

日子一天天流逝，不管過了多久，都只有我自己一個人。

在無盡的孤獨之中，就連沐浴在陽光下都是種遙不可及的奢望，我只能不斷詛咒自己化身為鬼的這個命運。

過沒多久，我對於「活著」這件事感到疲憊。要將我關在這種地方，不如乾脆一刀殺了我還比較痛快……

然而，轉機降臨。

有兩個妖怪朝我伸出救援之手，打算將我從這裡拯救出去。

那是當時在都城內最讓陰陽師傷腦筋，名叫「酒吞童子」的鬼。還有幻化成人形，在大內裡擔任公卿，名叫「藤原公任」的男人。藤原公任的真面目，就是妖怪「鵺」。

在公任的計畫和協助之下，酒吞童子成功將我救出這座牢獄。

『茨姬，妳想要容身之處，我就幫妳創造一個。無論妳想去哪裡，天涯海角我都會帶妳去……所以不要放棄活下去，跟著我走吧。』

酒吞童子破壞柵欄，朝向我伸出手的那道身影，還有他當時對我說的話，我從來都不曾忘懷。

同時，我捨棄了曾身為人的身分，以及所有的留戀。

成了酒吞童子的妻子。

這位茨姬，就是名聲流傳到後世的大妖怪「茨木童子」……

現在的我，「茨木真紀」的前世。

○

咿喔……咿喔……

讓人十分懷念的清脆叫聲喚醒了我。

春夜中敞開的窗邊，發出青白色光芒的月鶇就佇立在那兒。

「什麼呀……不是才半夜三點嗎？」

在奇怪的時間醒來了。然而，我對於從那個夢境中清醒過來這一點，感到鬆一口氣。

三坪的狹小房間。這間房的大小和那座牢獄相差無幾，但光是明白這裡是「現在的我」的家，就能讓紛亂不已的內心平息。

「夢到令人懷念的過去……一定都是你的叫聲害的吧。」

我朝窗邊伸出手指，月鶇穩穩地飛到我的手指上停住。
然後啄咬我的手指。真是隻一點都不可愛的小鳥……
花香乘著徐徐微風漫開飄盪，我忍不住將臉探出窗外。
「啊……玫瑰。」
在這種破爛公寓庭院中的一角，種著紅玫瑰。
是房東種的嗎……堅強高貴的玫瑰，那香氣似乎與這間滿是妖怪的公寓不搭調，但又不可思議地令人看得入迷。
月亮、玫瑰、還有月鶇的啼叫聲。
天氣晴朗的月夜，只見光燦明澈的靈氣緩緩往上攀升。
「會不會……馨和由里也夢見了上輩子的事情呢？」
那兩個人救了我的命，這是一份天大的恩情。

「咦？這不是組長嗎？」
「啊，組長。」
「組長，你怎麼在這裡？」
那是發生在學校午休時的事。

我、馨和由里為了吃便當，來到民俗學研究社的社辦時，就看到裡面有個身穿黑色西裝的年輕男子。見到我們的反應，他立刻崩潰抱怨說：「你們不要三個人異口同聲叫我組長！」

這位青年並非這間學校的學生或老師，他倚在窗邊，手插口袋，緊鎖眉頭，表情十分可怖。

「受不了，你們這幾個傢伙還是老樣子。我有事來學校一趟，想說順便來找你們打聲招呼……」

這位表情嚇人的青年，名叫灰島大和。

他是淺草地下街妖怪工會的年輕頭頭，「工會」這個組織則是為了維護在淺草工作的妖怪們的秩序。

他是這所高中的畢業生，偶爾會有事過來學校。

「組長，上次真是多謝你了。」

「上次，指的是哪一次呀？茨木。妳是說妳砸爛牛鬼工廠那一次嗎？還是妳打算挖出河童埋在隅田川的私房錢，結果在地面留下一個大洞那次呢？或是最近在蕎麥麵店將小混混痛扁到半死不活那次呢？」

「全部啦全部。」

我嘻皮笑臉地開玩笑蒙混過去。他說的每一點都是事實，我實在無法否認。

「受不了，妳下手實在是不懂分寸耶。合羽橋工廠那次也是，真的有必要破壞到那種地步嗎？託妳的福，我們的工作量倒是一直在增加。」

「我已經手下留情了耶。我跟你說，要是我認真暴走起來，整個淺草都會陷入業障火海……」

「啊——算了，拜託妳別再說了。」

十分清楚我的背景和龐大力量的大和組長，伸出手掌制止我繼續說下去，臉色發青說道：

「一點都不好笑。」

機靈的由理立刻泡好了茶。

我們社辦有水、有茶壺，還有由理最近帶來的高級新茶茶葉。

「大和先生，請用茶。」

「啊啊……繼見泡的茶香味就是不一樣。」

組長很喜歡由理泡的茶。

他畢竟是個少爺出身，和由理一樣能明辨茶的好壞。

「大和先生，真紀痛扁的那個牛鬼和鎌倉的小混混妖怪，現在都怎麼樣了呢？」

組長一邊小口啜飲由理泡的茶，一邊回答馨的問題。

「牛鬼那夥妖怪讓隅田川對面的墨田區牛嶋神社收留了。那間神社的神明牛御前大人嚴格規定他們辛勤工作，幫助他們改邪歸正，差不多是這種感覺吧。只要能利用這次機會，紮實學到正確做生意的方式，今後他們也都有機會各自獨立。」

「哦～牛嶋神社收留他們了喔。牛御前應該會嚴加管教吧。」

淺草附近以淺草寺為首，還有許多其他神社，裡頭有習慣俗世生活的通俗神明居住著。在這種情況下，神社有時候會提供犯了小錯的妖怪一個重新開始的機會，協助安頓這些妖怪。

「還有，在蕎麥麵店搗亂的那些舊鼠，現在已經開始在國際街上新開幕的商業設施中工作了。老闆是妖怪，也有提供宿舍。」

「這樣呀，能找到工作和住處真是太好了呢。」

只要能認真工作，好好吃飯，有地方睡覺，接下來就能靠自己開創嶄新的未來。淺草就是一個這樣的地方。

「所以咧，大和先生，你來找我們要做什麼？不可能只是來報告這些妖怪的情況吧？」

「……」

由理單刀直入的問題，讓組長的眼神瞬間轉變。

組長很忙，沒有空單純來這邊喝茶聊八卦。

灰島家管理的淺草妖怪工會，是為了讓人類和妖怪能夠共存而創立，從江戶時代存續至今的龐大組織。

在淺草，無論是做生意的妖怪或找工作的妖怪皆隸屬於這個組織，組織也會提供各項支援，但同時，嚴禁妖怪和人類起衝突。

淺草因為有這個工會，並非無人管制的地帶，但附近還有大江戶妖怪最大的派系，滑瓢九良利組存在，是一個氣氛緊繃的地區。

由於負責殲滅妖怪的組織「陰陽局」也虎視眈眈地觀望著，所以只要一發生和妖怪有關的案件，就必須立刻確實處理，大和組長每天都過著胃痛發作的高壓生活。

我們三人雖然並不隸屬於工會，但因為「上輩子是妖怪這輩子是人類」這種有點複雜的立場，和組長在很早之前就認識了，一直是互相幫忙的關係。是說，正確說來，是我們一直以來受到他很多的關照。

「正如繼見所說，我來這裡是有別件事要找你們。但在學校沒辦法講太多，放學後……能麻煩你們來『淺草地下街』一趟嗎？」

大和組長將茶杯放在旁邊的檯子上，露出意味深長的笑容。

「啊，我今天要打工。」

「我有茶道課……」

但我們家的男生們都非常不賞臉，期待驟然落空的組長指著他們說：

「你們也稍微替我想一下！」

不過我們家的這兩個男生，側眼對望了一下後，又回：「可是——」

「那、那、茨木，妳一個人來吧。話說回來，妳可沒有權利拒絕，這件事跟妳也有關。」

「是這樣嗎？」

「而且，妳知道我至今幫妳擦了幾次屁股嗎？」

大和組長牢牢抓住我的肩頭，露出不輸給妖怪的猙獰表情威脅我，而且還順手不知道從哪裡變出高級點心在我眼前晃來晃去，想要誘惑我。

「我、我是沒差啦，我不像那兩個男生一樣生活這麼充實。」

我受到點心的引誘答應之後，馨立刻說：「啊，真紀被強迫要去的話，那我也去。」情況演變至此，由理也不可能不跟來。他擺出一個「真受不了你們」的姿勢，開口說：「那我也去……」

組長明顯鬆了一口氣。

「在你們正忙時過來打擾真不好意思呀，那就待會兒在淺草地下街見囉。」

大和組長將高級點心塞給我後就走出房間。

「……」

組長離開房間後，我們陷入幾秒鐘的沉默，最後是由理的一句話劃破寂靜。

「大和先生看起來很累耶，是不是很忙呀？」

「的確，雖然前陣子看起來也有點憔悴，但感覺越來越沒精神。」

聽說逃出來的鎌倉妖怪大舉湧入淺草。雖然我們是沒有聽到什麼消息，但搞不好還有很多其他關於妖怪的案件發生。

「……感覺情況有點麻煩呀。」

「但如果是大和先生拜託的事，我們也沒辦法說不呀。」

馨和由理似乎有些擔憂，嘴裡喃喃嘟噥著。

另一側，我一臉期盼地扯開高級點心的包裝紙。

「哇～是各種顏色的馬卡龍耶！組長居然會買這麼可愛的點心，跟他那張臉完全不搭。」

「……」

嗤……我察覺到馨和由理的視線……他們的銳利視線凌厲射向我背後。

但我決定裝作沒發現，逕自將馬卡龍塞了滿嘴都是。

淺草地下街——日本歷史最悠久的地下商店街。

與東武線淺草站的地下道相連通，充滿懷舊氛圍的古老商店街。

管線外露的天花板，閃爍昏暗的電燈、滿布裂痕的磁磚地板……成排店家還都掛著讓人憶起昭和年代的懷舊招牌。

因為多半都是些喝酒的店，這時間大多都還沒開始營業，也沒有太多人經過，不過……「他們」確實存在。

這股不可思議的氣息，光靠懷舊氛圍幾個字是無法說明的。這條淺草地下街，混雜著許多妖怪。

無論是做生意的妖怪，或是來當客人的妖怪。

畢竟，這裡可是淺草地下街妖怪工會的根據地所在。

「好久沒來了，果然還是有股特殊的氛圍耶。」

「可以感覺到視線，妖怪和人類的都有……這裡果然很特殊。」

「啊，這邊，是前往工會的入口之一喔。」

由理、馨、還有我，找到寫著「居酒屋一乃」的招牌，在店前停下腳步。我們先左右張望，確定附近沒有認識的人，才走進居酒屋。

「……」

裡頭相當昏暗，四處都飄盪著菸味。

現在已經是營業時間，店內也早就坐著零星客人。來客幾乎都是「妖怪」，這是這間居酒屋的特色。

他們同時將視線集中到我們三人身上，低聲竊竊私語的聲音都傳過來了。

「哎呀？怎麼會各位大妖怪都到齊了。居然會來這兒，實在稀奇耶。」

「啊，一乃小姐，好久不見了。」

一位坐在櫃檯內側，身著和服，頭髮紮起，神態嬌媚的女性注意到我們，對我們微微一笑。

她是一乃小姐，這間居酒屋一乃的老闆，然而……

「真紀，妳的眼睛還是這樣圓滾滾的，真可愛耶。」

她的脖子驀地伸長，一乃小姐的臉瞬間來到了我的正前方。

她也是妖怪，過去曾是吉原花柳街的長頸妖名妓。

「一乃小姐還是那麼美麗。」

「呵呵，妳應該把這句話拿去跟我們家的小老闆說。」

接著，一乃小姐將脖子伸到馨和由理面前。

那雙飽含情色的視線，像在身上來回舔舐般地輪流望向兩人。

「酒吞童子大人還是那麼有男性魅力，鵺大人也是漂亮到讓人嫉妒呢……」

「什、什麼？」

「再過十年，過去曾在吉原打滾的姊姊我，會好好疼愛你們兩個的。」

「……」

馨和由理似乎察覺到自身的危險，大力嚥了一口口水。

「喂，那個愛裝年輕的妖怪女人，不要對高中生性騷擾。」

後方傳來大和組長低沉威嚴的聲音。

組長剛好從居酒屋深處的門扉走了出來。

「你說誰是……愛裝年輕的妖怪老婆婆呀？」

「我可沒說老婆婆喔，但我就是在講妳，一乃。」

「真是的，小老闆你真是一點都不解風情耶！虧你年紀都這麼大了！」

一乃小姐迅速將脖子縮回去，回復正常的人類模樣，伸手砰砰砰地捶打組長。

她雖然對組長大動肝火，但其實一乃小姐隸屬於工會，是在灰島家麾下工作的妖怪。

她過去在東京大空襲中失去生存處時，是淺草地下街的工會向她伸出援手。她牢牢記著這份恩情，宣誓效忠這個組織。

她好像是打從大和組長出生時就看著他長大，老是叫他小老闆小老闆的，對他十分疼愛。

「欸，這邊，三隻妖怪人類跟我過來。」

「嗯？組長你剛剛是在罵我們嗎？」

「咦？沒……不小心順口講錯。」

我一臉認真地反問，大和組長立刻道歉：「不好意思不好意思。」

走到店裡深處那間像是休息室的房間前，組長用卡片開啟裝設在牆上的隱形門後，出現了一道通往下方的階梯。

「喔喔……還是有這種費工夫的機關。」

「應該沒人會相信，淺草地下街居然有這種祕密空間吧？」

「不過感覺有點浪漫。」

往下，轉彎，穿過密道上的門，一直走到相當深的地方。

會需要如此費盡心思設計這條密道，是因為前方畢竟就是維持淺草妖怪和人類關係均衡的核心了。

淺草地下街妖怪工會雖然有許多妖怪和人類的好夥伴，但也有許多傢伙認為工會很礙眼，是個樹敵無數的組織。

「好，我們到囉。」

最後我們抵達的，是一道反倒像是普通辦公室中會有的門扉。

門上貼著一塊牌子，上頭寫著「淺草地下街妖怪工會」。

走進裡頭，有好幾位身穿黑衣、戴著太陽眼鏡的男人，正在各自的辦公桌前埋首工作。這實在是個很普通的辦公室。

他們一發現大和組長回來了，就立刻站起身，氣勢萬千地行禮說道：「辛苦了，小老闆！」

這……這場面實在是很像某種組織呀。

「這裡果然有夠像黑道的辦公室耶。」

「喂，天酒，不要說我們是黑道的辦公室啦，我們可是非常認真正派的組織。」

大和組長讓我們在黑色沙發上並排坐好，自己則在對面坐下。

黑色西裝男端來紅茶和蛋糕，在我們面前的桌上擺好。

看起來十分美味的苦味巧克力蛋糕，還有散發著高雅香氣的大吉嶺紅茶……

我眼睛閃耀著光輝，大口吃下眼前的蛋糕，坐在旁邊的馨多嘴講了句「會胖喔」，所以我就連他的蛋糕也一起吃掉了。

「啊啊啊啊，妳這傢伙！怎麼可以吃別人的蛋糕！」

「你都不吃，我還以為你不要吃咧。」

「少開玩笑了，妳這個自私自利的貪吃鬼～」

「你的東西是我的，我的東西還是我的東西。」

「開什麼玩笑呀這個鬼妻，我現在立刻就要離婚！」

我和馨的幼稚鬥嘴就連在這種地點都能立刻白熱化。是說，我們根本還沒結婚。

「喂，那對鬼夫婦，晚點回家後再打情罵俏可以嗎？不要在這裡放閃給我們看……真是受不了。」

大和組長遲遲無法開啟談話，顯得有些煩躁，由理則是忙著守護自己的蛋糕不要慘遭毒手。

我和馨互瞪了幾眼，才逐漸安分下來。

「那我直接進入正題，你們看一下這個。」

組長伸手進胸前口袋摸索，取出一張紙，攤開放在面前桌上。

那是一張淺草周遭的地圖，上面用紅筆標了紅色星星記號。

「這是什麼？沉眠的淺草寶藏藏寶圖嗎？」

「不是，這是六月的巳日那天，要舉行大江戶妖怪百鬼夜行的地點。」

「啊啊……是那個妖怪們聚在一起交換情報，聯誼用的大型派對喔。」

馨如此形容現代的百鬼夜行。

百鬼夜行，其實就是一個妖怪在深夜中大遊行的活動。但在現代能夠舉行百鬼夜行的場所，僅僅限制在叫作「狹間」的特殊裡空間中。

會有這種限制，是因為現代社會有許多夜貓子，如果連夜在街頭上舉行百鬼夜行，很容易會引發與人類之間的衝突，造成大型暴動。要是引起交通意外，對妖怪來說也很危險。

即使有這些重重困難，這個時代的妖怪們還是定期舉行百鬼夜行。

但形式就不像過去的那種大遊行，而是提著百鬼夜行專用的「燈籠」聚集到「狹間」，一起暢飲吃飯，與來自四方的妖怪們交流，是一場大型宴會。

聽說也有些妖怪曾在百鬼夜行中認識商業夥伴，或是找到結婚對象。對於容易在人間界失去容身之處的妖怪們來說，是一種能締造新緣分的社交場合。

「這次的百鬼夜行是在淺草最大的狹間，要從淺草六區進入的『裡凌雲閣』舉行。這場百鬼夜行我也必須參加。」

「組長，你是人類，卻要去百鬼夜行嗎？」

「因為這次辦在淺草呀。一方面也因為主辦的是大江戶妖怪最大的派系『滑瓢九良利組』，總不能無視他們的邀請。」

「滑瓢……」

之前我好像有在豆狸的蕎麥麵店救過滑瓢的大當家？是這樣搭上線的嗎？

「而且我有點擔心。」

「擔心……難道是在說鎌倉妖怪的事嗎？」

聽到馨的問題，大和組長不禁挑了挑眉，點頭說「嗯」。

「牛鬼，還有那個小混混舊鼠，都是鎌倉妖怪對吧？」

「嗯，其實鎌倉妖怪在大約兩個月前，和陰陽局起了衝突，遭到大規模肅清。當時有許多妖怪被逮捕，或是被迫放棄家園。」

陰陽局，名稱雖然隨著時間有所轉變，卻是自平安時代就存在於日本的大型退魔師組織。

在日本有許多以殲滅妖怪為家業的名門望族，或維持自由之身的退魔師還有陰陽師都加入其中。

只要是可能危害人類的妖怪，他們就不問青紅皂白地一概殲滅。這組織裡都是一些這種成員……

「話說回來，聽說鎌倉妖怪中叫作『魔淵組』的一派，之前有和人類進行一些違法交易。」

「……違法交易？」

由理頓時瞇細了眼，直截了當地反問。大和組長朝身旁戴著太陽眼鏡的男人打手勢，那男的就將一個小木盒放在桌上。

「你們看看這個。」

「……」

在許多分裝用的小袋子裡，擺著乾燥的粉碎葉片。

「這是什麼？」

「真不妙，現在地點又這麼詭異，有種黑道向我們兜售禁藥的感覺……」

「你們兩個，絕對不能遭到誘惑喔。」

我、馨和由理在旁邊你一言我一語的唱雙簧後，組長慌忙用他低沉的聲音否認：「這不是禁藥，我們也不是黑道啦！」

「這是鎌倉妖怪們做為主力商品生產的高級『妖菸』。他們原本就販售多種妖怪專用，混合了強烈妖氣的享樂用品，像是菸呀酒呀這類的。但問題是，他們也偷偷將這些東西賣給人類。」

「……賣給人類？我記得在戰後這些是遭到禁止的商品吧？特別是菸。」

「嗯，妖菸雖然對妖怪無害，但對於無法抵抗妖氣的人類，會產生過於強烈的影響。這次取得這些菸的人類，有些因為妖氣中毒而失去意識，或苦於中毒引發的症狀，有些人差點送命。表面上是做為藥物中毒處理，但背後實際上是陰陽局在展開行動。」

「原來如此。這樣一來，自然會讓視妖怪為眼中釘的陰陽局盯上。」

「嗯，關於這點，只能說是那群受到金錢誘惑的鎌倉妖怪自作自受。但是呢，鎌倉妖怪不幸的地方是，沒有一個像我們這樣的工會，能在事情發生之前就先嚴加取締。我記得鎌倉的工會似乎是在十年前破產了……」

組長接著談及，經常發生妖怪生產的「妖系產品」在人類之間流通的事件。

特別許多古董和書籍這類擁有歷史感的老東西，一般被認為背後蘊含著無數故事，人類非常容易受到這類商品的強烈吸引。

這些商品有可能是妖怪們在沒有惡意的情況下不小心賣出的，也可能是帶著惡念刻意流通到人類間的。不過最後，實際危害到人類的妖怪，或者從事可能危害人類的生意的妖怪，都會被當作是人類的敵人遭到處分。

這種時候，聽命於政府的陰陽局就會展開行動，暗地處理。

「所以，接下來才是問題。魔淵組的鎌倉妖怪以賣給人類可以賺比較多為理由，不斷拒絕某個大江戶妖怪派系的訂單，那就是主辦這次百鬼夜行的滑瓢九良利組。」

「天哪，這也膽子太大了吧，居然敢拒絕大江戶妖怪最大派系的訂單……」

不過這也是妖怪勢力的影響力已經下滑的證據。

到頭來，跟人類做生意能夠賺到比較多的錢，也是不爭的事實。

「魔淵組那群傢伙似乎認為，他們這門生意之所以會事蹟敗露，都是九良利組想要報復而向陰陽局告密的緣故，因此兩邊妖怪槓上了，每天晚上都在鬥爭。淺草被捲進這個事端，實在是受不了，我們現在也是每天熬夜努力呀。」

「所以組長你的黑眼圈才這麼嚴重喔。」

組長點點頭，還打了個呵欠。看起來似乎真的十分疲倦。

「我們要是敢有一丁點疏忽，讓淺草發生了嚴重案件，這下就輪到陰陽局盯上我們了，那樣情況就糟了。我們可是花了好長一段時間，才將這裡打造成能讓妖怪和平生活的場域。話說回來，我原本就對於在人類的地盤上只能乖乖聽話這點很不滿。」

「……人類的地盤呀。」

暫且不管他的用詞有點像黑道，淺草確實是在東京裡，人類和妖怪關係最深切的一塊土地。

要是發生了嚴重的問題，自居正義一方的陰陽局退魔師就會出動，這樣一來，淺草的妖怪就有極高可能會像鎌倉那樣遭到趕盡殺絕。

「所以呢，該說是懇求嗎？我有件事想找你們討論。」

組長突然語氣變得有些焦躁，而且不知為何聲音越來越小，於是我們就忍不住……

「該、該不會果然是要叫我們買菸……？」

「不是！是關於百鬼夜行啦……喂，矢加部，把這個撤下去，看來這東西對他們有點太刺激了。」

太陽眼鏡男矢加部先生按照組長的吩咐，將裝在木盒內的那東西撤下。

「你們……是說，主要是茨木。」

「嗯？」

聽到組長提起我的名字時，我嘴裡還啃著後來才端出來的炸甜饅頭，雙眼驚訝地眨呀眨。

「其實，這次的百鬼夜行，也有收到一張寄給妳的邀請函，ＶＩＰ待遇喔。」

「百鬼夜行的邀請……而且還是ＶＩＰ？」

什麼？這是怎麼回事呀？我從組長手上接過一個用漂亮和紙製成的信封。

太陽眼鏡男矢加部先生拿來剪刀，我將信封剪開，取出裡面的信。這瞬間，原本上頭沒有寫任何東西的紙面，突然慢慢浮現出文字，顯出邀請函的內容。

「喂，真的還假的呀……這裡真的有寫要邀請真紀耶。」

「真紀，妳有認識大江戶妖怪中了不起的人物嗎？」

「嗯……啊，難道是在丹丹屋遇見的那個滑瓢老伯伯嗎？」

我左思右想，也頂多只能想到那位老伯伯了。就是即使鎌倉妖怪舊鼠們在旁邊暴動，也面不改色繼續專心吃鴨汁蕎麥麵的那位。

可是我是在最後才發現他是滑瓢……

「沒錯。我之前也說過了吧？那位是大江戶妖怪中勢力最龐大的妖怪一族，滑瓢九良利組已經退隱江湖的前當家。他似乎很喜歡茨木，說一定要邀請她參加百鬼夜行。從我的立場來看，如果茨木能參加是再好不過，可以免費吃到許多好料喔。」

「……免費吃好料，好像不錯耶。」

我完全讓免費好料這幾個字誘惑住了，馨和由理則是露出驚訝的神情。平常對百鬼夜行這種全都是妖怪的集會沒有興趣的馨，一臉困惑地對大和組長提出異議。

「大和先生，讓真紀自己一個人去有點……不，是問題很大。」

「我還沒有說我要去吧……雖然是會去啦。」

「放心吧，我已經在想辦法處理，讓天酒和繼見也能一起參加。是說，如果你們想參加的話啦。」

「……這樣的話，我參加。」

「嗯……？」

令人意外的是，第一個清楚表明參加意願的，居然是至今都一直保持沉默的由理。明明平常他總是先看我和馨的反應，才一副真拿你們沒辦法的模樣陪著跟進……

馨則是說「那、那我也去好了」這種不乾不脆的回答。

由理微微垂下視線，並沒有特別多說什麼，只是優雅地啜飲熱茶。

「如果你們都能來，我也放心多了。每次參加這種外部大妖怪勾心鬥角的大場面，我就胃痛得要命。」

「組長，你怎麼老是胃痛，好可憐喔。」

「妳根本一點都沒有同情我的意思呀，茨木。是說，這次因為鎌倉妖怪的事，我希望能藉此和九良利組建立互助關係。這次鎌倉的情報，也有很多都是從九良利組那裡打聽來的。老實說，比起像我這樣的年輕人類，你們的存在感和影響力都大得多。我雖然是術師名家子弟，但靈力比起你們可差得遠了。」

組長苦笑著聳聳肩，嘆了一口氣。

「沒有啦，你們也不用想太多。要是發現苗頭不對，不用管我，趕快逃走就好了。老實說……我是不太想將現在身為普通人類的你們，捲進這些事裡啦。」

「……組長？」

「就算上輩子是大妖怪，但你們現在只是普通人類。有家人，平常也要上學，又沒有繼承非得和妖怪牽扯不清的家業。既然如此……會希望盡量避免和妖怪扯上關係也是理所當然的吧？」

大和組長是極少數明白我們背景的人類。

他身為一個從小就受到這份家業束縛的人，對於我們的存在和想法，肯定思量過不少吧。雖然老是擺出一副嚇人的表情，但這個年輕人身上背負的責任，遠遠大過現在的我們。

畢竟他可是左右在淺草做生意的妖怪們未來的重要關鍵人物。

「所以說……」

回家前，組長給我們一人一個小布包。

「這個是賄賂……不對啦，是貢品？沒有啦，只是個伴手禮年輪蛋糕。百鬼夜行就拜託你們囉，各位大妖怪～哈哈哈。」

組長拍拍我們的肩膀。

這下子，我們似乎逃不過這件事了。

離開淺草地下街，我和馨、還有由理三個人，走過黃昏時的雷門街。

「我喜歡組長喔。以一個人類來說，是個擁有許多優點的男人……老是在替妖怪著想，而且每次都會送我們伴手禮。」

「哦，那你嫁給大和當老婆呀。」

「怎麼可以，組長太可憐了！」

「真紀……妳還是有自覺的呀。什麼自覺我就不說白囉。」

「那我可憐就沒關係喔。真是悲哀。」

由理苦笑著，馨嘆了口氣，將從肩膀上滑落的包包重新背好。

真是沒有禮貌的兩個男人。

「的確，大和是普通人類，又還這麼年輕，就得背負一個如此龐大的組織，比起現在的我們是要辛苦多了。想要保持妖怪和人類間的平衡……」

「……由理？」

由理突然開始說起這種話，將略帶憂傷的眼神抬高。

但他立刻又變回了平常爽朗的笑臉。

「那我先回去啦，明天學校見。」

「喔、喔……」

「嗯，由理，明天見。」

在半路上和不同方向的由理道別後，我跟馨一起回到位於淺草瓢街上的那棟破爛公寓。

有一段時間，我們只是沉默地走在人群中，但我半途停下腳步，出聲問馨。

「欸，馨，組長拜託的事……你不想接嗎？」

「嗯……還好。」

「真的嗎？但我總覺得你從剛才表情好像就有點沉重，由理也是怪怪的。」

「當然我們也不可能完全不擔心呀。」

馨也停下腳步，轉頭朝向我的方向。

「可是也沒有其他辦法，如果妳拒絕，大和他會很難做人。而且現在是由理接受提議的，我也不會再有什麼意見。」

「……的確，由理會主動答應這種事情，實在很少見。」

「他大概是將大和的身影跟過去的自己重疊了吧？」

人類和妖怪……

我想起千年前身處兩個族群之間，想要取得其中平衡的鵺。

當時的他和現在的大和組長，的確有許多共通之處。由理每次見到組長時，都會想起過去的自己嗎？還有，自己當時的結局。

不能偏袒任何一方，是很孤獨的一件事。但如果沒有一個人站在這種立場，就無法建立起合理的秩序。

由理現在也還會想起上輩子的枷鎖和煩惱嗎……？

「欸，馨……馨，你有夢到過上輩子的事情嗎？」

「啊？幹嘛突然問這個？」

我突然想起昨晚的夢，便出聲問馨。我有想過，馨和由理會不會剛好也夢見了過去的事呢？

「……偶爾。不過我沒有太放在心上。」

「是喔，我還以為你可能會每天晚上都作惡夢痛苦呻吟咧。」

「我對上輩子沒有這麼執著，也沒有打算要一直放在心上，跟妳和由理不同。」

「……」

從馨的角度來看，我和由理對上輩子很執著嗎？

或許正如他所說……但我並不認為馨有他自己講的那麼瀟脫。

「欸，馨，今天晚餐你想吃什麼？」

「什麼呀，突然就換到晚餐的話題？妳轉得不會太快嗎？嚇我一跳。」

「雖然我剛剛先問你想吃什麼，現在才講這個有點糟糕，但其實現在家計很緊，你也剛好是快發薪水前，所以今晚應該只能簡單吃。」

「……真的假的？要我補一點餐費嗎？」

「沒關係。身為妻子，我想要在不追加餐費的情況下撐過剩下兩天。所以我們有三個選項，一是豆芽菜火鍋，二是蛋包豆芽菜，三是豆芽菜炒罐頭鯖魚。」

「都是豆芽菜耶……」

「因為我種了很多豆芽菜呀。為了讓我吃飽，只能靠這些不花錢的豆芽菜了。」

「……那就豆芽菜炒罐頭鯖魚好了，我喜歡罐頭鯖魚。」

「鯖魚罐頭可以放很久，還好有趁特價時先買了很多。然後……再用都剩一點一點的蔬菜和乾燥海帶芽來煮味噌湯……家裡還有你從打工店裡帶回來的蘿蔔跟牛蒡的漬物……啊，說到這裡，還有組長給我們的高級年輪蛋糕！嗯——可是我和你都是食慾正旺盛的高中生，還是想要再多一道菜呀。」

特別是我，光只有這些我覺得實在不夠。肉類……不夠！

馨輕易看穿了我複雜的少女心（？）。

「那，我們去那間肉舖買炸雞塊回家吧。」

「咦？但是……雖然我是很想吃，但錢不夠呀。」

「這算是我請客，妳就不用擔心了……」

「真的嗎？你真是最棒的老公了！明明是發薪日前，還用自己的零用錢買炸雞塊給我。」

真是個變臉像翻書一樣快的傢伙呀……我兩手十指交扣，雙眼亮晶晶地仰望著馨，讓他忍不住說「怎麼覺得有點不爽」。

「我不是常常買東西給妳吃嗎？這對我來說已經像是一種習慣了，不知道是受到哪個人的洗腦造成的。」

「你又講這種彆扭的話。好吧，那你將來開始上班，每個月的零用錢變成兩萬日圓以下時，也要常常買東西回家來喔。」

「……什麼？」

因此今天晚上我們吃了一頓奇妙的晚餐。不像高中生會吃的簡略餐點，配上馨請客的炸雞塊，餐後再吃高級年輪蛋糕撫慰身心。

從結果來看，這頓飯好像也並非那麼簡略，無論怎麼說，只要和馨一起吃晚餐，我就覺得安心而幸福。

但真正的地獄可能是明天……

我望著放餐費的小錢包中剩下的唯一一枚五百日圓硬幣，思索著明天晚餐該怎麼辦而皺起眉頭。

〈裡章〉 馨抽的籤說中了？

在真紀家吃晚餐，一起看國外影集，度過了一個悠閒的夜晚。

我，天酒馨回到位於向島的自己家裡，原本應該只是一如往常地回家，可是……

「你說想分手，是什麼意思！你說呀！」

「……」

「我是絕對不會離婚的！」

我們家……與其說是修羅場，更像煉獄。

老媽從剛剛就一直對著老爸怒吼說她不要離婚。

父親瞥見我回來了，於是說：「就跟妳說了，我要跟妳離婚。」

哦。老爸終於開口說要離婚了呀。也是啦，他們的婚姻早就破綻百出了。

「不要！我絕對不離婚……絕對不會離婚的！什麼呀，你至今一心只有工作，一天到晚都不在家，在外面隨心所欲，現在卻……」

這點老媽不也是一樣嗎？我忍不住在心裡吐嘈。

老媽平常也都在外面跟其他男人鬼混，現在卻說不想和老爸分手。

實在搞不懂她在想什麼，但也是啦，因為老爸的薪水非常高吧。老爸則似乎想要盡快捨棄這個家，恢復自由之身的樣子……

故事有點複雜，但我媽以前就離過一次婚，簡單來說，她是梅開二度時才生下我。

她和前夫之間還有別的小孩，雖然有小孩卻對現在的老公……也就是我老爸動了情，我媽就拋棄了之前的家庭。

現在也算是自己造過的孽，報應到自己身上吧。

老媽完全忽略自己過去曾做過的好事，只是一味歇斯底里地肆意狂吼「開什麼玩笑呀，你這個叛徒」……之類的。

老媽態度十分強硬。老爸雖然也好不到哪去，但他會想離婚也是情有可原。

老媽總是用老爸成天忙著工作不在家這點為藉口，一天到晚往外跑，在外頭撒錢玩樂，真的是個無可救藥的女人。

只要稍微講她一下，就會立刻吵起來。那是激烈而醜陋，尖銳聲音和怒吼會響徹整個家中，讓人簡直聽不下去的夫妻吵架。相較之下，我和真紀的鬥嘴根本就算是非常可愛。

沒有任何一個老公能在這種家庭中獲得慰藉。

老爸自然會變得更少回家，在外面有了女人。

我又是這種淡漠的個性，從來不指望兩人恢復到原本良好的關係。自己一個人待在家裡也不曉得要幹嘛，所以漸漸地每晚都在真紀家度過。

情況至此，家人的心分崩離析也是理所當然的事……

「你說要離開這個家，就是想要把馨丟給我吧？你是想將照顧那孩子的責任全部推給我，一個人逍遙自在吧！」

我的名字突然出現在話題中，我不禁驚訝地抬起臉。老媽惡狠狠地瞪著我，伸手用力指著我，拿我當理由借題發揮。

啊啊，別開玩笑了……不要把我扯進去呀……

儘管學費方面不得不依賴他們，但自從上了高中後，我幾乎沒印象有受過爸媽什麼好好的照顧。

飯也不煮，家裡也不打掃，說起來她根本就都不在家，現在卻……

「你是男人，又有工作，或許很容易重新開始，但我不就是已經走投無路了嗎！我可是為了你才拋棄之前的家庭耶！」

「……妳要把這個責任推到我身上，我無法接受。」

相對於激動怒吼的媽媽，爸爸的態度則是淡然到令人憎恨。他身上還穿著西裝，一副剛下班回來的模樣。

老爸看著老媽的眼神裡只有冷漠，看來他已經放棄她了。

事情走到這個地步，就已經太遲了……這兩個人不可能再以夫婦身分相愛了吧。

我在這場煉獄如火如荼進行之中，突然想起明天還有作業要交，便回到房間。

只是，即使隔著牆壁，也擋不住那兩人間的沉重氣氛，我還是在意得不得了。我告訴自己別管太多，趕快專心念書，但等我回過神來，卻發現自己一直拿筆叩叩叩地敲著桌子。

框啷！

「……什麼？」

突然傳來有什麼東西破裂的聲音，我忍不住嘆息。

走向客廳，發現有個碎裂的玻璃杯躺在桌旁，玻璃碎片則飛散地到處都是。

從眼前狀況來看，似乎是老爸終於受不了了，拿起玻璃杯摔到地板上。他剛剛只是任憑老媽崩潰抱怨，現在終於超過忍耐極限了。

「……我說你，明明就是你不好，還反過來對我發火！」

「吵死了！妳有資格講別人嗎？每天都用別人辛苦賺的錢四處玩耍，從來也沒有好好做家事……！少裝作一副被害者的樣子！」

老媽聽到這些話後整個抓狂，衝過去狠狠揪住老爸。老爸則用力揮開她，打算直接走出家門。

「你說呀！你要去哪裡！給我等一下！」

她緊緊抓住頭也不回的老爸，使盡吃奶力氣往回拉，不肯讓他走。

吵架已經嚴重到開始動手了，我還是得出面喊停。

「喂，不要吵了啦。你們也差不多一點，會吵到鄰居。」

我抓住互相扯住對方頭髮和胸前的爸媽，打算將他們拉開。

但是老媽用非常猙獰的表情瞪向我，用力推了我的胸口一把，我失去平衡，一腳踩上滿布玻璃碎片的區域。

「……」

痛。超痛。

我的腳底一片血肉模糊，傷口頗深，鮮血汩汩流出將地板染紅。

不會吧。我完全沒想到在淺草寺抽到的「大凶」，居然會以這種方式實現……我腦中居然還有餘裕想這種事情，看來自己還相當冷靜。

但是爸媽看到我的腳流血，兩人頓時當場愣在，都說不出話來。

特別是老媽臉色發青，情緒不安定地開始顫抖，大哭起來。

「為……為什麼老是這樣……好像所有一切都是我的錯一樣。」
「我又沒有覺得是妳的錯，是我自己不小心……」
「你就是這樣！我就是討厭你這樣！為什麼……嗚……總是這種高高在上的態度……好像你已經看破紅塵，超脫一切的口吻……馨……嗚……」
「……」
什麼呀，那我到底該說什麼才好。
我眼神漠然地直直盯著老媽看，她似乎也不喜歡我的這個態度。在某種層面上，她害怕我。簡直就像是我上輩子的母親，也是這樣用宛如看著異形的表情望著我……
「……呼。」
我大大吐了口氣，單腳跳到沙發上坐下。
爸爸立刻拿了毛巾過來。
「喂，我們現在去醫院。」
「現在半夜耶。」
「這樣下去傷口會發炎吧，急診室應該有開。」
「那我搭計程車去，反正你和老媽現在都要離開家裡吧。」
「至少這種時候……你就依賴我們吧。」
老爸瞇細雙眼，露出複雜的神情，像是焦躁，又像惱怒，但又透著幾分歉意。

對這個人來說，我大概不算個可愛的兒子吧？

他常常用透著疏離的眼神，望向個性不討喜的我。

也是啦，畢竟我是個曖昧的存在。他可能也猜想過，我搞不好是前夫的小孩。

雙親的長相都不特別出色，卻生下一個美形的兒子……啊痛痛痛痛。

腳底突然傳來劇烈疼痛，絕對還有碎玻璃刺在裡面。

「……唔……」

但好久沒看見自己的大量鮮血，不知怎地心中也有種莫名的安心感。

上輩子我經歷了無數激烈戰役，施展自己的力量賣命拚搏。

奮戰不懈，受了更重的傷，流了更多的血。

在這種和平盛世中，平常沒有什麼機會看見自己的鮮血。

「馨，走囉。」

在一片混亂的深夜中，爸爸開車載我去醫院。

穿著白衣、身材圓滾滾的中年醫生仔細檢查我的腳底，將刺在肉裡的玻璃碎片取出。值晚班的年輕護士，用繃帶幫我仔細包紮。

我似乎暫時都得靠單腳走路了。

真的還假的呀。才剛剛決定要去參加百鬼夜行耶，情況實在不太樂觀……

我又不是骨折，卻還是借了拐杖，再搭老爸的車回家。

「鬼的兒子，鬼的兒子！你才不是我的小孩！」

○

在貧窮村落的某個女人的子宮內，寄宿了十六個月才出生的孩子。

那就是千年前的我。

當時的母親一看到剛出生的嬰兒，就對於已經長齊的頭髮和牙齒感到畏懼，驚愕地如此大喊。而那個小孩還用超乎尋常的速度成長，到了能夠稱為幼兒的年紀時，已經擁有不輸大人的智力和體力。

村裡的人對我異常的聰明才智感到不可思議，都在暗地竊竊私語：「該不會是妖怪的小孩吧？」

十二歲時，我長成一個能夠迷倒所有女性的美男子，但我根本無從理解這種思慕之情，不停拒絕前來接近的女子們，將情書當作冬季爐火的柴薪燒掉。不曉得是不是因為這樣，那些女子們都因為飽受相思之苦而過世了。

這故事聽起來像胡謅，卻是千真萬確的事實。那真的是無法解釋的現象。

但因為這件事，眾人開始當面痛罵我是「鬼的孩子」，採用各種手段來凌虐我。

媽媽原本就不太將我放在心上，光是疼愛其他兄弟。

在村裡開始出現「他們該不會是和妖怪做了交易吧？」這種流言蜚語時，她深感受傷，為了反駁謠言，對我更加抗拒。

你不是我的小孩，為什麼會從我的身體出生呢？她每天晚上都如此哀嘆。

我明明是她自己生的孩子，她卻無法相信這件事。她身心俱疲，精神上出了問題。

爸爸似乎也無法認同我是他的孩子，將我帶到遙遠的寺廟，朝我說了好多次抱歉後，就這樣把我留在寺廟裡。

簡單地說，我被遺棄了。

沒有任何一對父母能夠真心愛著長得和自己一點也不相像，還老是招致災難的孩子。

這是沒辦法的事……一切都是我不好，我的存在本身就是一種罪惡。

我就在寺廟中認真修行。我心想，只要勤勉學習，捨棄俗世，就能忘懷無法被雙親所愛的空虛和憂傷吧？

但或許是因緣際會，或許是命中注定，我在滿十五歲、鮮紅月亮高掛的夜晚，變成了真正的鬼。

結果連寺廟也將我趕了出去，沒有任何地方願意收留我。我只好四處流浪，最後輾轉來到京都。

魑魅魍魎蠢蠢欲動，遭到詛咒的平安京。

如果是這裡，或許有人能夠接受我的存在吧？

或許能有我的容身之處吧……？

我懷抱著如此虛幻的希望。

這就是現在的我所記得的，後來的大妖怪「酒吞童子」的誕生。

○

「……噫！」

早上，喚醒我的是腳底劇烈的疼痛。

不，反倒是因此才會作惡夢的吧？

「不對，肯定都是真紀害的啦，都是那傢伙提到上輩子的夢……」

不管怎樣，現在我只想先吃一顆止痛藥。我咕噥著起身，單腳跳到廚房吃藥。

看了一眼玄關，沒有老爸的鞋子，他應該去上班了。

也沒有老媽的鞋子。不過昨天晚上我們從醫院回來時，她人就已經不在了……恐怕還要兩三天才會回來吧。

也罷。

爸媽不在，我就不需要有所顧慮，反而比較輕鬆，也不用受到無妄之災。

我靠單腳跳著移動，烤吐司吃，收拾書包，然後就急忙出門。我還得去接真紀咧。

我拄著拐杖走在路上，路人紛紛向我行注目禮。

傷患這麼顯眼呀？我試著將受傷的左腳輕輕放在地上。

「……唔……好痛……啊啊，這實在是沒辦法。」

我昨天晚上有用靈力治療腳底的傷口，但離完全康復還差得很遠。

這種事還是由理擅長多了，不然就得去那個討厭的水蛇的藥局買藥……

話說回來，今天才五月中旬，炎熱程度卻已經像七月上旬了。

汗水從臉頰滑下，令人容易疲倦。

人類真的是一種很弱小的生物，受這種程度的輕傷就會感到劇烈疼痛，光是要移動就必須費盡功夫，還馬上就累了。

當我還是酒吞童子時，才不會因為這點小傷就洩氣，畢竟身體更加強壯許多。妖怪，就是這樣的存在。

「要到真紀家，看來可能得花上許多時間……我先來叫那傢伙起床好了。」

我打算打電話叫醒她，走過言問橋後，就在隅田川旁邊公園裡的長椅坐了下來。

突然，河邊景色躍入眼底。

公園裡能看到帶狗出來散步的大叔，正在慢跑的老爺爺，還有上班前牽著幼稚園小朋友的爸爸。

「……」

我小時候好像也是那樣。印象中每天早上老爸上班時，會順便帶我去幼稚園，包包裡還裝著老媽親手做的便當……

那時老媽和老爸的關係還很正常。因為我、真紀和由理都讀同一所幼稚園，他們和真紀跟由理的爸媽互相還有交流。

我們會聚在公園裡，媽媽們談天說地，我們則偷偷開發一些打發時間的遊戲。絕不能輸的躲避球、絕不能輸的捉迷藏、反過來捉弄以欺負小學生為樂的國中生等。我想那是因為我們必須裝出小朋友的舉止，內心的無可奈何和羞恥感造成了這般反動。

爸媽們肯定認為我們只是單純在玩。

的確，真紀和由理都很擅長展現小朋友的言行舉止。

只有我不同，非常不擅於裝作天真無邪的模樣，和那些幼稚園小朋友一起跳舞、用充滿稚氣的用詞打招呼……

上輩子的記憶時不時就會干擾我。我從小就顯得十分穩重，幾乎不會依賴爸媽或是撒嬌。就連我自己來看，都覺得真是個不可愛的小孩。

即使他們問我想吃什麼，我也總是回「隨便」。問我想要什麼，我也老說「沒有耶」。我就是這種混帳小鬼……

無論任何事，總是獲得超乎雙親期待以上的好成績。

漸漸地，沒什麼地方需要爸媽叮嚀，也不需要他們提點。即使他們稱讚我「真厲害耶」，我也只是回「還好吧」。

講好聽點，是個不用大人操心的孩子，但從爸媽的角度來看，我應該不太讓他們有「這是我的小孩，他需要我」的感覺吧？

隨著他們夫妻關係惡化，兩人對我的關懷就越加淡薄。因為他們都在這個家以外的地方，找到新的慰藉了。

反正馨會照顧好自己，不管爸媽在不在，都沒有問題，都沒有差別。

他們開始這樣想，後來就連學校成績、社團活動、還有當天發生了什麼事這些問題，也都不再關切。

即使後來我擅自開始打工，他們也沒有多說什麼。

最後，三個人之間已經幾乎沒有像家人般的對話，每個人都已經朝向不同的方向，漸行漸遠了。

如果是一般的高中男生，生活在這種環境，即使走入歧途也不足為奇。

不過我身旁一直都有真紀和由理在。因為擁有比爸媽更了解我的人，所以不會感到孤單，也沒有覺得這種環境非常痛苦。也有可能，我只是放棄了。

「……家人這種東西，實在是太虛幻了。」

不過，這簡直就像上輩子家人關係的翻版，偶爾我會覺得厭倦。

即使轉世為人類，也沒有好結局。或許不管怎麼說，根本原因還是出在我身上吧……？

如果我是個能更討雙親喜愛的兒子，或許現在我們家就不是這副樣貌了。

「……」

我單手拿著智慧型手機，愣愣望著閃閃發光的河面水流。

就在這時，視野突然一片黑。

「哇，怎麼回事？」

我驚訝地回頭，看見那頭在朝陽照射下，鮮紅豔麗的長髮。

「……真紀？」

是真紀。她穿著毛衣，一臉若無其事地站著。

「你的背影為什麼這麼好認呀？是因為哀愁嗎？因為那團黑漆漆的不幸氛圍嗎？我都要不忍心看了。」

「……我還沒有打電話叫妳起床吧？」

「叫我起床？我想說偶爾換我去接你好了。別看我這樣，我最近還滿早起的……主要是因為月鶇一直叫啦。」

她不曉得為何露出洋洋得意的表情……在那之後，卻又突然打了個愚蠢的大呵欠。

「話說回來，馨，你幹嘛在這種地方休息？」

「妳呀，不要只看我的臉，看一下這隻腳啦。」

我伸手指向受傷的左腳，真紀見狀立刻嚇了一大跳。

「咦……怎麼了……？難道是骨折？」

「不是，我踩到玻璃。」

「咦？什麼時候？昨天我們明明還一起吃了貧窮晚餐，一起看影集，然後你活蹦亂跳地回家不是嗎？」

「在那之後啦……家裡有點爭執。」

真紀一聽到我的回答，就大致猜到我受傷的原因了。

她露出相當悲傷的神情。

「你呀……真的是從以前開始就運氣不好耶。雖然淺草寺的籤有預言過，但沒想到居然這麼快就實現了。」

「果然還是不能小看大凶呀。」

「痛嗎？會痛嗎？」

「嗯，腳底傷口還滿深的。」

真紀一聽到這句話，臉色「唰」地發白，突然慌慌張張地跑到旁邊販賣機，買了一瓶我喜歡的可樂回來。

「請你。喝可樂恢復精神吧！」

「……妳不是說餐費要見底了嗎？」

「現在誰還管餐費！你喜歡可樂吧？」

很冰喔，很好喝喔。真紀起勁地慫恿我。

真是的，我親眼看著她在那裡投錢買的，當然很清楚是又冰又好喝……

別看真紀平常那副德行，她其實超級愛操心的。只要我或由理身體狀況稍微不對勁，她平日那副唯我獨尊的態度就會立刻消失，轉變為過度保護，想要拚命照顧人。明明平常老是宣揚胖虎名言，接受別人的照顧，讓別人請她吃東西。

我接過可樂，拉開拉環，聽到碳酸氣泡直衝上來的聲音後，才一口氣喝了半瓶。

可樂滑過喉嚨時我才發現，光是走到這裡，其實我已經相當口渴了。

暢飲具有刺激性的碳酸飲料時，喉嚨會暫時麻痺的感覺相當舒暢。

「妳買東西給我，這倒是很稀奇耶。」

「……因為你受傷啦。」

真紀皺起眉頭，垂下視線。太陰沉了，這表情對她來說實在太陰沉了。

「妳作業寫完了沒？」

「啊？怎麼突然講這個？」

「今天有數學小考喔。」

「……咿喔……咿喔……」

「妳朝向遠方吹那聲音乾巴巴的口哨也沒用喔。」

「拜託，現在作業和小考這種事根本不重要吧，你受傷了就至少跟我聯絡一下呀。只要你說一聲，我就會去你家接你的。」

「又沒有這麼嚴重。」

「受不了，你真的是很愛裝酷耶，明明就很怕寂寞！」

她越講越生氣，一把搶走我的可樂，大口喝乾，然後拿去販賣機旁邊的垃圾桶丟掉。

「話說回來，今天好熱喔，現在真的是五月嗎？」

真紀回到我身旁，將紅色長捲髮撥到單邊肩膀上，用手對著臉搧個不停。

她的脖子上淌下一絲汗水。

「……」

「欸，再不去學校，我們就要遲到了吧？」

「……啊，啊啊，對耶。」

我正打算站起身時，真紀立刻穩穩撐住我。她用那少見的天生怪力輕輕鬆鬆就將我拉起來站好，我們開始慢慢朝向車站走去。

「你要用那隻腳走到學校，會很辛苦耶。」

「其實還好。」

「又在逞強了。你爸媽有擔心你受傷的事嗎？」

「誰曉得，早上醒來時，他們兩個都不在了。」

「……這樣呀。」

真紀很清楚我爸媽的事。

無論是我和爸媽逐漸崩壞的關係，或是扭曲的家庭狀況。

不過情況發展至此，應該已經無力回天了吧……

「馨，不要緊喔。」

「啊？」

「你要是累了，我就背你去學校。」

真紀突然說出非常可靠的發言。

不，只要擁有真紀的巨大蠻力，這想必是件輕而易舉的事。但真要發生這種狀況，當天的校內報肯定會盛大報導，我會羞恥到沒臉見人。

但真紀只是不停地重複說：「不要緊。」

「我可是你的『妻子』，夫妻就應該要互相扶持喔。」

「我們又還不是夫妻……」

「不要緊！你想去哪裡，天涯海角我都會帶你去。」

「……」

我不禁看她看得出神……

一句話都講不出來。這是因為宛如大朵花兒綻放般，真紀燦爛的笑臉，和好久好久以前絲毫沒有改變。

那是在轉瞬間，與記憶重疊又消失的，千年以前的「妻子」的笑臉。

『……無論妳想去哪裡，天涯海角我都會帶妳去。』

過去，曾有一個鬼說了這句話，朝遭受拘禁的公主伸出手，將她從牢裡救出來，據為己有。

現在，同樣一句話，輪到妳對我說了嗎？

平常總是嫌她吵鬧，反駁著我們還沒結婚吧，極力忽視那些她自許為「妻子」的發言，然而，這一刻那些話卻成為我的救贖。如果真讓真紀扛我去學校，那畫面當然是慘不忍睹，但是她的愛總是直接傳達給我知道。

她真摯的情感，和難以忘懷的悲傷前世及我家沉重的陰霾一相對比，更顯得其炫目、美麗、可人，就連我也不禁深受打動。

沒錯。對我來說，現在重要的東西就只有這份愛。

而這是如此真實地存在於此處。

第八章 百鬼夜行（上）

六月上旬某個假日早晨。我來爸媽墳前掃墓。

打掃完墓地並擺上新鮮花束後，我在墓前蹲下，合掌說道：

「那個呀，馨踩到玻璃受了重傷，雖然我們的靈力很強，傷口復原比一般人快，而且還有由理幫忙治療，所以已經幾乎痊癒了。但為了避免讓醫生覺得復原速度快得太不尋常，還特別減緩癒合速度，不要那麼早完全康復。這真的是很奇怪對吧～？」

我忍不住一股腦報告最近發生的事情，這是每個月一次的例行公事。

爸媽在我國中二年級時，因為某起意外過世。

媽媽是幹練的職業婦女，但個性有些大而化之，是位爽朗的女性。爸爸則相反，性格沉靜居家，是位非常疼愛小孩的男性，印象中小時候他常常帶我去淺草花屋敷遊樂園玩。

爸媽都有工作，我是個鑰匙兒童，不過馨和由理總是陪著我，我從來就不曾感到寂寞。晚餐經常是家人聚在一塊兒吃，最重要的是，每次全家齊聚一堂時，我們總是有說不完的話，是和樂又熱鬧的一家子。

的確，或許我看起來就很難稱得上是個普通的孩子。

我也從不曾在雙親在世時，向他們提及上輩子或妖怪的事、甚至是關於我自己的事……

即使如此，他們仍舊深信我是他們可愛的孩子，沒有絲毫懷疑。

為了不要讓食量特大的我餓到，媽媽總是會預先做好大量的巨型飯糰擺在廚房餐桌上。隨著時間經過，變得溼潤而黏附在白飯上的海苔還有絕妙鹽味讓人胃口大開。有柴魚片和醃梅子的飯糰是我最喜歡的點心。

小學放學後一回到家，我總是三兩下就把點心掃得清潔溜溜。即使到現在，我偶爾還是會想念那個滋味想得不得了。

「我以前吃了這麼多媽媽捏的飯糰，居然還能維持這麼苗條的身材，我的體質實在是令太多女生嫉妒了吧……」

我隨意說完這段無關緊要的小事，接著就站起身準備離去。

「爸、媽，拜拜，我下次再來喔。」

我朝著沒有任何人在的墓碑揮揮手。這也是每次都要做的例行公事。

飄盪在此地的線香氣味讓人心情平靜，也令人感到懷念，甚至有種悲傷的感覺。

「哇啊！」

靈園入口的高聳樹木上，突然有一隻漆黑的烏鴉振翅高飛，嚇得我彈了起來。那隻烏鴉悠然朝天空翩翩飛去。

「烏鴉……這麼說起來，我記得千年前的茨姫，有個家僕是一隻擁有金色雙眸的烏鴉吧。」

勾起懷舊思緒的香氣，和剛剛烏鴉從眼前飛過的畫面，令我突然憶起千年前的家僕……

過去，茨木童子擁有稱為四家僕的四個追隨者。其中有像阿水這樣能夠再度相會的家僕，也有些夥伴至今還無緣聚首。

烏鴉那個孩子，現在不知道過得好不好？

『就算見不到我，聽不到我的聲音，甚至，我離開了這個世界……你們也別詛咒這份命運，絕對不能糟蹋自己的生命，要為了你們自己，堅強地活下去……』

茨姬對著有如家人或親生孩子般重要的家僕們，留下這幾句話。

因為他們是打從心底重視我，但如果只把我當作人生的準則，這實在太危險了。

妖怪很長壽，如果是大妖怪，甚至有可能存活到今天。但是……這個世界實在太大了，沒辦法這麼輕易就遇見彼此吧。

我在這裡，在淺草喔。

「我和馨和由理能這麼簡單地就聚在一塊兒，簡直是奇蹟呢。」

正因如此，能和上輩子的老公跟好朋友在幼時重逢，一起度過了這麼多年的歲月，這一點我至今仍舊感到不可思議。

或許我們身上，有什麼特別深刻的緣分牽絆著呢。

「不要！」

在淺草地下街「居酒屋一乃」的休息室內，由理發出了不同於平常的聲音。

「絕對不要！我絕不穿女裝！」

因為今晚的百鬼夜行一乃小姐臨時無法參加，所以組長要求臉蛋標緻如女孩兒的由理扮成女生。

「繼見，這也沒辦法呀，有沒有帶個美女同行，那些妖怪對我們的興趣可是天差地遠。這可是我有次全帶些臭男人去和我後來帶一乃去時，從那些傢伙的反應得出的結論。」

「就算你這樣說！要帶美女的話，不是還有真紀嗎！」

由理激動地指著我。

哎呀，討厭啦，原來由理心中認為我是「美女」耶……

「啊……只有茨木我會有點擔心……不，該說是相當擔心吧。」

「嗯？組長，這是什麼意思？」

「拜託你！繼見！我真的會很擔心！」

大和組長雙膝跪地懇求他，旁邊工會裡的太陽眼鏡男們也紛紛仿傚組長跪了下來。他們都做到這個地步，由理再也說不出一句抱怨的話，清秀臉蛋唰地發青。

「這樣也不錯呀，由理。你穿女裝也很好看啦。」

「這種話我聽了也不高興，馨，你根本就在看好戲吧？」

「我也想看由理的女裝！一定超可愛的！」

「真紀，拜託妳不要露出那種充滿期待的天真表情……」

由理一臉楚楚可憐的模樣，因此我飛撲過去將他壓倒在沙發上，動手脫去他身上像是高級名牌的白襯衫。

「啊啊啊啊啊，真紀！妳在對我幹麻！」

「由理，你怎麼這麼扭捏呀。你可是江戶之子，堂堂日本男子漢，穿女裝這種小事，就乾脆一點啦！」

「就因為我是堂堂日本男子漢才不想穿呀！」

「哎呀，討厭，你的皮膚好滑嫩喔～」

「誰、誰來救我～～」

馨和組長待在稍遠處靜觀情況，合掌致意。

由理揮舞手腳拚命掙扎，但沒過多久就放棄，含淚將主導權交給我……

最後，他還是成了女子模樣。

「哇啊，好可愛！好像真正的女生！」

「嗚嗚……」

「由理，你不能哭啦，妝會花掉喔。」

白底印著淺綠色櫻花圖案的和服清純雅致，非常適合由理的氣質。

淺草地下街妖怪工會以綠色櫻花的花紋為標誌。雖然綠色櫻花相當少見，但組長他們在這種正式場合穿的和服上也都繪有這個花紋。

我們選了一頂接近由理原本髮色的長直假髮讓他戴上，再略施脂粉幫他上點妝，他看起來完全就是個真正的女生。

不，根本就比路上那些女孩子更加美麗動人。這不只是因為他臉蛋像女孩，而且他原本就姿態端正，散發一股高雅柔順的氣質。

雖然以女生來說身高有一點太高，但因為組長和馨更高，所以不會顯得突兀。至於胸部，穿著和服輕易就能蒙混過去，多塞幾條毛巾進去就好了。

「這實在……我原本就認為絕對行得通，但沒想到居然會漂亮到這種程度。」

身穿和服的組長和馨站在稍遠處，不懷好意地盯著由理直笑。

「繼見，你當男生實在太可惜了。」

「乾脆來當組長的愛人好了。」

「喂，你不要亂開玩笑，我又不是展示品！」

由理氣憤地抗議，但因為他現在是楚楚可憐的女子裝扮，生起氣來更是顯得嬌嗔可愛。

「算了啦，你打扮成這樣時，我們就叫你由理妹妹好了。」

「……由理妹妹……」

他們說著就將手搭在由理肩頭。由理垂頭喪氣地蹲在房間角落，開始種一些看起來極為詭異的菇類。

「哈囉，各位男生，我也是楚楚動人的和服打扮，你們沒有什麼話要說的嗎？」

我則和由理剛好相反，身穿綠色櫻花在黑底上綻放的和服。頭髮也細心盤好。雖然這身打扮稍嫌樸素，與我平日形象不太相符，但因為這是淺草地下街妖怪工會的象徵，所以也只能接受。

「妳超有極道之妻的氛圍。」

「感覺很強。」

然而，男性們的反應就只有這樣，也沒有像盛讚由理時那麼興奮，只是講了句「很適合妳」就敷衍過去。讓我感到自己的女性魅力居然比不上由理，內心有點不甘心……

「好了，既然大家都準備好了，我有件事要先告訴你們。」

組長沉沉地坐進沙發，換上嚴肅的神情。

「這次的百鬼夜行……搞不好會發生和鎌倉妖怪有關的紛爭。」

「和鎌倉妖怪有關的紛爭？」

「有消息進來，聽說鎌倉妖怪魔淵組的頭目，那個叫作魔淵的妖怪逃過陰陽局的追殺，現在躲到東京來了。聽說他在和陰陽局的退魔師打鬥時傷了一隻眼，目前在手下的保護下暫時潛伏休養中。」

「欸，那個叫作魔淵的，究竟是什麼妖怪呀？」

「茨木，妳問到重點了。完全沒有這方面的情報。據說他在鎌倉宮旁邊的河流中造了一個『狹間』，過去從來不離開那裡，只讓親信見到自己的模樣。之前那些在淺草作亂的鎌倉妖怪們雖然都隸屬於魔淵組，但都異口同聲地說從來沒親眼見過頭目魔淵。話說回來，魔淵組在鎌倉算是新興的一派，原本那塊土地上，是人稱六地藏的地藏菩薩的力量更為強大……」

組長將目前所知的情報全盤說明過一遍後，就從沉默站在他身後的太陽眼鏡男矢加部先生手中接過茶杯，啜飲了一口紅茶。

「魔淵這個傢伙，對於將自己一派逼至崩毀絕境的陰陽局，還有他認為在背後煽動陰陽局行動的九良利組，想必十分憎恨吧。而且百鬼夜行時全國妖怪都會齊聚一堂，幾乎不可能阻止真面目尚未曝光的魔淵入侵現場。他也是極有可能會現身百鬼夜行會場，對九良利組發動攻擊。」

「……我們要去的是這麼危險的地方嗎？」

「沒事啦，天酒，這點狀況對你們來說根本就是小意思。而且我說過了吧？要是發生了什麼麻煩事，你們就趕快丟下我逃走……再說這可能也只是我杞人憂天，結果根本什麼事也沒發生。」

「……」

即使組長這麼說，現在我們既然聽了這些話，自然無法不在意。

那個叫作魔淵的鎌倉妖怪頭目，究竟是何方神聖呢？

他到底會不會在百鬼夜行現身呢？

今晚的百鬼夜行，將在淺草規模最大的狹間「裡凌雲閣」舉行。

凌雲閣是從明治、大正時期就已經存在於淺草，紅磚建造的十二層塔樓。

考量到時代背景，可說是一座相當高的建築物，通稱為「淺草十二階」。

這棟建築物在關東大地震時，八樓以上的部分倒塌損壞，因而遭到拆除，現在原地點則是蓋了一間柏青哥。

順帶一提，我住的淺草瓢街就在凌雲閣原址附近。

照理來說，這棟建築物已經不復存在，只留存在歷史的紀錄中。但其實在稱為「狹間」的空間裡，有個一模一樣的建築物矗立著。

「狹間」，在戶外教學時的事件中也是引發意外的原因，但這是要有相當程度力量的大妖怪或神明才能創造出的簡易結界空間。

換句話說，就是零星散布在現世和其他異世界之間，現在仍為許多妖怪所利用的一種妖怪專屬的便利空間。

順帶一提，只要是能夠創造出狹間的大妖怪或神明，無論大小，陰陽局都會將其定為Ｓ級以上。順便介紹一下這個冷知識。

「要參加百鬼夜行的妖怪，必須帶著全國指定的妖燈籠專賣店販售的燈籠，也就是需要化貓堂的燈籠。加上茨木的那個，我們總共有六個燈籠，可以讓六個人參加。你們三個、我、還有工會裡的兩個成員。」

這個燈籠非常難弄到手，但是因為我早就獲得一個了，所以工會才能共派出六名參加者。夥伴是越多越好，畢竟百鬼夜行可是妖怪們勾心鬥角的一場大會。

「啊，那邊有好幾個提著燈籠的妖怪。」

「大家都是來參加百鬼夜行的吧……」

入口並非位於凌雲閣原址的柏青哥店，而是它背後的小巷子。

在這條距熱門觀光景點只有些微距離的昏暗巷子裡，逐漸開始有手提燈籠的妖怪零星聚集。

「差不多該戴上面具了。百鬼夜行會有全國各地的妖怪參加，還是別以真面目示人比較好。」

我們按照組長的吩咐，紛紛戴上預先準備好的面具。

我戴的是眼睛處留下細長縫隙、塗滿白粉的鬼女能面。

馨則是戴典型的鬼神面具，由理的是猿面，組長臉上的則是據說由淺草地下街首領一直以來使用的眼尾下垂老翁面具。

「啊，變了。」

我們在小巷子中漫無目的地前進，妖燈籠表面浮現的文字不停晃動著，在某個瞬間突然顯示「狹間」，我們踏上了未知的領土。

視野中瀰漫著充滿妖氣的迷霧。

在一片寂靜中，只有微微透著光的燈籠四處往來。臉戴面具、不以真面目示人的妖怪們，從各個角落朝著同一個方向前進。

「……哇啊。」

視野突然清晰，眼前出現了一棟巨大的建築物。

紅磚搭建的高塔，正是「裡凌雲閣」。

「聽說當初發現這個狹間時，這裡是無人無妖的空間，至今仍舊不曉得究竟是什麼妖怪，因為什麼目的而建造的。」

因為擁有這個狹間的妖怪身分尚未明朗，結果現在是由從昭和時代就管轄淺草的灰島家來管理。

這是相當適合百鬼夜行的地點，不過除了借給這些活動使用以外，幾乎是個無用的空間。組長喃喃發著牢騷。

但是，照理說已經消失在歷史上的凌雲閣，居然仍舊以原貌存在著，這件事有些浪漫。要是現世的人類得知這點，肯定會嚇一大跳吧……

「感謝蒞臨，淺草地下街妖怪工會的各位。」

凌雲閣一樓的昏暗櫃檯前，有位臉戴寫著「九」的紙面具、身穿靛藍和服的女性領我們走到電梯。

據說在真正的凌雲閣中，也設有一台日本首座電動式電梯。眼前這個應該是模仿那台電梯製造的吧。雖然是古典日式裝潢的舊式電梯，但因為裡頭乘客淨是妖怪，畫面還滿協調的。

電梯停在七樓，我們來到了百鬼夜行的會場。

那裡有座圓形大廳，裡頭已經有大批妖怪在盡情吃喝，看起來是個需要站著用餐的派對。身穿和服的妖怪們，卻開著現代風格的派對，這畫面果然還是有些奇特，但這就是近年的百鬼夜行。

會場裡有戴面具隱藏真面目的妖怪，也有毫不介懷地露出臉龐，愉快談笑的妖怪。

似乎也有些人類受到邀請，畢竟和妖怪有關聯的人類也不在少數。

「九良利組這一派和陰陽局那群人也有一定程度的交流，因為這個背景，大江戶妖怪才會由九良利組統率著，而非像京妖怪一般，同時存在好幾個勢力極為龐大的派系，老是互相搶地盤鬧事。」

組長輕描淡寫地告訴我們現世的妖怪情況。

「九良利組實在是相當有處世手腕的一派妖怪耶~是說，這種事情都無所謂啦，那些料理看起來都好好吃……」

「妳就只對食物有興趣。」

「廢話，馨。我來這裡的理由就只有這個呀。」

組長無奈地搔搔頭說道：

「我去繞個一圈打打招呼，你們就先吃東西吧。」

或許是因為我表現出一副太想吃東西的模樣，他賜給我們短暫的自由。

我整個人像是被磁鐵吸過去一般，立刻走向擺滿料理的區域。

喔喔，簡直就像高級飯店的自助式吃到飽……

桌上陳列的料理多是日式風味，這似乎是妖怪喜歡的模式。用餐方式是將想吃的料理夾到小盤子上，再利用並排在會場中的桌子慢慢品嚐，是常見的形式。

「欸欸，你看，那隻烤蝦好大！」

「哦，味噌烤龍蝦。」

「啊，肉！是燒烤肉塊！」

「妳是原始人嗎？沒有其他話可以講了喔？」

我頻頻拉扯馨的袖子，一副沒見過世面的土包子模樣，對著那些難得見到的豪華料理大驚小怪，語彙表達能力只剩下幼稚園的程度……

因為真的就是好大的一個肉塊呀。那位野篦坊廚師現場將肉塊切成片狀，再分別盛到盤子上。

光是望見半熟的粉嫩肉片切面，我內心就熱血沸騰了！

「哦，這是淋上香柚醬的烤牛肉耶。今天妳就別客氣痛快大吃吧，這些可都是平常難得吃到的食物。」

「這還用你說。今天正是我的胃接受考驗的時刻啦。」

「別這樣啦～你們兩個思想很邪惡耶～」

「有錢公子哥給我閉嘴。」

由理妹妹可能早就對這種場面司空見慣，但我們可不是！

加上我和馨昨天的晚餐可是只有韭菜蛋花丼這種寒酸菜色，內心湧起一股得將這些平常吃不到的好料全都一掃而空的焦躁感。

「但是不能著急喔，我們還有很多時間，吃完一盤再去拿新的就可以……所以慢慢吃就好了……啊啊啊，對面有甜點區！」

「妳不是說要慢慢吃嗎？甜點是正餐之後的事。」

我差點要被甜點區吸過去時，馨揪住我的衣領，修正我的前進方向。

總之，我們先端著手上的料理在會場中走動，尋找空桌子，同時不動聲色地確認參與這場盛會的妖怪身分。有許多不曾在淺草見過的妖怪，當然也有許多熟面孔。

蕎麥麵店的豆狸父子似乎和同條商店街的夥伴一起來了，風太發現我們，朝著我們揮手，我也輕輕揮手致意。

「啊……」

右後方傳來熟悉的奇特笑聲，我回過頭一看。

在裡頭那桌，正一邊豪爽暢飲美酒一邊和朋友談笑，身穿華麗和服的青年，是我也相當熟稔的人。

「阿水，你也來囉？」

「咦？真紀？妳怎麼會在這？」

千夜漢方藥局的老闆，名叫水連的水蛇，通稱阿水。

他推了推單片眼鏡，一直盯著我看。

「你才是咧，這身打扮是怎麼回事？你身上這件和服我好像有看過喔。」

「啊，這個～？」

阿水拉起自己的和服袖子，在我眼前輕快地轉了一圈。

那是件鮮紅色牡丹圖案的小袿（註10）……原本應該是的。

我有印象。那是千年前的我送給成為家僕的阿水的禮物。

從原本的平安時代服飾變成了現代風格的外褂，肯定是在反覆修改的過程中調整了好幾次吧？

雖然不管怎麼看都像是女性服裝，但穿在阿水身上倒也不顯突兀，畢竟他平常就老穿著一些華麗的和服。

「真紀，妳記得嗎？這是以前茨姬送我的小袿。是說，我重新改了很多次啦。」

「原來你還有在穿喔？」

「當然呀。對我來說，這可是主人賞賜的重要寶物，就如同那份誓約的證明。」

阿水雖然醉得一塌糊塗，此刻臉上依然浮現了隱含憂傷的微笑，遙念千年前的主人。

「我一直很珍惜地收存著，修改了好幾次款式，平常用靈氣保持乾燥，有時還會噴灑一些除菌噴霧，在這種盛大場合中，會先用梅花焚香再穿上身……同時想著我最親愛的茨姬大人呢。」

「你這傢伙實在有夠噁心。」

「呵呵，馨，我說在前頭，這句話對我來說可是稱讚喔。」

阿水雙頰泛紅，伸出食指，不知為何一副洋洋得意的神情。馨露出嫌惡的表情。

原本在和阿水聊天的那些妖怪，似乎是他店裡的常客，此刻紛紛識相地說「我先走囉」就離開了。

我們移動到正好空下來的桌子，終於可以開始吃東西了。用餐時，我先將面具拉到頭側邊擺著。

「嗯嗯～這個烤牛肉好嫩好好吃。」

「真紀，這裡還有酒喔～九良利組相當大方，供應各式高級當地酒種，都是些好東西喔～」

阿水順著現場氣氛還拿了酒來，不過我們可是謹守分寸的高中生。

註10：小袿是日式服裝之一，平安時代後，是地位特別崇高的貴族女性所穿著的外褂。

「我們不喝酒也不抽菸喔，所以早打算要吃到肚子都鼓起來為止……」

比起酒，我對料理更有興趣，已經全心在大快朵頤。

「那馨呢？你以前不是很愛喝嗎？我們還有一起喝過酒不是？你就是因為愛喝酒出了名，才會叫作酒吞童子的呀。」

「喂，水蛇，我這輩子還不能喝酒，你少講這種會招人誤會的話啦。話說回來，你居然勸高中生喝酒，陰陽局的傢伙會來追殺你喔。」

「哇，馨現在居然是個乖乖牌高中生嗎？太可憐了～那只好我一個人全部喝光囉～」

「你這水蛇比平常更欠揍耶。喝這麼多，明天宿醉可不管你。」

「什麼呀，馨，你忘了我是誰嗎？百年難得一見的天才藥師，人稱水連大人的水蛇就是我。呵呵呵……像對宿醉有效的祕傳腸胃藥這種東西，我平常就有準備。」

阿水從懷中掏出藥包在我們眼前晃來晃去，似乎是自家藥局販售的祕傳腸胃藥。

這時，有一包啪地一聲掉在地上，我隨手拾起來端詳。

那是用紙包好的藥粉。

「喂，阿水，你喝太多了啦。」

「咦——？如果茨姬命令我不要喝，我就不喝喔～只是真紀，妳要摸摸我的頭喔～」

「喂，誰來把這個中年醉鬼踢下凌雲閣的陽台呀。變態，居然要高中女生摸自己的頭，這可以上社會新聞了。」

馨的眼神十分認真，他一把揪住阿水的衣領，正打算將他拖離此地。

「啊哈哈……水連，你都沒變耶。」

「和馨的關係也是老樣子……都不知道該說你們是感情好還是感情不好。」

就連由理也不禁苦笑。原本醉醺醺的阿水，現在才突然注意到扮成女生的由理，推了推單片眼鏡。

「嗯嗯？咦？你、你難道是由理？鵺大人？」

「咦……啊，對呀。」

由理回應的語調比平常還要低了兩個音左右。

「我剛剛就一直想，怎麼會有個漂亮文靜的姑娘……沒想到，沒想到居然就是由理！咦咦咦～你怎麼會穿女裝～？鵺大人，你果然很漂亮～」

「拜託你不要用那副很想竊笑的欠揍表情稱讚我……我拿酒瓶將你的頭敲成兩半喔……還是把你大卸三片做成蒲燒蛇肉好呢……？」

「什、什麼？你好像連個性都變了個人耶？外表這麼清純可人，講話反而變得更加毒辣喔？那副眼神簡直像個殺手一樣。」

由理外表雖然是楚楚可憐的女性打扮，但言行比平常身為普通男生時更加失控。

他原本只會面帶微笑不經意地說出刺人話語，現在有種受到解放的感覺。

阿水似乎嚇到了，原先的醉意也醒了一大半。

我輕輕拍了兩下殺氣騰騰的由理肩膀。

「由理，算了啦，你趕快吃點東西冷靜下來。我去幫你拿甜點？吃點甜的可以釋放壓力，也能平息焦躁喔。」

「嗚嗚嗚……我居然淪落到要讓真紀來安慰我……」

「這是這麼值得傷心的事情嗎？」

由理嘴上雖然說著失禮的發言，但或許是肚子餓了，動手開始吃東西。

我打算幫自己和由理拿一大堆甜點回來，腳步輕快地走向早就覬覦許久的甜點區。

「哦——！都是些看起來好高級的蛋糕和和菓子。」

視覺上滿滿都是精巧雅緻的各式甜點，我不禁陷入猶豫，該選哪個好呢……？

「哇！」

這時，背後突然有什麼東西撞了我一下，我差點就要跌進擺滿甜點的桌子。雖然身穿和服，但我粗魯地使勁向外踩出一步，才勉強撐住身體。

我回頭查看情況，發現有一個年輕人似乎是身體不舒服，重心不穩地搖搖晃晃著。

是位身穿西裝，戴著眼鏡，看似相當認真的青年……這個人，是人類。

年紀大概是二十五到三十之間吧，耳朵上掛著像是小型高科技通信機的裝置，但臉上連面具都沒戴，莫名像是走錯場合的傢伙。

「欸、欸你呀，沒事吧？」

「我喝了杯奇怪的酒……現在有夠想吐……」

「你的眼珠子轉來轉去的耶，會不會是喝到妖酒了……啊，說起來，我身上有剛剛阿水弄掉的胃腸藥。」

方才沒有機會還給他就先塞進腰帶裡，現在正好派上用場。

「你等一下喔。」

我去拿了一杯水來，單手穩穩扶住這位青年的腰，總之先把他帶到妖氣較弱的陽台上。

那裡剛好有個高度正好的椅子，我就讓他坐在上頭，將藥粉溶進水裡，再把玻璃杯遞給他。

「你慢慢把這杯水喝光，這可是淺草最厲害的藥師所調配的，對宿醉有效的祕傳腸胃藥，效果一定很好喔。」

「謝、謝謝妳。」

那位臉色發青的青年咕嚕咕嚕地灌水，接著哈～地大口吐氣。

然後他抬頭望向我，調正歪向一邊的眼鏡，眨了眨眼。

「難道……妳也是人類嗎？」

「咦？嗯，算是啦。嗯……你有聽過淺草地下街妖怪工會嗎？」

對方既然是人類，我就拿下面具。那位青年一看見我是個年輕女孩，更加大吃一驚。

「啊！妳、妳難道是灰島家的小姐？」

「……嗯……不是啦。」

不過那位青年興奮站起身，一把握住我的手上下不斷搖晃說：「我常常聽說淺草地下街的活躍事蹟喔——」

他剛剛的虛弱模樣簡直像是騙人，還是阿水的藥粉太有效了呢……？

「這是我的名片。」

青年從口袋掏出名片夾，以社會人士的得體做法朝我遞出名片。我看見那張名片，眼睛微微詫異地張大。

「……陰陽局？」

晴明桔梗印，正是陰陽局的標誌。上頭說明職稱的地方，也清楚寫著陰陽局幾個字。

「沒錯。我隸屬於陰陽局東京總部，名字叫作青桐拓海。」

我不動聲色地交互望向那位青年的臉和名片。乍看之下雖然像是普通人，但仔細端詳就能發現他擁有相當程度的靈力，只是現在刻意隱藏起來。

「陰陽局的人為什麼會來這裡？」

「……九良利組邀請我們來的。」

「難道是因為鎌倉妖怪的事情？」

「……」

我輕描淡寫地提及這件事，青桐的表情微微變了。

漂浮在虛假夜空中的幻象月光灑在陽台上，照亮我們兩人。帶著暖意的夜風吹動我的髮絲，填補了這段沉默。

「妳知道鎌倉那件事呀？」

「因為在淺草也發生了許多麻煩事，我有聽說陰陽局在鎌倉展開行動。」

「……嗯。」

青桐推了推眼鏡，正要再度開口說些什麼時。

「青桐，你還行吧——？」

以吊兒郎當的語氣出聲，來到陽台的是頂著誇張橘色頭髮，身上西裝略顯凌亂的男生，耳朵上掛著和青桐一樣的通信機。雖然分不太出是高中生還是大學生……但看起來年紀比青桐還輕。

而那副像是不良少年的跩樣，更是和舉止規矩的青桐恰恰相反。

但這個人身上透著一股更像是術者的靈力，專門對付妖怪用的帥氣長刀垂在腰際……他是陰陽局的退魔師嗎？

「啊啊，茜，不好意思，剛剛這位小姐有給我藥，現在已經好多了。」

「真受不了你耶，明明酒量很差還跟人家應酬陪喝才會搞成這樣。話說回來，我們現在可是在敵人的巢穴，你居然隨便吃別人給的藥……青桐，你實在是太天真了。」

「可是，這位小姐是人類，而且如果我們總是懷疑對方，也不會有人願意信任我們。陰陽局也必須主動朝妖怪靠近才行！」

「……受不了耶，你真的是有夠天真。」

橘髮青年嘖了一聲，目光銳利地低頭看向我，語氣惡劣地說：「妳幹麻瞪我，紅毛女。」

他那瞧不起人的態度令人難以忍受。我又沒瞪他，只是一直抬頭望著他而已。

而且那可是我的台詞……你這傢伙才是，那顆橘色頭毛是什麼呀！

「喂，茜，你態度很差耶。這位小姐可是剛剛救了我的恩人，那個……不好意思，這個男生叫作津場木茜，是陰陽局內被譽為年輕王牌的退魔師。」

……哦，是王牌呀。

「茜，這位是淺草地下街妖怪工會的……嗯……不好意思，我可以請教妳的大名嗎？」

青桐摸摸自己後腦，一臉抱歉地詢問我的名字。那個叫作茜的男生立刻接著吐嘈：「拜託，你連名字都還沒問喔。」

「我，是……」

嗯……未經組長許可就向陰陽局的人報上姓名，實在不太妥當吧？

我微微撇開視線，嘴裡含糊嘟噥，正煩惱該怎麼蒙混過去時……

「啊，真紀！她在這裡，大和在找妳喔！」

馨剛好發現我，走到陽台來，一把拉起我的手就要離開，我慌忙將面具重新戴上。

「啊……」

「嗯？」

馨是不是留意到陰陽局的那兩個人了？

但他只是和那兩人對上一眼，就又轉回面向前方了。

馨帶我去的地方是能夠居高臨下眺望整個圓形會場的高樓層，換句話說就是ＶＩＰ座位。

組長和由理都已經在那兒接受九良利組妖怪們的服務。

「魔淵組……」

「嗯，有些殘黨零星散布著，但沒有什麼不尋常的舉動……至於魔淵本人，我們連確認都還沒有辦法。」

身旁傳來這樣的對話，似乎是在針對鎌倉妖怪的事交換情報。

「啊，是滑瓢老伯伯。」

我注意到有位後腦勺相當長的妖怪老人，坐在豪華單人沙發上。

他的外表和之前遇見時相差甚遠，在這裡就是以妖怪原本的面貌示人，不過他的確是在蕎麥麵店吃鴨汁蕎麥麵的那個老伯伯。

「小姑娘，我們又碰面了呢。今天晚上的百鬼夜行，玩得還開心嗎？」

呵……老伯伯臉上浮現非常有妖怪風格的笑意。

他兩側分別站著九良利組的魁梧妖怪，他們從臉上寫著「九」的紙面具縫隙中，靜靜低頭望著我。

組長他們都拿下面具了，所以我也取下面具，露出原本的臉龐。

「謝謝你邀請我來參加百鬼夜行，當時你送我的香包，我每天都帶著喔。」

我大方地笑著打招呼，拿起掛在腰帶上的香包給他看。

「我叫作茨木真紀。當時沒有機會好好自我介紹，現在補上。」

「呵呵，那我也……嘿咻！」

老伯伯拄著拐杖緩緩站起身，原本笑得瞇起來的眼睛驀地張開。那瞬間迸發出的妖氣強度，完全符合他身為大人物的氣勢，不過我的臉色並沒有特別變化。

「我是大江戶妖怪『九良利組』的長老，名叫九良利信玄。就如妳所見，無論怎麼看就是個滑瓢老頭子，呵呵。」

「是呢。無論怎麼看都是個出眾的滑瓢老伯伯呢。是因為後腦勺相當長呢……？還是因為相當滑溜無法掌握呢？還是因為看不透你在想什麼呢？」

「喂、喂，茨木。」

聽到我無禮的發言，組長慌張地拉住我的肩膀，但老伯伯發出「呵呵呵」的愉快笑聲，心情似乎相當好。

「小姑娘，妳以前不是幫過我？我對妳的力量十分著迷，在進墳墓之前，我想要再親眼看一次小姑娘的力量。」

對這句話起反應的是，原本安靜站在後面的馨和由理，他們露出些微的戒備。

「說什麼進墳墓……老伯伯，你看起來至少可以再輕鬆活個五百年喔。」

「呵呵，妳真會說話……善哉善哉。」

到底是什麼東西善哉呢？老爺爺現在又坐回沙發，意味深長地點了好幾次頭。

「像小姑娘妳這樣擁有強大靈力的人類女子十分難得。原本人類當中就是男性天生比較容易具備強大靈力……不過現在又更難生出擁有強大靈力的女生了。妖怪界也是如此。我還曾聽聞有人類術師家族也因為現代缺乏具備靈力的女孩，找不到合適的媳婦而逐漸家道中落……」

找不到合適的媳婦嗎？確實有聽過傳聞，由於這個緣故，妖怪界越來越難生出大妖怪。目前留存在紀錄中的Ｓ級大妖怪，幾乎都是平安時代、鎌倉時代或江戶時代的妖怪。

此外，術師家族也有這種傾向。現代風氣驅使人們多半是自由戀愛結婚，造成擁有強大靈力的優秀術師越來越少……

是說，這是跟我們這些「一般人」毫無關係的話題。

信玄老伯伯一邊感嘆世道艱苦，一邊舉起單手問：「雪久在嗎？」

「爺爺，找我有事？」

聽到呼喚而走出來的是一位繃著臉、年紀看起來和我們差不多的刺蝟頭男生，他的氣質和身上的正式和服顯得不太搭調。

他應該是滑瓢吧，只是現在化身為人類模樣。對於百鬼夜行這種場合感到麻煩這一點，非常像現代妖怪子弟會有的反應。

「這小子是我不肖子的不肖子，也就是我孫子。他的宿命是擔負大江戶妖怪的將來，怎麼樣？小姑娘，要不要跟這小子比劃一下？」

「比劃？在這裡？」

「沒錯，這場百鬼夜行也有部分目的是要介紹雪久讓大家認識，要是能和漂亮女孩比劃一場，也能吸引賓客注目吧。」

原來如此，他是打算讓我在這齣大戲中扮演招攬觀眾的角色呀。

但大和組長從話中察覺不對勁，擔心我的安危便開口回應：

「不好意思，我不能讓茨木做這麼危險……」

他正打算回絕時，滑瓢的大長老猛然將視線撇向他，堵住了組長的嘴。

我望了組長一眼，表示「沒關係」。現在就先順著話題發展，見機行事。

「而且，小姑娘妳自己說過喔，叫我有事情想拜託妳時不用客氣，妳願意付出等值於這個香包的勞力。」

信玄老伯伯從妖怪隨從手中接過一把套著鞘的刀，舉到我面前，又露齒一笑……瞇細了雙眼。

「……確實，正如你所說呢。」

果然像是長年擔任大江戶妖怪總元帥的滑瓢。

雖然這只是一場非官方的娛樂活動，但既然之前已經有過約定，現在也無法輕易拒絕。

對於妖怪來說，約定擁有非常深重的含意。特別是自己曾經說過的話。

但是……他真正的目的究竟為何？

我接過刀，凝視它的同時也暗忖著。

「這場比試，要是我贏了，能獲得什麼呢？」

聽到這句話，在場的九良利組妖怪們全都噗嗤笑出聲，就連那位孫子雪久也是。

哦——原來如此，他們似乎從未曾想過我有勝利的可能。

不過只有這位滑瓢老伯伯睜開單眼，直直望著我，絲毫沒有看笑話的神情。

「小姑娘，到時候，妳要什麼都可以喔。」

「那麼，要是我輸了呢？」

「呵呵，那個時候，就這樣吧……我希望妳能和我孫子交個朋友。」

「啊？」

「然後，將來能做我的孫媳婦就更好了。」

「……啊。」

啊啊~原來如此，他打的是這個主意呀。明白他的盤算後，我輕輕仰頭嘆了口氣。

馨、由理和組長他們也對這個回答感到驚慌，紛紛低聲叨念著「真的打消這個念頭比較好啦」或「因為什麼都不懂才會計劃這麼恐怖的事……」。這些傢伙老是這麼沒禮貌。

不過，在這個層面上，我的確是絕佳的誘餌吧。

自古以來，大眾就認為妖怪若能迎娶人類女子為妻，便能提升其地位。

如果他想要的是擁有強大靈力的「人類女子」，那就更……

「爺爺，雖然你這樣說。」在我發表任何意見前，那個叫作雪久的男生就一臉沒趣地舉起單手說：「但我超討厭這種看起來就粗魯無禮的女生耶。」

「什麼？」

「話說回來，你不要擅自決定我的結婚對象。我還只是大學生，實在是對這個沒興趣。結婚是自由的墳墓，根本得不償失好嗎？」

「……」

「我可勉強算是寬鬆世代喔。」

……喂、喂，雖然可以吐嘈的地方實在太多了，但妖怪界不同世代間的代溝似乎比人類還嚴重。而且這位孫子好像對我不太滿意，信玄老伯伯也「嗯……」地沉吟著，有些困擾的模樣……

但是，為什麼我得讓人擅自當成媳婦候補，然後又遭人嫌棄咧？

「而且，真要說的話，我還比較喜歡那一個。」

雪久指向沉默站在稍後方的由理……

不，是打扮成女生的由理妹妹。

「……」

那個……那位可是裝扮成女生的男子漢喔？不，嗯，我明白的。

由理似乎非常懊惱，發出「嗚」地一聲，眼眶含淚地顫抖著，接著就躲到組長後頭。這副模樣也十分女孩子氣，極為惹人憐愛。

組長也擺出保護由理的架式，讓雪久忍不住說：「去，那邊兩個已經是一對了喔……」這真是不得了的誤會。請你節哀順變！

「哈，無論哪個時代，妖怪真的都是一個樣呢……」

在這種情況下，只有馨顯得十分鎮定，毫無顧忌地走到我的身前。

滑瓢老伯伯以漆黑的眼眸望著我。

「講了這麼多拐彎抹角的話，老伯伯呀，到頭來你不過是為了自己孫子，為了大江戶妖怪的未來，想要趕緊定下和力量強大人類女子的婚約吧？只是碰巧看中偶然遇見的真紀，根本不是真正了解真紀的優點。你的盤算中有的只是虛榮、偏執、和理想……」

「……馨。」

「還有幻想吧。嗯。真紀只是披著柔弱人類少女的外皮，其實是個會讓妖怪哭泣的怪獸老婆喔。我想要提醒你，絕對是趕快放棄這種鬼妻比較好。」

九良利組的妖怪們對馨的態度相當不滿，紛紛氣憤叫囂：「你這小鬼，真沒禮貌！」「你說什麼？」

我也伸長脖子，逼近馨的臉質問他：「你說怪獸老婆是什麼意思！」但馨只是淡淡地回：

「什麼意思，就是字面上的意思呀。」

他從我的手中一把將刀搶走，俐落抽出刀鞘，露出自信從容的笑容。

馨的靈力籠罩住刀刃，使其發出光芒。察覺到其中蘊含力量的滑瓢老伯伯和孫子雪久的臉色不禁一變。

「真紀沒必要做這種餘興節目性質的比試，我來。」

馨帥氣宣告。不，嗯，實在是很帥。

不過給我等一下，你……腳底不是受傷了嗎？

「馨、你不要亂來比較好啦，你的傷還沒完全好吧？待會腳底又會裂開喔！」

「笨蛋，不要講這種話漏我的氣啦！難得我想要為了妳拚一下……」

「嗯？你是為了我戰鬥的嗎？」

「什麼呀，妳懷疑嗎？啊——啊——就是這樣才討厭啦，妳這種老想自己來的鬼妻！」

馨不曉得是想要掩飾自己的害羞，還是真的感到傻眼……

他單手掩住臉，發出盈滿絕望的低喃聲。

「啊，是說妳呀！該不會是認為我好久沒拿刀，可能會輸吧？」

「我才沒這樣想！從前的你真的很厲害……但是你想想，有種東西叫作空窗期不是嗎？」

「妳這傢伙~不相信自己的前夫嗎！」

「前夫這種稱呼聽起來好像離婚了，我不喜歡——」

「拜託，我現在又不是在講那個。」

「嗯，我們在講的是，我真的相信你喔。要是輸了我可不管你喔。」

「……啊，好。」

嗯，好。我和馨慣例的夫妻鬥嘴到此為止，真不好意思讓大家見笑了。

信玄老伯伯剛剛默不作聲地觀看著，一發現對話告一段落，立刻語調有些失望地低聲說「也是可以啦」。

「年輕小哥，你的名字是？」

「我叫天酒馨，是個極為平凡的普通人類。」

「呵呵，平凡的普通人類，能夠打倒位居大江戶妖怪之首的我們滑瓢一族嗎？」

與方才溫和的氣息完全相反，他的眼神散發妖氣，直勾勾盯著馨。

馨絲毫不畏懼，再度戴上面具，走下樓梯。

「爺爺，你放心。那種看起來弱不禁風的男人，我一秒就會讓他倒下！」

雪久和至今不同，露出充滿幹勁的表情。

想必他是認為與其和用來招攬觀眾的我比劃，跟馨的對打能夠更加白熱化吧？畢竟對手是男生。

信玄老伯伯站起身，從這一層居高臨下地俯瞰大會場，朗聲說道：

「各位，謝謝你們今天聚集在此！」

聲音紮實而宏亮。

他果然是相當有威嚴。「前元帥大人」、「長老大人」、「信玄大人」，應答聲此起彼落地響起，所有人都在等待這位滑瓢前元帥大人的下一句話。

「雖然是定期舉辦的百鬼夜行，但今天晚上我準備了一個有趣的餘興節目。我的孫子，雪久，和淺草地下街妖怪工會的少年，將進行一場妖怪和人類的比試。請各位好好觀賞。」

喔喔喔喔。會場各處都響起妖怪們興味盎然的驚呼聲。

有些妖怪相當期待接下來的節目，而似乎也有些傢伙對於九良利組和淺草地下街關係良好這點感到十分在意，可以發現四處都有群眾在低聲交頭接耳……場面十分混亂。

回到正題，深信絕無可能輸給人類而神色輕鬆吹著口哨的滑瓢孫兒，與一如往常板著一張臉、完全不親切的我們家的馨。

鬼火開始聚集到中央樓層，圍成一圈，圍出了比試用的舞台。

「欸——欸——馨，你在做什麼？在做什麼呀～？嗝。」

「哇！水蛇你少來亂。走開啦，中年大叔。」

「欸——欸——你好過分喔～太過分了～嗝。」

「喂，很煩耶！」

現場所有人都趕緊離開舞台，打算從外頭觀望比試，只有喝得爛醉的阿水留在舞台上，一直黏著馨。

「哎呀～真紀，那傢伙該怎麼辦才好？」

「真是受不了，阿水這傢伙平常明明還算穩重，但只要一喝醉就會變成小朋友，一直想引人注意，真會給人找麻煩呢……」

看樣子馨根本難以集中精神，我和由理急忙重新戴好面具，迅速下樓，將干擾比試舞台的阿水拖走。

「阿水，你不能去打擾他們喔。馨為了不讓別的男人搶走最重要的妻子，在腳底受傷這種不佳情況下跟妖怪作戰，難得展現英雄氣概呢。」

「嗯……最重要的妻子是？」

「當然是在說我呀。還有，拜託你別再喝酒了。」

我從阿水手中搶走酒瓶，讓他安分守己地在旁邊椅子坐下。順便將藥粉溶進一旁玻璃水杯中，就拿起杯子灌進阿水口中。嗯，這樣就沒問題了。

「真紀，妳怎麼有點像媽媽呀。」

「我不想被由理這樣說。不過，到現在家僕還是像我的小孩一樣喔。有時候會需要費心照顧，他們有好表現時也會給予稱讚……要是幹了壞事，我也必須好好罵他們一頓。」

「受到高中女生照顧，外表年齡三十好幾的妖怪……」

「不是有句話說，自己的孩子不管長到幾歲都還是孩子嗎！」

「這也不是高中女生該說的話吧……」

由理的視線望向十分遙遠的地方。

我越來越擔心馨的情況。

此刻，舞台上已經一切就緒，馨和雪久面向對方，舉起刀擺好架式。

「啊啊，啊啊啊。馨沒問題吧？欸由理，他不會有事吧？」

「真紀，妳冷靜點。妳剛剛不是才說相信他，實在是很愛擔心耶。」

不知何時準備好的銅鑼清脆響起，馨和雪久眼神凌厲地瞪著對方，展開動作。

雙方皆氣勢強勁地揮舞長刀，刀鋒不斷相交，刀刃交互撞擊的沉厚聲響傳遍了整個會場。

眼前的這個場面令我感到十分懷念……將銳利刀鋒瞄準對手，以性命相搏。

我心裡七上八下，雙手交握呈現祈禱姿勢，忍不住緊緊閉上雙眼。

但過沒多久，就有一隻手溫柔輕拍了一下我的背。是由理。

「沒事啦，真紀，妳睜開眼睛看看，馨簡直就像以前的酒吞童子一樣呀。」

「……咦？」

旁邊扮成女生模樣的由理雙眼炯炯有神，散發少年英氣的臉龐興味盎然地望著舞台。

我像是受到那副神情的驅使，將視線轉回馨正在戰鬥的舞台上。

「……馨。」

馨揮舞長刀的架式無懈可擊。雖然比試一開始時，看起來是雪久氣勢占了上風，但那單純只是馨在試探對手的力量罷了，雪久的刀鋒連沾都沒沾到馨。

馨輕易接下對手強勁的攻擊，屢屢將對方長刀撥去，身影舞動般地持續閃躲，而且他還有餘力留意行動別增添受傷那隻腳的負擔。

雪久似乎還懂得注意到馨的戰鬥方式仍然保有相當餘裕，因此他開始顯出焦慮的神態。

「！」

馨巧妙地利用對方的焦躁，抓準時機進一步追擊。

至此他都只用了最低限度的靈力，這一刻卻一口氣將巨大靈力傳到刀刃，光是這股壓迫感就逼得對方無法隨心所欲地活動。

他以乾淨俐落的刀法，讓對手的刀彈飛到空中。

那把刀劃過天際，在一陣尖銳的金屬聲響之後，深深刺進後方桌面。

「……」

會場在片刻寂靜後，旋即響起熱烈的歡呼聲。妖怪群眾們對於原本認定絕對會輸的人類少年的勝利，一時間感到相當興奮。

「我、我認輸……」

「……承讓。」

雪久坦率地認輸，臉色發白，神色顯得有些恍惚。

這是因為他感受到自己和馨之間壓倒性的力量差距吧？

這場戰鬥雖然沒有譁眾取寵的華麗招式，但馨的力量比起過去毫不遜色。冷靜又理性，藉由操控戰鬥和精神狀態支配整場打鬥的方式，跟出手華麗又常做些無謂較勁的我剛好完全相反。

不過，那正是酒吞童子的戰鬥方式跟他強勁之處。

啊啊……總覺得終於又見到了上輩子的老公，我不禁有些心跳加速。

馨好帥喔！

「……？」

但沉浸在這份心動和感慨之中，也只是一瞬間的事。

我察覺到會場中開始飄盪著異樣的氣氛，由理似乎也留意到了，露出嚴肅神情環顧會場。

「在哪裡呢……總覺得有……」

「殺氣……？」

說是殺氣，不如說是有道極為不祥的視線在某處虎視眈眈的氣息。

我懷疑過可能是陰陽局的成員，但他們也早就注意到那股奇特氣息，臉上表情都十分緊繃。

只是，果然還是沒找到那股氣息的源頭。

「……羽毛？」

我左右張望，發覺有一根黑色羽毛從天而降，從眼前無聲無息地飄落至腳邊。我驚愕地睜大眼，抬起頭望去。

正上方——那傢伙一直藏身在天花板上的巨大水晶燈陰影裡，靜待這個時機降臨。那是一個身穿漆黑狩衣裝束，戴著「黑烏鴉」面具的妖怪。

「馨，上面！」

「！」

那是太過出人意表的一擊。在我驚叫出聲的同時，馨已經敏捷地架起刀阻擋從天上一直線揮下的大太刀攻擊。

可是，他用受傷那腳狠狠踩在地面上。

「……啊。」

那股衝擊力恐怕是讓腳底傷口裂開了吧？馨的面部表情嚴重扭曲，架開大太刀的力量也稍稍減弱。敵方沒有錯失這個機會，改變了揮刀的軌道。

那把大太刀是茨姬的——

「去……！」

馨推開雪久，擋在身前保護他，用自己的肩膀承受了大太刀的攻擊。

「馨！」

汩汩流出的鮮血染紅了他的身影，馨當場倒了下去。他計算過後才用身體接下那一刀，傷口不會太深，但是……

全場一片譁然，在極短暫的寂靜後，四處響起了驚恐慘叫。

妖怪們想要逃命，又手足無措不知道該跑向哪裡，整個會場陷入巨大的混亂之中。那隻黑烏鴉即使受到群眾的阻擋，仍舊直直朝著馨的方向前進。

滑瓢長老的孫子雪久對著倒臥在地的馨頻頻詢問：「欸，你沒事吧！」這時一把染了血的刀尖就這樣直直對準雪久。

「……是你們不好。」

聽到臉戴烏鴉面具的妖怪那略顯尖細的少年嗓音，我大為詫異。

「設計陷害我，奪走我的安身之處和珍貴的眼睛。她曾讚許其美麗的，我的眼睛。那麼，即使違反誓約成為惡妖，我也要奪走你們的和平。」

那個妖怪緩緩取下烏鴉面具。

他的單眼上罩著眼罩，另一隻眼睛……是極為美麗的金色眼眸。

髮絲纖細的黑髮少年，他的神情染滿強烈的憎恨與悲傷。

「……他……是……」

我認識那個妖怪。

不只我。由理、阿水也都出神望著那令人懷念的身影，眼睛連眨都不眨一下。

「我是八咫烏的『深影』，過去曾是茨木童子大人的家僕，不過現在我也叫作魔淵……是鎌倉妖怪『魔淵組』的首領。」

深影，身穿黑色狩衣裝束，語氣淡然地報上名諱的那位少年。我目不轉睛地凝視著他。

他手上拿的那把大太刀，正是茨木童子送給那隻黑色烏鴉的禮物……

他在千年前和我關係匪淺，對我來說，上輩子是如同「家人」般的存在。

第九章 百鬼夜行（下）

『茨姬大人，我想要一生都陪在您的身邊。』

從蒼天飄然降落，停在肩頭，輕輕磨蹭我的臉頰。坦率又可愛，身形纖小的烏鴉妖怪。

他的名字是八咫烏的深影。

我記得我都喚他「影兒」。

他擁有能夠看穿別人內心想法的雙眸和融入黑影的美麗漆黑羽毛，是崇高的神妖。

過去曾讓茨木童子救了一命，所以成為家僕侍奉她。在茨木童子的四家僕中，是最愛撒嬌的老么。

在締結家僕的誓約時，我送了他那把大太刀。

現在傷了馨的那把大太刀。

那個孩子，過去是這種眼神嗎？

還是經過了千年，發生了什麼變化嗎？

明明往昔他比任何妖怪都還溫柔纖細又勇敢……

從前，我曾經對家僕們如此說道：

『就算見不到我，聽不到我的聲音，甚至，我離開了這個世界……你們也別詛咒這份命運，絕對不能糟蹋自己的生命，要為了你們自己，堅強地活下去……』

這些話對那些孩子來說，究竟擁有多大的影響力呢？

○

「八咫烏的深影……」

「是平安時代的S級大妖怪！」

「不就是那個赫赫有名的茨木童子的家僕之一嗎？鎌倉的魔淵居然是這種大妖怪……」

會場中的群眾議論紛紛，我穿過那些妖怪飛奔進舞台，趕到馨的身邊。

「馨，你振作點！」

我蹲低身子，仔細查看他的傷勢。

雖然並非致命傷，但對於現在只是個人類的馨來說，還是個相當嚴重的傷口。

他不住喘息，一臉非常疼痛的模樣。

「呿，我居然失手……有夠丟臉的……」

「你不要講話。現在還講這種無關緊要的話，會出血過多送命喔！一點都不丟臉啦！」

馨是為了保護滑瓢一族的孫子才受傷的，反而是非常帥氣呢。

他總是這樣，犧牲自己守護別人。

由理和阿水也都來到旁邊，冷靜確認馨的情況，立刻著手開始治療。

「馨，你扯開傷口了……不，已經不能說是扯開，這次應該是大大裂開了。大凶的影響力看來還沒消失耶……我稍微用靈力幫你簡單治療一下。」

「哎呀~真的是裂開了耶~我有帶祕傳的傷藥，要塗嗎？剛好也有一杯酒，還可以拿來消毒。」

「啊——啊好痛痛痛痛痛！」

由理擅長用靈力治療，身為藥師的阿水也有豐富的醫學知識。

只要有這兩個人在，馨不可能會送命，但是……

「！」

深影完全無視我們的對話，仍舊將大太刀朝這邊揮落。

我一把抄起馨落在地上的長刀，擋住大太刀的攻擊。

——鏗鏗鏗鏗鏗鏗。

尖銳的金屬撞擊聲。

還有靈力撞擊相互激盪而生的高昂音頻，如波紋般向外擴散，響遍整個空間。

「……唔。」

沉重而猛烈的衝擊傳遍全身。

我的視線穿過臉上的鬼女面具，和深影冰冷的目光在空中交會。

「滾開，人類女子。我不曉得妳是誰，但如果妳要站在九良利組那一邊，我就不會饒過妳！」

深影的眼中，沒有我的存在。

他牢牢定在雪久身上的視線裡，只有對於九良利組的深仇大恨和憎惡，他的情緒十分激昂，那隻唯一的眼睛裡布滿血絲。

我持刀數度擋開深影的攻擊，轉頭朝背後瞄了一眼，對雪久喊道：「快走！」爭取一些讓他逃到安全地方的時間。

會場內的妖怪們陷入一陣混亂。

「茨木，夠了，妳讓開！」

我還聽到了組長的聲音。

「啊——大姊好像有危險！」

還有豆狸風太的聲音。

陰陽局那些人……卻按兵不動。雖然令人頗為意外，但似乎是那個青桐下的指示。

他們在觀察我會採取何種行動嗎……？

不管了，現在最重要的是眼前這孩子。

那悲憤身影令人感到心痛……我用凌厲目光盯著這個八咫烏妖怪，手上不停擋住他充滿憤恨的刀刃。

我絕對不能讓他淪落到邪惡的一方。我絕不能讓他再傷害任何人。

「妳有完沒完呀，人類的小姑娘！我有事要找九良利組的滑瓢。」

「……就算你對那些傢伙報仇，現在已經四分五裂的鎌倉妖怪，就能回到過去的榮景嗎？」

「閉嘴！妳這個人類懂什麼呀！」

深影激憤地顫抖，繼續往下說：

「鎌倉妖怪又沒有直接對人類造成傷害！九良利組是為了搶奪我的這隻『眼睛』，才設計陷害鎌倉妖怪，驅使陰陽局展開行動！」

「……眼睛？」

確實，八咫烏的金色眼眸相當有價值。

那雙眼睛能夠讀取視線相交的對方內心，還能夠傳達自己內心的想法，蘊藏著以心傳心的力量。

「……」

我轉頭望向仍舊穩穩待在高處，沒有下樓來蹚渾水，只是優雅地觀望這場戲的滑瓢大長老。

不過，我無法從他臉上那抹淺淺的微笑猜測真相為何。他似乎也沒有否認的打算呢……

「我能夠稍微了解你的恨意，但是你砍傷了馨。無論什麼原因……我都無法容許這件事發生，不可饒恕。」

我拉開和深影之間的距離，再度用力握緊刀柄。

那個力道十分強勁，且因憤怒而微微顫抖著。

有什麼情感揪緊了我的內心，同時令我感到困惑。

我連那是針對誰，或是針對什麼而生的情感都不太清楚。

是對於在表面和平下日漸嚴重的妖怪間的抗爭嗎？還是對於重要的人隨著時代變遷失去原本的清明而感到憂慮呢？還是……我是針對時代這件事本身呢？

「真紀，這個。」

此刻，阿水從後方俐落朝我肩頭披上他原本穿著的外褂。

那是由千年前茨木童子的小袿改製成的衣物。阿水在我耳邊低語：

「敲醒他吧，茨姬大人。」

還輕輕對我眨了眨眼。拜他所賜，我快速整理好心情。

也是呢，現在不是我多愁善感的時候。

即使在這個時代，我也無法捨棄過往的家僕。

這樣一來，我只能好好教訓他一頓……而且是非常嚴厲地。

「妳在做什麼！小姑娘，妳還不快讓開！不然我也會用這把大太刀砍妳喔！」

「……這樣呀。不過，憑你能砍得到我嗎？」

「什麼？」

我俐落取下鬼女面具，隨手朝外一拋。

就連原本用來固定頭髮的髮簪也粗魯扔開。

帶著赤紅色的長髮鬆開、順著肩膀和後背流洩而下……

「深影，你忘記我了嗎……？」

忘了我這張臉龐。

我的身影。我的聲音。

我的這頭紅髮，我眼睛的顏色，還有我的靈力……

阿水披在我肩上的小袿，讓我的存在感變得更接近過去的「茨姬」。

「……」

深影對我的這副模樣還有印象嗎？

他從正面凝視著我的雙眸，似乎是明瞭我的身分了，雙眼睜大到不能再大的程度，神情驚愕地愣在原地。

「那是淺草地下街的人嗎？」

「人類女子在做什……？」

在四周看熱鬧的妖怪們，對於我的舉止和眼前情況感到疑惑。

但我毫無一絲猶豫，迅速衝進還因震驚而無法動彈的深影懷中。

「即使時代改變了……」

然後將所有靈力都送到那把刀上，使盡全力揮下去。

「我也不允許你忘記我！影兒！」

雖說我只是用長刀的刀背施展攻擊，但深影承受不了這一擊的巨大衝擊力，順勢飛了出去，狠狠撞上前方的雕花圓柱。

喀喀喀喀喀喀——！

深影深深陷進撞擊處，裂痕爬滿柱面。

柱子要斷了。有此預感的妖怪們臉色瞬間刷白，但深影摔落至地面時，柱子就已經開始復原了，看來這個狹間製作得相當精良……

「……」

所有人都傻在原地。

劇烈的撞擊聲響依舊在耳邊迴盪，就連迸發的塵煙都閃避開我，轉眼就散去。

整座會場極為安靜，我豪不客氣地一口氣穿過群眾，低頭望著趴在柱底的深影……

我拿刀指著他。

「還是你要說，你已經不是我認識的那個深影了嗎？那個……坦率、天真、非常可愛的，我的家僕，你已經並非……」

「……才……才沒……才沒這回事……」

「看我，深影。」

「……」

深影抬頭望著我，單隻金色眼眸閃耀著光輝。

那隻眼裡已經絲毫沒有先前的憎恨情感，現在只是因為預期之外的重逢而顯得內心極度混亂。

「茨……茨……姬，大人……」

深影勉力拖著遭受劇烈撞擊、異常疼痛的那副身軀，拚命爬到我的腳下。

然後他低垂下頭，將額頭重重放在地面上。

我低頭凝望的那個纖細後背，正劇烈顫抖著。

「茨姬大人……茨姬大人……」

他語調悲痛地反覆叫喚我的名字。

「我怎麼可能忘了……這漫長的千年裡，我一次也不曾忘記過妳。」

「……」

「我一直……一直一直，好想見妳……我的主人，茨木童子大人……！」

千年，是相當漫長的歲月。

那是遠遠超過我做為茨木童子活著的時光，令人無可奈何的長度。

妖怪這種生物，越是大妖怪，壽命就越長，甚至可以說是沒有壽命結束的一天。

即使如此，他們對於記憶的強烈執著，程度遠遠超過人類。

對於這些孩子來說，我那句「堅強地活下去」，或許成了一句束縛住他們的咒語，只是持續讓他們深陷於痛苦之中……

「……茨木……童子？」

深影嘴裡吐出的傳說中那位惡鬼的名字，扭轉了全場的氣氛。

不只是那些無名妖怪，就連在會場各處觀望情況的大妖怪，甚至連陰陽局成員的靈力都展現出反應。

不過，我完全沒有顧忌這些人，只是全心全意地望著深影。

「深影，你犯下大錯了。」

「嗯，我明白，請處罰我……茨姬大人。」

他的錯並非在於妖怪間的抗爭，而是傷害了馨這個「人類」。

而且，陰陽局的人也在現場目擊這件事了。

傷害人類的妖怪，就必須接受懲處。

就算我現在饒過他，陰陽局之後也肯定會展開行動制裁他。

這樣的話……

「好呀。你犯的錯就由我來處罰，責任由我來擔。」

接著，我高高舉起長刀。

深影內心似乎也做好遭受劈砍的覺悟了……

然而我將長刀隨手往旁邊一拋，雙膝著地跪在深影面前。

「……茨……姬大人？」

我用力拉起深影的衣領，將他的臉抬起來，然後……使勁甩了一個巴掌。

「！」

清脆響亮的巴掌聲，讓周圍妖怪們紛紛發出驚呼：「咦咦咦？」

深影將手輕放在紅腫面頰上，驚愕地半張著嘴。

我深深凝視著深影的眼眸。

那隻只剩下單邊的黃金眼眸。

「深影，你再次成為我的家僕吧，這就是給你的懲罰。」

我咬破下唇，將染滿鮮血的唇瓣貼上深影的額頭。

我的鮮血從他的額際流下，滑經眉間、臉頰和雙唇。

深影的那隻金色眼眸湧出大顆淚珠，一粒粒垂落在我的膝上。

『她已經不在了……我好寂寞……我想死。』

深影內心深處的聲音傳了過來。

他在這段漫長歲月中，宛如深幽海底般的孤單記憶。

『每個傢伙都想要我的眼睛，她稱讚過很漂亮的金色眼眸，但是我已經不願再成為任何人的所有物了。我，我的眼睛……永遠都只專屬於茨姬大人。』

千年前也是如此，那雙奇特眼眸遭到各方人士覬覦，既愛哭又弱小的八咫烏。

治癒他遍體鱗傷的身心，賜與他姓名，照顧他直到他恢復精神的人，正是茨姬。

但是茨姬──茨木童子死了。

我已不復存在的人世間，他無法信任任何人，選擇再次步上孤獨的道路。

他蜷縮在鎌倉河邊隱密的「狹間」中，獨自不停啜泣著。但他為了遵守和茨姬的約定，沒有了結自己的生命，只能苟延殘喘地活著。

時光巨輪持續轉動。

有許多弱小妖怪發現了這個狹間，不自覺地前來倚賴深影這位大妖怪。他們是鎌倉的妖怪。

在鎌倉，神佛之類的六地藏力量十分強大，是一塊妖怪群龍無首的土地。

深影不經意地在背後協助這些妖怪，守護他們的安全，過沒多久開始有人稱呼他為魔淵大人，尊崇他，敬拜他，不知不覺中就成了鎌倉妖怪的首領。

能夠親眼見到他的只有極小部分的鎌倉妖怪，深影從不公開現身，不過他的存在擁有極大的影響力，統整了原本四分五裂的鎌倉妖怪們。鎌倉妖怪自古就擁有製造妖菸、妖酒、和妖茶等娛樂商品的技術，群眾團結一致後，帶來了莫大的興盛繁榮。

可是，深影沒有留意到時代的變化，他絲毫不瞭解這個現代人類社會的規則和扭曲之處。不曉世道險惡的魔淵首領，以及最近因一帆風順而略失謹慎的鎌倉妖怪，一直都沒有注意到外頭有些傢伙對於他們最近的發達相當看不慣，正企圖利用這個好機會。

大江戶妖怪九良利組聽說了最近發展順遂的新興一派「魔淵組」的傳言，派遣間諜到鎌倉，長時間暗中收集情報。

在那段時間中，他們得知首領魔淵原來就是那隻鼎鼎有名的「八咫烏」，對那雙特殊眼眸感到畏懼，並且極度渴望。

只要是大妖怪，沒有人不曉得黃金眼眸的價值。對於勾心鬥角是基本生存之道的妖怪來說，一個能夠讀取自己內心的物品，光是這點就足以令人畏懼了。

鎌倉妖怪之所以淪落至此，在於有人利用了那份天真無知，設計陷害他們吧？長期販售的商品在不知情的情況下到了人類手裡，造成人類受害，結果引來陰陽局的興師問罪和無情追捕。最後深影也不得不離開原本長期藏匿的狹間。

但敵人埋伏在外，簡直像是早就算準時機一般立刻搶走他的單眼。

不過，我不清楚那是陰陽局下的毒手……？還是九良利組幹的好事……？

「……深影。」

我窺視著深影的記憶和他明瞭的情報。

八咫烏金色眼眸的力量。

在那份記憶之中，深影的痛苦、哀號和懊悔，如同海浪般陣陣朝我席捲而來。我咬緊牙關，伸出雙手抱緊顫抖啜泣的深影。

「你很寂寞吧……已經沒事了，我在這裡。」

我在他耳邊輕聲說道。深影頓時失去意識，解開化身的力量，恢復烏鴉原貌倒在地板上。

他因為成了家僕，力量受到限制，暫時將維持這副模樣。

我輕輕抱起失去單眼的弱小烏鴉，將臉埋進羽毛中。

過了一會兒，我抬起頭仰望天空，深深吸了一口氣……面對現實。

身披茨木童子的小袿，頭髮因為紅色靈氣而變得更加深紅……

我仍然無法捨棄這個千年前茨姬的身影。

「……馨。」

接著，我匆忙跑向馨。

阿水拎起原本我抱在懷中的深影，說「他先交給我囉」。

「馨、馨。」

我在馨身旁蹲下，仔細檢視著他的面容。

他肩膀受傷，額頭不停滲出汗珠，和服上染滿鮮血，痛苦地皺緊眉頭。

「嗚嗚……馨……」

我終於可以放下其他所有擔憂，將全副心神都繫在馨身上，我擔心地不停叫喚他的名字。

明明由理已經在治療他，也告訴我不會有事，但只要見到他被鮮血染紅的身影，我就覺得很難受。

悔恨堵在胸口，我的眼淚一顆顆奪眶而出，強烈情緒突然猛烈襲擊我。

「妳……哭什麼呀？真紀。」

但馨無視我的擔心，嘿嘿一笑，伸出冰冷的手輕輕擦拭我眼角的淚水。

「我又不是要死掉了……妳真的是老愛擔心耶……」

「可是，可是……」

「明明妳剛剛……那麼帥氣……真紀大人……對吧？」

馨的臉龐突然揪緊，露出痛苦的神情。你不要再講話了啦。

我緊緊握住他的手，拉近自己的臉頰旁。

我和剛剛簡直判若兩人，現在只是極端地脆弱無助。

「……馨，不要丟下我一個人。」

「……」

要是馨離開這個世界，我該怎麼辦？

我忍不住想到這麼恐怖的念頭。

簡直就像上輩子的那個時候……

「喂！救護車已經到六區的入口了，你們趕快把天酒搬到現世去。」

組長一邊揮手驅逐看熱鬧的妖怪群眾，一邊命令部下用擔架將馨抬出去。

我站起身正打算跟著離開時，突然一陣預料之外的暈眩襲來。

「真紀，妳振作點。」

扶住我的人，是由理。

「妳剛剛和妖怪定了主僕誓約。妳好久沒做這種事，現在又是人類，消耗太多靈力和體力了。光是站著應該也很難受吧。」

「由理……抱歉。你也耗了不少力量吧？」

「我沒問題喔，沒有像妳這麼嚴重……而且我可是男生。」

「……呵呵。」

現在身穿女裝的由理，在這種時候還不忘特別強調自己男兒身的身分。

「欸，由理，我……沒有做錯……什麼吧？」

「嗯，沒問題。這樣已經是最好的解決方式了……只是，接下來就辛苦了呢。畢竟妳身為茨木童子轉世這一點，已經洩露出去了。」

由理苦笑著，但他望向前方的目光強而有力，沉靜的雙眼透著覺悟。明明他現在是女生打扮，但他這一刻的表情，非常有男子氣概。

興味盎然地注視著我們的，並非只有九良利組的滑瓢們。

許多妖怪的視線都集中在我們身上。

其中也有剛剛遇見的陰陽局那兩位。他們的表情十分嚴肅，像是有很多問題想問我一般。

「喂，這些人隸屬於淺草地下街的管轄。現場的責任在我身上，你們如果有什麼問題，就來問我就好了。」

大和組長回來後，像是要保護我們似地擋在前方，再小聲吩咐我們：

「茨木、繼見，快走。但那隻八咫烏要留下來。」

「組長，可是……」

「連這種時候都還叫我組長……唉，算了。妥善解決妖怪間的麻煩事，適時敷衍，打打圓場，就是我的工作。這種場面我已經很習慣了，你們就放心交給我處理吧……嗯，今天又要熬夜了。」

組長拋下帥氣的發言，轉身用充滿男子氣概的背影對我們，但那是自尋死路……

像這種牽扯到大批妖怪的場面，我不能放著身為人類的組長不管。

但組長周圍有許多來參加這場百鬼夜行的淺草妖怪開始聚集，他們毫無理由地朝四周威嚇，將那些看熱鬧的妖怪踢飛。

「我們至今受到真紀不少照顧。」

「我們的大和組長，我們自己保護！」

雖然淨是些手無縛雞之力的弱小妖怪，但淺草妖怪一邊說著有江戶之子風範的英勇發言，一邊努力從旁邊許多生物手中保護我們的安危。

就連抱著小隻烏鴉深影的阿水也趁亂混在其中。

「這裡交給大和應該沒問題……來吧，真紀，我們走。」

於是，我就跟著由理離開這個會場。

妖怪們沒有追上來，我想是因為會場裡各方勢力相互對峙，在彼此牽制之下反而沒有任何一方能夠隨意採取行動吧。

但是，一踏出裡凌雲閣，走在白霧瀰漫的靜謐道路，終於來到狹間和現世的交界點時……有一個人大搖大擺地擋在路中間。

「你是……陰陽……局的……」

那是我在百鬼夜行會場上遇見的，那個陰陽局的橘髮小子。

我記得他確實是叫作津場木茜。他的表情十分凝重，原本掛在腰際、專門對付妖怪的長刀已經拿在手裡，擺出一副準備戰鬥的架式。

「站住。身為陰陽局一員，我有很多事情要問你們。你們究竟是……」

「住嘴。」

但是由理立刻出聲制止，那個語氣不太像他平常的模樣。

「別擋路。」

他的話語蘊含著沉重深切，甚至是能令人意識到未來的言靈。

在那言靈的魄力之前，就連陰陽局的王牌退魔師也只能閉嘴噤聲，全身動彈不得。

那股強烈的壓迫感，令我依稀看見那個大妖怪「鵺」的身影。

是說，由理好像已經將自己現在是女生模樣的事忘得一乾二淨了……

津場木茜後來沒有再干預我們，我們輕輕鬆鬆地從他身旁走過，從狹間回到現世，熟悉的淺草這塊土地上。

「真紀，妳可以睡沒關係喔。」

聽到由理溫柔的話語，我突然安心下來。

明明頭腦念著自己還不能鬆懈，但我已經深深陷進甘甜芳香、意識朦朧的蓬鬆錦雲裡了。

此刻我還不曉得，這輩子的故事在今晚已然揭開序幕。

第十章 曾經身為大妖怪的各位

千年前——

妖怪們比現今更加遭到唾棄、嫌惡，沒有一個能夠像現代這樣安心生活的規範，人類及妖怪間的關係十分混沌。

為了這些顛沛流離的妖怪們，挺身而出想要打造一個能讓妖怪安居樂業的場所的，正是名為酒吞童子的鬼。

他利用只有大妖怪才能製造的專屬結界空間「狹間」，在現世的裂縫建築了一個小小的妖怪國度。

現在一般認為，這就是現代大妖怪建構的派系組織的原型。並且，目前殘留在世界上的狹間，是採用原本酒吞童子設計出來的結界術所製成的。

或許大家會想……明明就有稱為隱世、規模更大、專屬於妖怪的世界，現世的妖怪們只要搬去那裡不就得了嗎？

但當時有些有心人士，利用政治手段封鎖了能夠穿越到隱世的方法，讓事情變得相當困難。

對於遭到各方排斥的妖怪們來說，酒吞童子創建的國度代表著一個希望吧？

他們尊崇在狹間建立王國的酒吞童子為王，並認定張開雙臂歡迎孤零零的妖怪，真心關愛他們的茨木童子為女王。

相信那個指引、那個存在、那個力量——

○

「馨，你醒了嗎？」

「……真紀？」

星期天下午。

梅雨將至，潮溼的風吹拂，病房中的窗簾隨風搖曳著。

馨原本昏昏沉沉地躺在床上，沒過多久就「……嗯」地應聲。

他似乎想起昨天晚上的事情，瞄了一眼受傷的肩頭。

「大凶那張籤，只有腳底受傷似乎還不夠耶，感覺這次才是來真的。」

「不過家裡還沒有遇上火災……嗯？不，現在家裡火海燒得可旺了，難道是指那個？」

「我可以笑出來嗎？不過你能講這麼多話，看來沒事了。要吃蘋果嗎？」

「……嗯。」

馨坦率地點點頭。要是平常，他肯定會裝模作樣地吐個嘈。

我坐在床前的摺疊椅上，削蘋果皮，切片……

「啊，妳這傢伙！居然先偷吃！」

「我只是試吃一片啦。如果很酸你就不想吃了吧？」

「……很酸嗎？」

「不會，這可是由理帶來的高級蘋果，滋味香甜又濃厚。」

「妳這個人，明明曉得還偷吃的吧？我也要吃。」

「……好。」

因此我這個鬼妻拿著切好的蘋果，在傷患馨眼前晃來晃去，壞心地捉弄他，就在這個時刻：

「馨。」

馨的爸爸出現在病房門口，嚇了我們一大跳。

他從何時開始就站在那裡了？

我太過驚訝，不小心鬆手讓蘋果切片掉到馨的嘴巴上面。馨的爸爸瞄了我一眼，緊皺眉頭，臉上絲毫沒有笑容。他還是那麼拘謹嚴肅的人呢。

肯定是淺草地下街聯絡他的吧？

這間醫院和淺草地下街有關連，馨的病房也由於「某種特殊理由」是單人房。

「老爸……」

馨顯得有些尷尬，慢慢起身。

我伸手扶著他，但他起身時似乎肩膀的傷口還是有些發疼，緊緊閉上單隻眼睛，露出正忍著痛的表情。

他爸爸見狀，似乎有滿腹疑問想要問他。

「你……到底發生了什麼事？」

「……」

「不肯說嗎？你也，總是這樣哪。」

馨的爸爸凝視著馨，平靜地說。

「有奇怪的傢伙打電話給我，說你受傷住院。你該不會在外面交到壞朋友了吧？」

「我的傷勢沒有很嚴重，只要康復就可以正常上下學。我沒有想要麻煩你，而且……淺草地下街那些人並不是奇怪的傢伙。」

馨語氣淡然而有力地斷然說道。

像是在否定些什麼，想要抗拒對方進一步的干預和探索。

馨的爸爸將視線從他身上稍微移開，默不作聲。以結果來說，他拋給馨的問題被閃開了，但馨也不可能真的回答他。

只是，出乎意料地，馨他爸爸突然開始講起以前的事。

「那是在你十歲的時候吧？以前你也曾經受過這種重傷，那時你堅持自己是從遊樂設施摔下來，但那傷口怎麼看都不太像，明顯是遭到他人所傷，身上有許多撕裂傷……但你為了掩護什麼，為了繼續保守某個祕密，不肯透露詳細情況。」

「……」

「不只這樣。至今有好幾次，我都覺得你身上有些不尋常之處。簡直像是，存在著某些只有你才看得見，只有你才能明白的東西，我會覺得……」

馨的爸爸握緊拳頭。

他正在猶豫是否該繼續講下去。

「覺得我很恐怖嗎……老爸。」

但馨從很早以前，就已經明瞭那句話的後半了。

那是存在於父子之間，太過悲傷的一句話。

馨的爸爸皺起眉頭，臉色依然沉重，但又突然感到有些愚蠢似地，乾笑了幾聲。

「但是，你不會受傷嗎……馨。你究竟是像誰咧？你實在太堅強了。」

「……」

馨就如往常一般，什麼都沒有回答。

我望著這一幕，心裡感到有些難受。

「馨，這種時候還講這種話，你可能會覺得我這個爸爸太過冷血，但我已經決定要和你媽媽離婚了。我確定九月時要調職，我想藉著這個契機，再次提出這件事。」

「這樣呀，我也覺得這樣滿好的。」

「呵，是吧。我會離開那個家，那你呢？你媽似乎相當累，她說想要先回九州老家。你要跟誰……不，你應該不想跟著任何一邊吧？總之，監護權應該會在我這裡，那麼……我換個方式問，你想要待在『哪裡』？」

「我想要在這裡。」

只有面對這個問題時，馨毫無迷惘地清楚道出自己的願望。

「我絕對不想離開淺草。淺草有我重要的……想要在一起的夥伴。老爸，即使你和媽媽決定要離開這裡，只有我一人，我也要留下來。我喜歡這裡。」

「……這樣子呀。你第一次告訴我的願望居然是這個，該怎麼說呢……原來你也有能讓你說出這些話的重要場所了。不在家裡，而在外頭。」

馨的爸爸這一瞬間，像個關愛孩子的爸爸般，露出終於放下心的表情。

但他的眼神塞滿了各式情感，十分複雜。

他看了我一眼，又緩緩點頭。

「你不需要受到像我們兩個這種糟糕爸媽的牽制。我會在能力範圍內盡量實現你的期望。如果你想住學校宿舍也可以，想要一個人住外面也沒問題。直到大學畢業為止的學費和生活費，你都不需要擔心。當然，如果你想要來找我或是你媽媽，我們隨時都歡迎你。」

「……啊，好。」

「你和我們不同，非常沉著……我想應該不會有問題的，即使將來，一直。」

「……」

那發言像是十分了解馨的事還有他的期盼，簡直像旁觀者一般。

以父子來說，是一段極有距離感的對話。但對馨來說，這應該能令他放下心中大石，也是一種解脫吧？

「爸爸，謝謝你。這是我需要的。」

「……」

爸爸。

馨不是喚他老爸，而是像小時候那樣叫他「爸爸」。

聽到這個稱呼，馨的爸爸眉毛挑動了一下，不過需要處理的事情已經結束，他還是立刻打算離開病房。

「等等……」

我不假思索地從摺疊椅上站起身，叫住馨的爸爸。馨的爸爸回過頭問我：「什麼事？」

面對妖怪時那麼威風凜凜的我，在馨他爸爸面前卻不禁有些緊張，下意識地握緊裙襬。

「那個……我有事想問你。」

「喂、喂、真紀……？」

「馨的確是一點都不可愛，講話帶刺，又愛耍酷，老是板著一張臭臉……或許從叔叔你眼中看來，他非常獨立而沉著，但那只是……他習慣不去表達自己的情感罷了。」

對於我衝動的發言，馨愣在原地。

可是我就是想要告訴他爸爸，事情並不是他想的那樣。

「但馨他並非不會受傷，其實他比任何人都來得敏感，外表看起來能幹，其實卻相當笨拙，比誰都害怕寂寞。他無法說出『任何話』，一定是因為害怕……他怕得要命，怕他渴望家人關愛卻會遭到拒絕。但實際上，他明明比誰都渴望爸媽的愛……」

「……」

這是無論我怎麼努力都無法給予他的。

「你們要丟下這樣的馨自己一走了之嗎？擅自斷定說什麼因為他很沉著能幹，反正不需要自己照顧，這種對自己相當方便的話……根本沒有真正想要去靠近他，去了解他，去接受他。」

「……真紀。」

天哪，我已經語無倫次，淨講一些亂七八糟的話。

我明明知道這種事情只是強人所難……

因為我們絕對不會透露隻字片語的，上輩子的事，無論如何我們都無法講出口的吧。

但是……即使如此，我們仍舊渴望溫暖的關懷。

我認為馨一定是渴望的。

他之所以會害怕和爸媽牽連太深，一直以來都漠然以對，是因為從上輩子的創傷經驗中，他認為反正爸媽都不可能接受自己，而率先放棄了。

這或許期望太高，但如果有人願意跨越這道鴻溝，真心對他付出關愛……

「不過，對馨來說……茨木，有妳在不是嗎？」

「……」

「我先走囉。」

即使如此，馨的爸爸還是走了。他踏出這間病房，離開了。

是我的存在促使他離開的。

他應該不至於不再來看受傷的馨吧？

當然，這段時間馨的爸爸還會來這裡吧，雖然決定要離婚，也並非立刻就要搬離那個家。

但是，不曉得為什麼，這個瞬間我頓悟到，這個家有什麼東西已然畫上句點。

「……真紀。」

「抱歉，馨，我是不是太多話了……？」

我是不是不應該將馨一直壓抑著的，那個類似「任性」的部分，全盤托出呢？

剛剛的緊繃感一口氣鬆懈，雙腳頓時沒了力氣，我跌坐在摺疊椅上。

「不會……不會。」

馨頻頻搖頭否認。

「真紀，謝謝妳……我一直都很感謝妳。」

「……馨。」

他強忍肩膀傷口的疼痛，伸出手臂觸碰我的手，我用力回握那隻手，順勢緊緊抱住馨。

馨沉默了一會兒後，開始慢慢吐露。

「我們家各分東西只是時間早晚的問題罷了。這樣就好了。比起那個勉強維持表面和平卻早已貌合神離的『家庭形式』要來得好得多喔。」

馨不停喃喃說道，先分開一下對大家都好。或許真是這樣吧……

「而且，正如我爸他說的，我……還有妳。我只要有妳在就好了，我一點都不會感到寂寞。所以，我也絕不會……丟下妳一個人的。」

馨肯定是還記得我邊哭邊真情流露說出的那句話吧。

他將我的身子稍微拉開，從正面凝視著我的雙眼，真誠地告白：

「我愛妳喔，真紀，從好久好久以前。」

從窗邊吹拂進病房的微風，帶來預告初夏來臨的清爽香氣。

這幾個字，是這輩子活了十六年的人生中，個性害羞的馨連開玩笑都不輕易說出口的話語……

我回望著馨，他的表情清朗而沉穩，但又似乎快要落淚。

不過絲毫沒有害臊的神情，彷彿只是打從心底渴望傳達這句話……我對這一點感到非常開心，胸口驀地揪緊。

「呵呵……我曉得喔，從好久，好久以前。」

真的好久，好久以前。

我也是，從遙遠的千年前，就一直深愛著你。

我們輕輕地笑出來，笑聲有些顫抖，額抵著額，互相隱去對方的淚水。

外貌看起來只是高中生，但我們是上輩子的夫妻。

那份愛，那份羈絆，直至今日我也從不曾懷疑。只要對方待在自己身旁，就從來不會感到寂寞。

「欸，馨。我們一起獲得幸福吧。我們兩個一起……在這裡，今後都要一直幸福喔。」

我們這輩子一定要獲得幸福。

即使現在我仍難以抹去上輩子死別的記憶。

即使無法實現、令人焦躁難耐的事物還多如繁星。

我們仍要相信真心關愛我們的夥伴們，守護著淺草這塊土地，同時也受這塊土地守護著……

有一天，我們一定會再度結為真正的夫妻，成為幸福的一家人。

六月也到了下旬。

在那場百鬼夜行發生的事、遇見的人，究竟是怎麼回事呢？
我的日常生活簡直就如同暴風雨前的寧靜一般，毫無變化，每天平靜地流逝著。
啊，不過，要說有什麼變化……
「啊，是茨姬大人！」
「真紀，歡迎光臨。」
那就是在阿水經營的千夜漢方藥局裡，多了一個食客和工作人員吧。
成為我的家僕的八咫烏，深影。
深影在那件事之後，由於組長交涉成功，沒有受到什麼特別嚴重的處分，現在就待在淺草生活著。精確來說，應該是先暫緩處分的情況。
因此就將他安置在最可靠的地方，讓過去的兄長家僕阿水當觀護人。
雖然在誓約上，他算是我的家僕，但組長說讓深影住在獨居高中女生的房間，在各種層面意義上仍舊十分不妥，因此就做了這番安排。
深影頭綁三角巾，正擦拭著店內窗戶。
「影兒，你有好好工作嗎？工作內容都學會了嗎？」
「是的！我已經完全成為能夠獨當一面的現代社會人士了！」
「影兒」就是深影，他自信滿滿地回答我，臉上洋溢著光彩。
和先前人人避之唯恐不及的那個「魔淵」簡直是天壤之別，不過我知道這才是他原本的模樣。

「你真的很敢講耶，小影兒，真是受不了，剛剛不是才把我的生財道具掉在地上還弄壞了嗎？」

「阿水，你很煩耶。你敢在茨姬面前批評我，我就宰了你。」

「啊——啊——你只有在真紀面前會裝乖巧，真是一點都不可愛的弟弟。」

阿水露出倒胃口的表情。

我留意到冷冷地望著旁邊的影兒，額前瀏海已經長到蓋住眼睛了，就取下夾在自己頭髮上的髮夾，固定在他頭上。

「茨姬大人，這是……？」

「是身為家僕的證明喔。因為大太刀被陰陽局拿走了……這個髮夾上面塗有我的血，符合誓約條件。這樣一來，你就正式成為我的家僕了，絕對不能違抗我的命令喔。」

我會在立訂誓約時贈送塗過鮮血的物品，給成為自己家僕的人。

阿水的小袿、影兒之前揮舞的大太刀，都是在千年前立誓時，茨姬贈送給他們的物品。

在名叫茨木童子的妖怪死亡，誓約解除後，那些物品只不過是個尋常物件罷了，但對他們來說，是重要的心靈寄託吧？

我仔細考慮過，這次別再用能傷害他人的物品，而選擇能在日常生活中發揮功效的東西較好。

對於開始在人類社會中堂堂正正、勤奮工作的影兒來說，這個東西應該相當適合吧。此外就是單純因為他的瀏海真的太長了。

影兒伸手觸摸那根髮夾，激動地說：「我太高興了！」突然哭成一個淚人兒。

明明從此將失去自由，不能違抗我的命令，卻這麼開心，他果然是根深柢固的家僕體質呀。

「我會為了重返社會而努力，再度成為能夠獨當一面的家僕，希望能趕快再幫上茨姬的忙！」

「哎呀，你有這份心是滿感人的啦。不過影兒呀，我是希望你能先幫上藥局的忙啦。你學東西比蔬菜精靈還要慢，個性又太過害羞退縮，實際上根本是個吃閒飯的吧……而且還會立刻就縮到灰暗的角落裡。」

「阿水，你閉嘴。你敢在茨姬面前侮辱我，我就宰了你！」

「茨姬你看，這個小男生情緒還這麼不穩定～」

阿水攤開雙手，無奈地嘟噥埋怨著：「年近三十的我，原本優雅自在的獨身貴族日子完全遭到破壞了。」年近三十不過是外表看起來而已，一個人自己生活了千年，肯定早就過膩了吧……

「你們兩個別吵架，要好好相處啦，你們是家僕兄弟吧？」

「真紀，那已經是千年前的事情囉，太過分了，明明妳到現在都還不肯收我為家僕。」

「咦？是這樣嗎？」

我裝傻。

阿水神情懊惱地咬著下唇，而影兒興奮歡呼說：「哇——只有我耶——」

因此我拉長背脊，伸手摸了摸露出叛逆表情的阿水的頭。我突然想起來，當他在百鬼夜行喝得爛醉時，一直希望我能摸摸他的頭。

不過現在早就酒醒的他，只是嚇得退避三舍。

「阿水，你現在還不需要締結家僕的誓約。不過，等到某天有需要時……不，是當我需要你的時候，搞不好就算要強迫著你，我也會讓你成為我的家僕。」

「……真紀。」

「到時候就拜託你囉。」

沒錯，我認為……在這個和平安穩的時代，束縛住重要妖怪們的家僕誓約，除了像影兒這樣的特例之外，並沒有必要存在。

但我無法預料未來會發生什麼事情。

原本我們一直低調生活在淺草這塊令人安心的土地上，但現在外頭的妖怪都知道我們了。

阿水靜靜地讓我摸他的頭，正色點頭說：「我明白了。」

「真紀，等妳再次需要我的力量時……我很樂意成為妳的下人。」

「下人……這個用詞有點難聽耶，至少說個家臣或護衛這類比較帥氣的講法吧。」

「因為真紀是我們的女王陛下呀～從千年前開始，至今都不曾改變呢。」

阿水調皮地眨眨眼，剛剛那張認真的容顏轉瞬間就消失得無影無蹤。

即使現在還不需要那份絕對的主從關係。

從在這塊土地上重逢以來，他就一直用清水般沉穩透徹的真心守護著我，守護著我們。

直到有一天，我再度需要他的力量為止。

我來到淺草地下街的「居酒屋一乃」。

送洗的和服拿回來了，所以我來淺草地下街妖怪工會還衣服。

聽說組長人在辦公室內，我就請長頸妖一乃小姐打開暗門，藉著帶路的鬼火迅速下到工會辦公室。

「……嗯？」

走到辦公室前方時，裡頭傳來交談聲。

除了組長的聲音之外，居然還有馨和由理的聲音。

「茨木的存在，會給現世的妖怪界帶來莫大影響。」

「她現在只是一個人類女子，這種不尋常的存在，反倒棘手呀……」

「的確，有很多傢伙都盯上真紀了吧，不管是現代的大妖怪……還是陰陽局。」

居然偷偷瞞著本人討論這種潛在危機。

是說，我也是能夠理解他們擔憂的心情啦……

「你們偷偷摸摸地在這裡講什麼呀，我的日常生活可是一點都沒有改變喔。」

我豪爽地一把推開辦公室的門。

馨、由理和組長都對於我突然現身，和我雙手扠腰氣勢萬千的姿態大吃一驚，但我不為所動地繼續說下去。

「至於那些想要改變我生活的傢伙，我會狠狠給他一棒，鏗地一聲將他打成場外再見全壘打的。」

「……真紀。」

「成為眾人目標、只能受人保護的生活，在上輩子還很柔弱的那段日子裡，我就已經受夠了。現在的我，已經擁有能夠保護重要事物的力量。而且，萬一真的發生什麼事，淺草有許多夥伴都會助我們一臂之力……沒錯吧？」

我低頭望向並排坐著、尚未回過神來的男人們，語氣堅定地這麼說。

「再說，有危險的並非只有我。馨和由理這次雖然勉強隱瞞了身分，但遭人順勢挖掘出來也只是時間早晚的問題吧。」

「可是我們……是男生呀。」

「是男生所以怎樣？由理妹妹有時候看起來比我還要像女生得多，才危險呢。」

「不要叫我由理妹妹。」

由理的表情十分認真。他反駁這點時，非常有男子氣概。

「而且不管是九良利組或陰陽局，感覺這次都是抱持觀望的態度。」

馨提及了每個人都有些在意的點。

組長維持著交疊雙腿的姿勢，仰頭望向天花板，回答的聲音中混著嘆息。

「也是啦。深影那件事和茨木童子轉世為高中女生的衝擊太過巨大，有點分散了他們的注意力。而且妖菸那件事，好像不單純是由於鎌倉妖怪的失誤而引起的，也不是用他們和九良利組間的鬥爭跟陰謀就能道盡。因為呀，聽說深影的……八咫烏的金色眼眸並不是九良利組搶走的。」

「咦，真的嗎？」

按照深影的記憶，我原本認為所有事情的幕後黑手都是滑瓢九良利組，可是事情並沒有這麼單純嗎？

「當時九良利組的確覬覦黃金之眼而展開行動，但聽說在最後一刻讓其他傢伙從旁搶走了。到頭來，或許搶走眼睛的傢伙，才是一手策劃這一切的真正犯人。九良利組和陰陽局現在光是追查這件事就已經忙不過來，加上陰陽局的確也犯下無可辯駁的失誤，又不想因此落人口實，所以才會先把深影全權交給我處置。」

「這些人都只顧自己的利益耶。」

「是這樣沒錯，但這樣也比較符合我們的利益呀。深影的處分也是因此才遭到保留。不過，如果陰陽局打算直接對深影進行處分，茨木，妳身為他主人，到時候……他們可能會來找妳興師問罪吧。」

「我就是希望事情這樣發展，才將深影收為家僕的呀。反正，陰陽局那些傢伙不能對人類動手，我又是高中生。他們對於身為人類家僕的妖怪，也沒辦法怎麼樣。」

「也是啦。想要保護那隻八咫烏的話，這是最好的方法了。只是……等事情告一段落，他們大概會找上門來問話。算了，這種事就等實際發生後再說好了。」

組長發牢騷抱怨：「頭有夠痛……」

即使如此，對於當時奪過大太刀，即使洩露真面目也要將影兒收為家僕的我，他一句責罵也沒有。明明他之後要收拾殘局恐怕非常辛苦……

「組長，真的很謝謝你，讓你常常頭痛又胃痛的。」

「茨木，我已經習慣幫妳擦屁股了，我啊……早就看開了……」

我朝著似乎顯得更加憔悴的組長，深深行了個禮。

在淺草，也有些人類是能理解我們，是值得依靠的。

這一點對於成為人類的我們來說，是極大的救贖。畢竟我們就算是面對自己的父母，都無法坦白真正的身世。

組長率領的淺草地下街妖怪工會，也是我深愛淺草這塊土地的一大理由。

身為高中生的學校生活沒有絲毫變化。

這裡不同於充斥著妖怪的日常生活，是我的另一個世界。

我相當喜歡有馨和由理在身邊一起度過，理所當然的學生生活。

特別是在民俗學研究社社辦中悠緩流動的時光……

「喂，真紀，妳升學就業調查表寫好沒呀？啊，這傢伙居然在睡覺！」

「……嗯——」

我面前擺著那張升學就業調查表，昏昏沉沉地發著呆。

對面正在看漫畫周刊的馨，一如往常露出傻眼的表情。

「妳這樣由理會很麻煩喔，聽說他明天一定得收回所有的升學就業調查表。」

「可是……即使問我將來想要做什麼，我也不曉得呀。對於未來充滿未知數的高中生，要舉出具體例子實在太困難了啦。」

我的目光突然飄向窗外，落在學校中庭。

那棵花兒盡謝、正搖曳著青綠色枝葉的枝垂櫻。

「……」

我總是從這個位置，眺望著那棵枝垂櫻憑風搖曳的婀娜身影。

每次都勾起我心中對千年前往事的鄉愁……然而，我已經必須認真思考將來的事情了。

在這個時代、這個地點，我究竟想做些什麼呢？

「……嗯？」

在枝垂櫻下，我看見一個不可思議的畫面。

眨眼般的短暫片刻中，他在那裡。

狐狸。那隻金色的狐狸安靜佇立，直直凝視著我。

「那隻狐狸……之前有出現在由理家過……」

「嗯？真紀，怎麼了？」

「欸，馨，你看，那棵枝垂櫻下面，有隻狐狸……」

我將視線轉向馨，又再度把目光投回中庭的枝垂櫻時，那隻狐狸已經不見蹤影了。

「……什麼也沒有呀。妳該不會還在作夢嗎？」

「嗯──我剛剛應該真的有看到。」

那到底是怎麼回事？他看起來似乎在對我傾訴著什麼……

我又不經意地望向中庭，明明是晴天，卻開始下起雷陣雨，嚇了我一大跳。

「狐狸娶新娘（註11）呀……」

馨隨口喃喃說道。

沒過多久，由理開完委員會回來，我們收拾東西準備回家。我跟馨因為日誌該藏在哪裡而拌起嘴來，由理則擔任仲裁的角色。經常發生的日常場景。

「委員會都在討論些什麼呀？」

「關於暑假課外活動和學園祭……還有，聽說有一個新來的生物老師。」

「咦？新老師來的時間點好奇怪。」

馨和由理一邊聊著新老師的事，一邊走出社辦。

我漫不經心地聽著他們的對話，「欸欸」出聲插話。

「我肚子餓了。」

「真的假的？算了，我早就料到妳差不多該餓了。」

「哈哈哈，回家路上去吃點東西嗎？」

「文字燒！我想吃淺草文字燒！」

即使有很多掛心的事，時間到了肚子依然會餓。回到最喜歡的淺草，大口享用我熱愛的淺草美食吧！

射入走廊的柔和黃色，和窗上的倒影。

跳進來，跳過障礙物，一步步輕快地前進。

好幾雙校內用鞋摩擦地板的聲音重疊著。

「……」

我驀地停下腳步。眼前飄盪的塵埃，在日落餘暉的照射下，閃著金色的光芒。

註11：將夜裡遠方山野中出現狐火相連的畫面，當作狐狸娶親時的成排燈籠。在地方傳說中，狐火是從狐狸口中吐出的青白色火焰，讓人畏懼。而太陽雨這種自相矛盾的現象相當奇特，讓人和奇異的狐火聯想在一起，因此將太陽雨稱為「狐狸娶新娘」。

這幅景象，該怎麼描述呢，似乎深深觸動了記憶深處。

有種非常懷念的感覺。似乎是曾在哪兒見過的景色。

突然有強烈的情感湧滿胸口，令人十分憂傷。這種感覺，是叫作既視感嗎……？

和這條寂靜的走廊成鮮明對比，遠處運動場的方向傳來了棒球社的加油吆喝聲。

還伴隨著金屬球棒正中球心的響亮聲音……

「真紀，妳在幹嘛！快點走啦。」

「啊，嗯。」

在走廊的另一頭，馨和由理在等著我。我慌忙加快步伐跑過去。

「真紀，怎麼了嗎？」

「沒……什麼事都沒有！」

然後我跑到馨和由理的前方回過身，露出純真又無敵的笑容說：

「我們一定會獲得幸福的。」

我們並非獨自一人。這是擁有悲劇性前世的我們，此生最大的幸運。

我想要獲得幸福。我想要讓你幸福。

這份愛，這場緣分，持續連結了我們之間的關係。

「……什麼呀，妳怎麼不是說，要讓我幸福喔。」

「嗯？」

「馨都沒有身為老公的價值了呢——」

「離婚了啦我要離婚。」

馨一如往常用不悅的目光瞪著我。

由理則眉毛垂成八字，一臉有趣地輕笑起來。

「馨，你又說這種彆扭的話。由理也是，不要在旁邊加油添醋看好戲啦。不然就讓你們兩個嘗嘗我天下無敵的揮棒喔！」

「這還是饒了我吧。」

我還是那個鬼妻呢。

上輩子是妖怪，但現在我們只是普通的高中生。

在這條熱鬧愉快的幸福人生道路上，沒有任何東西可以阻礙我們。

後記

初識的讀者或老讀者們，大家好，我是友麻碧。

這個故事從男女主角的夫妻關係開始切入，並轉而描述高中男女的日常生活。

他們雖然是上輩子在平安時代悲劇性死去的大妖怪，但這輩子轉生為普通人類，對於在淺草平凡無奇的生活，還有跟夥伴間的深刻羈絆而感到小小的幸福。

我希望能夠描繪出這對老是鬥嘴也不傷其愛情與信任的高中生夫婦，還有熱鬧非凡的妖怪們。

繪製插畫的あやとき大人，謝謝您的精湛畫技，讓日落時分別有風情的淺草寺躍然於紙上，還將我心目中的真紀和馨完美視覺化，栩栩如生地彷彿真能聽到他們的交談聲。

責任編輯大人，您讓我有機會創作這個故事，我真的真的非常高興。

最重要的是，謝謝閱讀本書的各位讀者。在這本作品中，我直率地描寫了自己喜愛的事物，我打從心底希望你們能享受這個故事。

友麻碧

國家圖書館出版品預行編目資料

淺草鬼妻日記．1，妖怪夫婦再續前生緣 / 友麻碧作；莫秦譯．-- 初版．-- 臺北市：臺灣角川，2018.04

面；　公分．--（角川輕．文學）

譯自：浅草鬼嫁日記：あやかし夫婦は今世こそ幸せになりたい。

ISBN 978-957-564-158-0(平裝)

861.57　　107002712

淺草鬼妻日記 一 妖怪夫婦再續前生緣

原著名＊浅草鬼嫁日記 あやかし夫婦は今世こそ幸せになりたい。

作　　者＊友麻碧
插　　畫＊あやとき
譯　　者＊莫秦

2018年4月2日　初版第1刷發行
2023年2月3日　初版第4刷發行

發 行 人＊岩崎剛人
總　　監＊呂慧君
總 編 輯＊蔡佩芬
主　　編＊李維莉
美術設計＊李曼庭
印　　務＊李明修（主任）、張加恩（主任）、張凱棋

台灣角川

發 行 所＊台灣角川股份有限公司
地　　址＊104台北市中山區松江路223號3樓
電　　話＊（02）2515-3000
傳　　真＊（02）2515-0033
網　　址＊www.kadokawa.com.tw
劃撥帳戶＊台灣角川股份有限公司
劃撥帳號＊19487412
法律顧問＊有澤法律事務所
製　　版＊尚騰印刷事業有限公司
I S B N＊978-957-564-158-0